インフィニット・デンドログラム
13.バトル・オブ・ヴォーパルバニー
海道 左近
イラスト タイキ

カシミヤ
「お前を殺《PK》してから、
トムを探して殺す。
手順が一つ増えただけだ」

「はい。そうしてください。
僕も貴方を殺《PK》します」
あたかも西部劇の決闘の如く、
二人は向かい合い、
二人は――同時に消失した。
クロノ・クラウン

Character

レイ

レイ・スターリング／椋鳥玲二（むくどり・れいじ）

大学受験が終わり、初心者プレイヤーとして
〈Infinite Dendrogram〉に降り立った青年。基本的には温厚だが、
譲れないモノの為には何度でも立ち上がる強い意志を持つ。

ネメシス

ネメシス

レイのエンブリオとして顕在した少女。
武器形態に変化することができ、第一段階として大剣に変化する。
少々食い意地が張っている。

ジュリエット

ジュリエット／黒崎樹里

アルター王国決闘ランキング4位のマスター。
【堕天騎士】のジョブについており、少し中二病気質。
普段は決闘8位のチェルシーとよく行動している。

カシミヤ

カシミヤ

アルター王国最強のPKにして、決闘ランカー。
長年立ちふさがっていたトムを撃破し、現在は決闘ランキング2位に浮上。
PKにルールを設けており無差別に襲うことはない。

アズライト

アルティミア・A（アズライト）・アルター

ルター王国第一王女にして【聖剣姫】に就く才女。
レイとの触れ合いで、
マスターについての認識を改め始めている。

〈Infinite Dendrogram〉
-インフィニット・デンドログラム-
13.バトル・オブ・ヴォーパルバニー

海道左近

HJ文庫
883

口絵・本文イラスト　タイキ

Contents

プロローグ　Friends

□【聖剣姫《セイクリッド・プリンセス》】アルティミア・A・アルター

これが夢の中であることには、すぐに気づいた。

これまでに幾度《いくど》も見た、過去の出来事を思い起こす夢。

けれど今見ているものは、あの日からよく見ていた父との別離《べつり》の夢ではない。

父が亡《な》くなった日よりも過去。未《いま》だ皇国との戦争が起きていなかった……否《いな》、戦争になるとすら考えられていなかった五年前。

戦争の前段となる【三極竜《さんきょくりゅう》　グローリア】の事件よりもずっと前の……〈マスター〉の増加すら起きていない平穏《へいおん》だった日々。

私が……皇国の学園に留学していた頃《ころ》の記憶《きおく》だ。


その日、私は学園寮《りょう》の談話室で図書室から借りた本を読んでいた。

私が王国の第一王女であるためか、談話室に他の寮生《りょうせい》はほとんどいない。留学してから一年近く経《た》ち、嫌悪《けんお》ではなく恐《おそ》れから距離《きょり》をとられることにも慣れていた。

「アルティミア。少しよろしいかしら？」

けれどそんな日々の中でも、私に話しかけてくる人はいる。

「どうしたの、クラウディア」

彼女《かのじょ》の名前は、クラウディア。

留学中の数少ない友人で、きっと親友と言ってもいい相手だった。

……王国にいた頃でも親友と呼べるのは父同士が親友であるリリアーナと、【大賢者《アーチ・ワイズマン》】様の徒弟《とてい》で一番年若かったインテグラしかいなかったけれど。

「今日の午後なのですけれど、ショッピングに行きませんこと？　それとカフェでお茶もいたしましょう。今日あたりから秋のスイーツが並ぶ頃ですの」

「……アナタは本当に街に出向くのが好きね、クラウディア」

クラウディアは皇国の第三皇子の息女であり、皇国の皇位継承者《けいしょうしゃ》の一人だった。

加えて、留学した学園での私のお世話係《チューター》でもある。

年齢《ねんれい》が近い上にとある共通点もあって、私達《たち》はすぐに意気投合して友人となった。

「ところで買い物は何を見るのかしら？」

「服ですわ！　特にアルティミアの！」

「私の？」

「アルティミア、また胸が大きくなられたでしょう？　このままでは季節が変わる頃には胸が窮屈《きゅうくつ》になりますわ」

「成長期だもの。それより、よく見ているわね」

「……ふふふ、人は自分が欲《ほっ》してやまず、しかし持てないものには敏感《びんかん》になるのですわ」

そう言ってクラウディアはわきゃわきゃと手を動かす。

そうする彼女の胸部は控《ひか》えめであり、成長期の兆《きざ》しはない。全くない。

羨《うらや》ましそうに私の胸を見ているので、放っておくと手を伸《の》ばしてくるかもしれない。

「……そうね。行きましょう。私もちょうど本屋を回りたいと思っていたから」

「まあ！　それでは午後一時に門の前で待ち合わせしましょう！　楽しみだわ！」

午後一時を指定した彼女に少し疑問を覚える。

時計を見ると、まだ朝の十時前。待ち合わせまでは三時間以上ある。

「それで、どうして午後から？　私は今から出かけてもいいのだけれど、何かあるの？」

「お兄様の工房《こうぼう》でお手伝いを頼《たの》まれておりますの！　もう！　ステータスが高いからってレディを部品運びに付き合わせるだなんて……」

「部品運び……」

クラウディアが言うように彼女のステータスは高い。

なぜなら、彼女のジョブは【衝神《ザ・ラム》】。

クラウディアは、十三の若さにして空位となっていた【衝神】を継承《けいしょう》した天才だった。

それが【聖剣姫】……表向きは【剣聖《ソードマスター》】である私と意気投合した部分でもある。互《たが》いに王族の娘《むすめ》でありながら武術を練磨《れんま》する者同士、話が合った。

それこそ、三日に一度は模擬《もぎ》戦を行うくらいには。

「そのお兄様もお手伝いは他の人に任せてもいいのではないかしら?」

そんなクラウディアも女性であり、なおかつ姫《ひめ》と呼ばれる身分。部品運びという力仕事を任せるのは、流石《さすが》に不適当であると思えた。

彼女の兄が、どうしてわざわざ彼女に頼んだのか不思議に思った。

「駄目《だめ》ですわ。お兄様は極度の人見知りだから、私かバルバロス家《母の実家》の人達でないと安心して作業が出来ませんの」

「そう……」

そういうこともあるだろう、と納得《なっとく》した。

クラウディアは早くに両親を亡くしている。

死因は、皇族の何者かが陰《かげ》で糸を引いた暗殺であるとも噂《うわさ》されていた。

そんな出来事があってもクラウディアは持ち前の天真爛漫《てんしんらんまん》さで陰を見せない。

しかし、彼女の兄は信頼《しんらい》できる者以外を信用しなくなったのだろうと、私は察した。

「それなら私は待っていても大丈夫《だいじょうぶ》だから、あなたのお兄様を手伝ってあげて」

「ありがとうございますわ！　すぐに片付けてきますからお待ちくださいな！」

そう言ってクラウディアは談話室を飛び出し、超音速《ちょうおんそく》機動で廊下《ろうか》を走っていった。

寮則違反《いはん》どころではないけれど、そんなそそっかしすぎる友人に私はクスリと笑った。

そうして、彼女との約束の時間まで本を読んで時間を潰《つぶ》すことにした。


それから二時間ほど経って、本も読み終えた。

約束の時間まではあと一時間もないけれど、まだ彼女が寮に戻《もど》ってきた様子はない。

少し気になってクラウディアが言っていた工房――機械の国であるドライフらしく学《まな》び舎《や》に機械系生産職用の施設《しせつ》が併設《へいせつ》されている――に足を運んだ。

そうしてすぐに、渾然《こんぜん》とした工房の廊下で見知った顔……クラウディアを見つけた。

「あら、クラウディア、……？」

けれど近づくにつれて、私はその人物がクラウディアとは別人であると気づいた。

顔立ちはよく似ているけれど、表情と目つきがまるで違《ちが》う。

あの明るく快活で、戦闘系《せんとう》 超級《ちょうきゅう》 職らしく覇気《はき》も併《あわ》せ持《も》つ姫君《ひめぎみ》であるクラウディアに対し、眼前の人物はあまりに陰鬱《いんうつ》だったのだから。

クラウディアに酷似《こくじ》した可憐《かれん》な顔立ちもその陰鬱な表情と、加えて髪《かみ》や頬《ほお》に付着した油汚《よご》れで台無しになっている。衣服も制服ではなく、薄汚《うすよご》れた作業着だ。

何より『この世の全《すべ》てに熱を感じていない』とでも言うようなその冷めた眼差《まなざ》しは、クラウディアのものではありえない。

けれど、顔立ちからクラウディアと無関係とはとても思えなかった。

「アナタは……クラウディアのお兄様？」

「……ええ、アルティミア殿下《でんか》」

彼《かれ》からの返事は声音《こわね》こそ低いが、兄妹《きょうだい》らしくクラウディアとよく似ていた。

顔のこともあるし、双子《ふたご》なのだろうと思い至った。

同時に、相手の方は私のことを知っていたらしいとも悟《さと》る。クラウディアから話を聞いていたのかもしれない。

「いつもクラウディア……殿下にはお世話になっています」

「……私にそんな言葉は不要です。妹も好きでやっていることですから。それと、私や妹に敬称《けいしょう》は不要ですよ」

言葉はどこか投げやりだったけれど、それまでの雰囲気《ふんいき》とは少し違うものを感じた。

「クラウディアがどこにいるかご存知《ぞんじ》ありませんか？　そろそろ約束の時間なのに姿がないので捜《さが》していたのですけど」

「……今頃《いまごろ》は風呂《ふろ》にでも向かっているのでしょう。何分、作業に付き合わせたので、今の私と似たような有り様になっていますから……そのままでは出かけられません。もう少し、あの子を待っていていただけると助かります」

「そうなのですか」

陰鬱であったけれど、彼の言葉からは妹に対する優《やさ》しさや、妹の友人である私への気遣《きづか》いが感じられる。その眼差しも、最初に見たときよりも温かい。

悪い人物ではなさそうだと、私は彼について考えを改めた。

ふと、視線を落とすと、彼が金属製の手提《てさ》げ……工具箱を持っていることに気づいた。

「工具箱……」

「……これでも、【機械王《キング・オブ・メカニズム》】のジョブを頂いています。それもあって、色々な機械の修理を任されていますから。この学園内や【皇玉座《エンペルスタンド》】の整備など、ですね」

彼のジョブ、【機械王】とは整備士系統の超級職だったはずだ。

肉体を扱《あつか》う戦闘職よりも、技術者が多いドライフ皇国。クラウディアの【衝神】ならばともかく、整備士系統の超級職ならば競争相手も多かったはず。

クラウディアと双子の兄妹ならばその座に就《つ》くにはあまりに若いけれど、彼が【機械王】に就いた事実が彼の天才性を証明している。

……皇位継承者の一人である彼が作業員のように機械の修理を任されている……ということに少し違和感《いわかん》はあったけれど。

「それでは、私はこれで失礼します。……今後とも、妹のことをよろしくお願いします」

「はい。こちらこそ」

そう言葉を交《か》わして私は彼と別れた。

ただ、その後に図書室に本を返してから、私はようやく気づいた。

「……ああ。名前を伺《うかが》うのを忘れていたわ」

彼は何という名前だったのか。

私は、まだ知らなかった。

それから数十分経って、クラウディアは待ち合わせのラウンジにやって来た。

「御免《ごめん》あそばせ！　遅《おく》れてしまいましたわ!!」

「いいわよ。大変だったのでしょう、気にしてないわ」

「ああ！　アルティミアは優しいですわね！　大好き！」

駆《か》けつけてきたクラウディアは、まるで幼い子がそうするように私の腕《うで》に抱《だ》きついた。

クラウディアの髪からは、落としきれなかった機械の油の臭《にお》いがした。

ああ。この臭いを落とそうと頑張《がんば》ってお風呂で洗っていたのでしょうね。

ただ、私がクラウディアの臭いに気づいたことを、彼女もまた気づいた。

そのまま飛《と》び退《の》いて、……戦闘系らしく一跳《と》びで二十メートルも距離を取っていた。

「ご、ごめんあそばせっ!?　……もう！　お兄様ってばよりにもよって今日あんな作業を手伝わせなくてもいいのに！　普段《ふだん》使っている消臭《しょうしゅう》の薬でも臭いが落ちませんわ！　これではアルティミアの隣《となり》を歩けません！」

「一緒《いっしょ》にショッピングにいくのにそんなに離《はな》れていたら意味がないわ。臭いなんて気にしないから、もっと近づいても大丈夫よ」

「アルティミア……。あ、ありがとう、ですわ！」

そうして私達は並んで歩いて、予定通りにショッピングに向かった。

肩《かた》を並べて、色々な話をした。

その中で、私は気になっていた彼女の兄について尋《たず》ねた。

「あら、お兄様に会いましたの？」

「ええ。それで、失礼ながらお名前を聞きそびれてしまって」

「お兄様は自己紹介《しょうかい》なんてほとんどしませんものね」

それから「やれやれですわ」と言いたげに少し大げさにクラウディアは首を振《ふ》って、

「では代わりに紹介《しょうかい》しますわ！　お兄様の名前は——ラインハルトですわ！」

その名前を聞いた瞬間《しゅんかん》に……夢は止まった。

◇

記憶の夢から目を覚まし、私は体を起こす。

わずかに汗《あせ》ばんだ額へと手を伸ばしながら、息を吐《は》く。

「今になって、彼女の夢を見るなんてね……」

夢から覚めた私は、ただそれだけを呟《つぶや》いた。

けれど、あの夢を見た理由は分かっている。

それは、きっと皇国からの講和の打診《だしん》があったから。

あるいはこのまま戦争が終わり……元の関係に戻れるのかもしれないと淡《あわ》い期待を抱い

たから、皇国での思い出を……友人との楽しかった思い出を夢に見たのだろう。

今度の講和は、事がなれば両国の戦争が終わる。

しかし、講和が破綻《はたん》すれば……いよいよ戦争が再開される。私が国王代理として治める王国と、彼女の兄であるラインハルトが治める皇国の、国家の生存を賭《と》した戦争になる。

「…………」

私達の間には確かな友情があった。

けれど……皇国との戦争で父が死んだ。

私個人だけでなく、国家としても、二つの国の溝《みぞ》はあまりにも深くなってしまった。

講和がならなければ、雌雄《しゆう》を決するほかにない。

私と彼女は親友。

けれど同時に、お互いに相手よりも大切なものが……守るべきものがある。

私が【聖剣姫】という王国の剣《けん》であり、彼女が【衝神】という皇国の槍《やり》であるように。

私が妹達を護《まも》りたいと願うように、彼女が兄を支えたいと願うように。

きっと、お互いが大切なもののために……私達は矛《ほこ》を交えることになるだろう。

あるいは、どちらかが相手の命を奪《うば》うことにもなるかもしれない。

「けれど……」

これから何が起ころうとも。

これから何が遭《あ》ったとしても。

これから、私が死んだとしても。

「クラウディアとは……親友のままでいたいわね」

懐《なつ》かしい夢を見た私はそう考えて……覚悟《かくご》を新たにした。

◆◆◆

■ドライフ皇国・皇王執務室《しつむしつ》

王国の決闘《けっとう》都市ギデオンにおいて、〈超級〉である【狂王《キング・オブ・ベルセルク》】ハンニャと【超闘士《オーヴァー・グラディエーター》】フィガロの騒動《そうどう》があった日、皇国元帥《げんすい》ギフテッド・バルバロスは皇王の前にいた。

「以上が、先のカルチェラタン事件の報告です」

今回、ギフテッドが皇王に呼び出された用件は二つ。

一つは、先のカルチェラタン事件の最終報告。

〈遺跡《いせき》〉の調査、及《およ》び強大な兵器が王国の手に渡《わた》ることを避《さ》けるべく動いたあの任務の結果について、元帥自身の所見を述べれば失敗の範疇《はんちゅう》になる。

決戦兵器【アクラ・ヴァスター】が王国の〈マスター〉と、【聖剣姫】アルティミア・A・アルターの手で破壊《はかい》されたことは良い。

しかし、現在あの〈遺跡〉で見つかった設備で王国が戦力を拡充《かくじゅう》しているという報告が上がっている。制御《せいぎょ》不能の煌玉兵《こうぎょくへい》ではなく、煌玉馬のプラントが見つかった、と。

あの事件では【猫神《ザ・リンクス》】トム・キャットとの交戦や【アクラ・ヴァスター】との戦闘など、参加したギフテッド自身も緊急《きんきゅう》事態の連続であった。

だが、この結果は作戦に当たった自分のミスであると判断し、包《つつ》み隠《かく》さず報告を上げた。

「報告は受け取りました、叔父《おじ》上。それとあまり堅苦《かたくる》しく話さなくても結構ですよ」

しかし返ってきた言葉は、淡々《たんたん》として感情の波を感じさせない声音だった。

彼を叔父上と呼ぶのは、現在のドライフで皇王の職務を担《にな》う者……ラインハルトだ。

「叔父上はミスと言いましたが、これはミスではありません。最優先目標である決戦兵器破壊《はかい》は為《な》されています。決戦兵器の確保あるいは生産設備の完全破壊が最上ではありましたが、こだわって最優先目標をしくじり、王国の手に残るよりは余程良い」

ラインハルトの言葉に何と答えたものかとギフテッドが考えていると、

「けれどお兄様、件《くだん》の【アクラ・ヴァスター】は制御不能の兵器ですわよ？　皇国でも制御出来そうにないのだから、王国では尚更制御《なおさらせいぎょ》できないのではありませんこと？　手に残るなんて最初からありえませんわよ」

ラインハルトに似ているが……少し異なる声が室内に発せられた。

「制御不可能の兵器を制御可能にする。そういった芸当は〈エンブリオ〉なら可能だよ、クラウディア。前例があるだろう？」

「ああ、地下都市を一つ駄目にしてくれた【器神《ザ・ウエポン》】を忘れていましたわ」

ギフテッドとの会話よりも幾分《いくぶん》かは感情の波を感じさせる声音で、ラインハルトは彼女――妹であるクラウディアと会話していた。

ギフテッドは無言のまま、二人の会話を聞く。まるで機械のようなラインハルトだが、『昔からクラウディアのことは大切にしていたな』と思い出しながら。

ギフテッドと二人は親族関係である。バルバロス家の養子であるギフテッドにとって二人の母は義理の姉であり、ギフテッドの妻は二人の従姉《いとこ》であるからだ。

複雑な関係ではあったが、その縁《えん》もあってギフテッドは皇国元帥をしている。

二人にとって、心から信頼できる軍人など彼しかいなかった。

叔父であり、クラウディアの師であるギフテッドしか……信頼できない。

「ところで叔父様《おじさま》。叔父様はアルティミアにお会いになられたのでしょう？　アルティミアは、元気にしていましたか？」

『なぜその質問を？』と考えたところで、ギフテッドはクラウディアと王国の第一王女が学友であったことを思い出した。

「体調の不良は見られなかった。しかし……」

「しかし？」

「顔を仮面で隠し、アズライトと名乗っていた」

「ぷふー!?」

何を想像したのか、クラウディアは口を手で隠しながら腹を抱《かか》えて大笑いし始めた。

「顔に仮面……！　アズライトって……それミドルネーム……あはははははは！」

余程ツボに入ったのかクラウディアは笑い転げ、豪奢《ごうしゃ》な執務《しつむ》服が皺《しわ》になっている。

「そ、そうでしたわ！　あの子、『やんごとなき身分の娘が正体隠して世直しする』小説大好きでしたわ！　でも実践《じっせん》って……ぷふー！　あはははふー！」

「……クラウディア。笑うのもいいけれど、呼吸が乱れすぎてはしたないよ。それに、クラウディアも彼女のことを笑えないだろう」

「……あ。そ、それもそうですわね」

見るに見かねて、あるいは聞くに聞きかねてラインハルトが窘《たしな》めると、ようやくクラウディアは落ち着いたようだった。

「叔父上との話は私だけで続けるから、大人しくしていてほしい」

「それならアルティミアを想定して模擬戦のイメトレでもしていますわ！」

クラウディアがそう言い残すと、室内から彼女の気配が消えた。

「さて、話を切《き》り替《か》えましょう、叔父上」

「……ああ」

「カルチェラタンの事件についてはこれで結構です。二つ目の用件に入りましょう。叔父上の方にも情報は行っていると思いますが、王国に五人目の〈超級〉が加わります」

「…………」

今日という日に、王国のギデオンで起きたとある騒動は〈超級〉同士のぶつかり合いという、ともすれば王国に甚大《じんだい》な被害《ひがい》を及ぼすものだった。

【光王《キング・オブ・シャイン》】エフと管理ＡＩが仕組んだ両者の激突《げきとつ》。

しかし騒動は終結。両者は和解し、【狂王】ハンニャが王国に所属する。

こうなれば、王国と皇国の〈超級〉の数は互角《ごかく》。他の準〈超級〉や〈マスター〉の数では勝っているが、戦力バランスの変化は軽視できるものではない。

（ただでさえ、カルディナがいつ介入《かいにゅう》してくるか不明な状態だ）

このままぶつかれば、王国と皇国が疲弊《ひへい》したタイミングでカルディナが介入する。

王国も皇国もカルディナが平らげることになるだろう。考えうる限り最悪の想定だ。

「さて、王国と皇国の戦力がこれで五分。加えて、虎視眈々《こしたんたん》とカルディナも動いている。

現状で何が得策だと思いますか？」

カルディナを牽制《けんせい》するために武力を見せながら、速《すみ》やかに王国を併合《へいごう》する元帥派の初期のプランは最早《もはや》達成不可能だ。【破壊王《キング・オブ・デストロイ》】がその力を見せた段階で危《あや》うい問題ではあったが、【狂王】が加入すればいよいよ戦力の差が縮まりすぎる。

（【破壊王】だけならば【獣王《キング・オブ・ビースト》】が抑《おさ》え、打倒《だとう》できる。その間に他の〈超級〉で一挙に制圧できるはずだったが……あちらの頭数が揃《そろ》ってしまえば不可能）

また、宰相《さいしょう》派とフランクリンの失敗で王国を降伏《こうふく》させることも不可能になっている。

元帥派と宰相派、両方が最善だと判断したプランは現時点でどちらも破綻していた。

「残された手は……ここで王国との戦争を止めることだ」

王国と相対しながらカルディナとも戦うことはできない。

王国の戦力がここまで増えてしまってはもはや戦争に生路はなく……止めるべきだ。

「その通りです、叔父上」

ギフテッドの返答に、ラインハルトは頷《うなず》いた。

「はっきり言ってしまえば、この戦争には既《すで》に勝っているのですから」

「……そうだな」

皇国が戦争に踏《ふ》み切った最大の要因は、国内の土地が痩《や》せ衰《おとろ》えたことに伴《ともな》う飢餓《きが》。カルディナや王国との食糧取引も止まり、このままでは皇国の民《たみ》の大多数が餓死《がし》するという極限状態こそが最大の要因。

しかしそれは先の戦争で旧ルニングス領を制圧したことで変わった。

あの【グローリア】によって住民が全滅《ぜんめつ》した忌《い》まわしい来歴はあるものの、旧ルニングス領の大地は肥沃《ひよく》だ。皇国は旧ルニングス領の占領《せんりょう》後、すぐさま農耕を始めた。成長の早い作物は既に収穫《しゅうかく》され、皇国の飢餓を癒《いや》す一助となっている。

旧ルニングス領で収穫できる食糧さえあれば皇国の飢餓の危機は去り、皇国側には戦う最大の理由がなくなる。

「問題は王国が我々の勝ち逃げを許すか、ということです」

土地を奪われたまま、王を含《ふく》めた多くの人間を殺されたまま、そこで王国が止まるかという話だ。『戦争が終わるならそれでいい』と全てを諦《あきら》めてくれるのか。

「はっきり言って、半々だと思っています。国王代理を務める彼女自身は、ここで止めることも考えると思います。ただ、不利益を被《こうむ》ったままの貴族や国民がどう思うか……」

「……それは」

「おや？　何か誤りがありましたか、叔父上？」

「……何でもない」

ギフテッドは指摘《してき》しなかった。ラインハルトは第一王女が戦争をここで止めると考えているが、本当にそうであるかは分からない、ということを。

なぜなら、彼女は父を殺されている。彼女に限らず、家族を喪《うしな》った者が全てを忘れて『止めましょう』と言えるかどうか。それは非常に難しく、判断しづらい問題であったが……。

ラインハルトはそのことを口にしない。

考えが抜《ぬ》け落《お》ちているか……あるいは考慮《こうりょ》する必要がないかのように。

「それに、止めるにしても……こちらもまだ必要なものを手に入れていませんからね」

「必要なもの、とは」

「国のために必要であったのは、旧ルニングス領。けれど戦争と、私達と、世界のためのために必要なものがまだ手に入っていない」

「…………」

その言葉に、ギフテッドは思案する。

『戦争に必要なもの』は分かる。王国の〈超級〉だ。王国を併合して、王国の〈マスター〉を皇国に加えることもプランには含まれていた。

そうでなければ、カルディナとの戦争を五分にはできないのだから。

『私達に必要なもの』は恐らくは王国の第一王女であろうと考えた。

彼女に対して個人的な思慕《しぼ》を抱いていることは知っている。

また、王国との併合を諦めないならばやはり必要である。

（だが、『世界のために必要なもの』とは……何だ？）

そんな話は、叔父であり元帥であるギフテッドすらも聞いたことがない。

それについてラインハルトが何を考えているのかは……彼にすら分からない。

昔から周囲とは異なる視座を持っていたのがこのラインハルトであり、それを理解できる者はクラウディアしかいなかったのだから。

「世界のために……何を必要とする？」

ギフテッドの問いに、ラインハルトは暫《しば》し思案してから口を開き、

「それは……。すみません、叔父上。急な来客のようだ。席を外していただけますか？」

何かを話そうとしてから……、それを止めてギフテッドに退席を促《うなが》した。

「何……？」

ギフテッドは予め《あらかじ》周辺に配していた小型の人形で周囲を探る《さぐ》が、何者の姿もない。

あるいは『ラインハルトが人払い《ひとばら》をしなければならないような相手がこれから来るのだろうか』とギフテッドは考えた。

「二つ目の案件について、王国とは講和を行うことにします。皇国からの条件は後で草案を作って叔父上とヴィゴマ先生《宰相》に相談しますので、ここは下がってください」

「……ああ」

その声に促されて、ギフテッドは退室した。

執務室に人形を残して何者と会談するのかを探ろうかとも考えたが、それは止めた。

あのラインハルトの態度は、恐らくギフテッドが存在を知るだけでまずいような相手との会談であるのだろうと察したからだ。

義姉《ぎし》の子であり、家族として二十年近く接してきた相手ではある。

言わずとも理解できることはあった。

◆◆◆

そしてギフテッドが退室した少し後、執務室の空間が歪《ゆが》み……一人の人物が現れた。

■【機皇《インペリアル・マシン》】■■■■■■・■・■■■■■

ご存知のように、〈超級〉に絞《しぼ》れば皇国と王国の戦力はほぼ互角になりました。

とはいえ、人格を考慮した連携《れんけい》を含めるとあちらの方が幾分マシかもしれません。私が言えた義理でもないですが、皇国の〈超級〉は誰《だれ》もが人格面に問題を抱えていますから。

自身の天才性を過信した者。

他者との交友を最初から否定した者。

マードックは比較的《ひかくてき》真っ当ですが、あれも自分の浪漫《ろまん》に行動を乗せすぎています。

ゼタ？　彼女は厳密には我《わ》が国《くに》の〈超級〉ではありません。

獅子《しし》身中の虫どころではないのでしょうが、代わりにとある仕事だけは果たしてくれると思っています。それは構いません。考慮済みです。

え？　ああ、フランクリンは……彼女は小心者ですよ。

そして、小心者でありながら自身の望みと信念、……『作りたい』、『負けたくない』という願いにブレーキを掛《か》けられない破綻者でもあります。

だから、あんなにも過剰《かじょう》に策謀《さくぼう》を重ねる。自分で自分を止められないのに誰かとぶつかって敗れるのが恐ろしく、許容できない。それゆえ、眼前に現れた障害物全てをなくしてしまおうとしているのでしょう。

それが上手《うま》くいかないと、いよいよ手段を選ばなくなる。

だからレイ・スターリングという存在は、彼女にとって最大の障害物であり、最も忌まわしいものです。強大さは彼の兄である【破壊王】シュウ・スターリングが遥《はる》かに上ですが、力の強弱なんて関係ない。

レイ・スターリング個人を忌まわしく思っているのだから、強かろうと弱かろうとフランクリンは彼の存在を許容できない。

けれど、先も言ったように小心者だから……再び接触《せっしょく》することも恐れている。

間接的に危害を加えることすら及び腰《ごし》になる。

だから「これなら本当に大丈夫だ」という準備を終えるまで、彼女はレイ・スターリングに手を出さないつもりでしょう。

きっと本人に聞けば、あの道化《どうけ》染《じ》みた振る舞《ま》いで誤魔化《ごまか》してくれるのでしょうけど。

どうしてそこまで何もかも分かったように分析《ぶんせき》できるのか、ですか？

機械弄《いじ》りと同じようなものです。先々期文明の機械の回路を弄ることと、人が持つ心という回路の動きを見ることは私には然程《さほど》変わりがありません。

……専門家にこんなことを言うのは、畏《おそ》れ多《おお》い気もしますが。

何か言いたそうですが、何を言いたいかは分かっていますよ。

『そんなに分かっているのに、どうしてお前は彼女に絡《から》んだことだけはまるで理解できていないのか』ということでしょう?

仕方ないことです。彼女に対する思いは私の内にある回路を過剰に動かし、人格というプログラムに重大なバグを生じさせる。この脳髄《のうずい》か……あるいは魂《たましい》が抱えたバグ。

そして私自身はそのバグを愛《いと》おしく思っています。

彼女への愛に関する何事についても、脳という名の演算装置は正しく値を算出しない。

だから、王国との戦争で彼女の父親を死なせたことも、正しくないと自覚はしている。

自覚しても、否定はしません。

その通り、自分でも狂《くる》っていることは自覚しています。冷静に分析する私と、彼女の愛に狂った私が、肉体というマシンの中で並列に起動しているようなものです。

他者から見れば、狂人《きょうじん》よりも性質《たち》が悪いでしょうね。

けれど私は、このままでいいと考えています。

この身が彼女への愛に狂っていることはもう仕方がないことです。

さて、私からもあなたに一つお尋ねしたいことがあります。

あなたが誘導した戦争が、何を目的としたものかについて、です。

……ふふ。やはり答えてはくれませんか。

あなたはあなたの理由で動いているのでしょうからね。今回の訪問も、私がここで戦争を止めるつもりだったならば、新たな火種を作るつもりで来られたのでしょう？

ご安心を。戦争は起きますよ。

それが王国を相手としたものとは限りませんが、問題はないでしょう。

あなたが必要なのは戦争という事象であって、その内容は問題ではないのでしょうから。

戦争とは、〈マスター〉の言う一大イベントであり……管理者にとっても重大事。

六〇〇年前の二大強者の戦いに、異常な力の〈エンブリオ〉を用いる【猫神】が介入したように。戦争が起きれば、管理者は何らかのアクションを起こす。

だからこそ、あなたは管理者を探るために戦争を引き起こしたかったのでしょう？

そう驚《おどろ》かないでください。

見透《みす》かす者は、あなたやカルディナの議長だけではありませんよ。

いずれにしろ、皇国の戦争は再び起きます。

だから、こちらはご心配なく。暗躍《あんやく》するなら他国でどうぞ。

ああ、けれどクラウディアから一つだけご忠告があります。

「――アルティミアの暗殺を謀《はか》れば、地の果てに逃げてもブチ殺しますわ」

だ、そうです。

ええ、それだけはお忘れなきように。

では、おさらばです。また縁があれば会いましょう。

ああ、言い忘れていましたが。

その姿はよくお似合いですよ――【大賢者】殿。

Re Open Episode【私《アイ》のカタチ】

□【煌騎兵《プリズム・ライダー》】レイ・スターリング

ハンニャさんの事件から、デンドロの時間で一週間近くが経過した。

あの事件の後、王国を取り巻く情勢には大きな変化が生じた。

国王代理であるアズライトから、『皇国と講和会議を行う』と発表されたからだ。

日時はこちらの日付で今からおよそ二週間後。リアルでは土日に掛かるので参加しやすいのは助かった。

場所は、皇国に実効支配された旧ルニングス領との国境に敷設《ふせつ》された施設となる。

講和会議に際して、王国は護衛役の〈マスター〉を広く募集《ぼしゅう》していた。

講和会議で終わらなければそのまま戦争に雪崩《なだ》れ込む恐《おそ》れもあるし、講和自体が打診してきた皇国の罠《わな》である恐れもある。そうなった際、アズライトをはじめとした王国側の参加者を護るのが〈マスター〉の仕事となる。

俺達《おれたち》のパーティもアズライトから直接依頼《いらい》されており、既に引き受けている。

何事もなければいいが、何かあったときにアズライトの傍《そば》にいることができなければ後《こう》悔《かい》するだろうから。この決定について、パーティメンバーのみんなも承諾《しょうだく》してくれた。


ただ、問題もある。今度の講和会議で戦闘になる場合、相手はまず間違《まちが》いなく皇国でも熟練の〈マスター〉になるだろうが……俺《おれ》自身の戦力が余り高くはない。

むしろ、レベルで言うなら会議参加者の中で最も低いことすらありえた。

パーティ内でも超級職のマリーやベテランの先輩《せんぱい》は言わずもがな。ルークもいつの間にか合計レベルが四〇〇に迫《せま》っていたが、俺だけが一五〇で頭打ちになっている。

……正確には、今朝一五〇になったのだが。

そう、俺は二つ目のジョブである【煌騎兵】のレベルをカンストした。そこで三つ目のジョブを選択《せんたく》しようとしていたのだが……。


「【カタログ】でいくつか候補は出てきたが……やっぱり決めきれないな」

兄から譲《ゆず》り受《う》けた【適職診断《しんだん》カタログ】は、こちらの取得ジョブが増えるとビルドのパターンに応じて複数ピックアップしてくれる仕様だった。

今ピックアップされているのは基礎《きそ》を上げる【騎士《ナイト》】、回復能力を上げる【司祭《プリースト》】、便利な各種汎用《はんよう》スキルを上げる【斥候《スカウト》】などだ。

「たしかに。御主《おぬし》のジョブにしては普通《ふつう》すぎてしっくりせぬな」

「いや、普通なのはいいと思うが……決め手に欠けるんだよ」

ネメシスの意見に頷きながら、俺はピックアップされたジョブを選べずにいた。

どれを選んでも、【聖騎士《パラディン》】や【煌騎兵】になったときほどの変化は期待できそうにない。

叶《かな》うなら、覚えることで大きく変化が生まれるジョブを選びたかった。

少しだけ【煌騎兵】の上級職にも期待したかったが、表示されない。

まだ誰も転職していないのか、ロストジョブ扱いで条件も定かになっていないのだ。

結局、カタログの転職可能なジョブから選ぶしかないのだが……。

「ここは【騎士】でいいのでは？　レイ君は切り札である《応報は星の彼方《かなた》へ》と《シャイニング・ディスペアー》を除けば、近接戦闘がメインです。それは今後も変わらないでしょうから、使えるアクティブスキルを増やすことは無駄《むだ》にはなりません」

先輩は【騎士】を推《お》し、

「いえいえ。ここはやっぱり【斥候】ですよ。レイさんってばいっつも危険に突っ込むんですから、汎用スキルの《看破》や《殺気感知》はあって損しませんって」

マリーは【斥候】を推し、

「ダメージを受ける前提のビルドなのだから、僕《ぼく》は【司祭】が良いと思います」

ルークは【司祭】推し……というようにうちのパーティメンバーの意見もバラバラだ。

ちなみに最初は俺とネメシスでいつものカフェで【カタログ】と睨《にら》めっこしていたのだが、そうしているうちにパーティメンバーが集まった形だ。

いっそ全部に就くという手もあるのだが、結局アズライトの護衛までにカンストできるのは一つか二つがいいところだ。それを考えると、どの下級職を選ぶかは非常に重要なのだが……重要であるがために決め辛《づら》い。

そんな風に決められないまま相談していると、

「おや？　色と腹が黒い連中が集まってると思ったら、ビースリーとお仲間達《たち》かい」

通りから聞き覚えのある声が聞こえた。

声の主は最早《もはや》見慣れた筋肉質で狼《おおかみ》耳の女性。ＰＫクラン〈Ｋ＆Ｒ〉のサブオーナー、【伏姫《ダウン・プリンセス》】の狼桜《ローザ》だった。

「……狼桜、いきなりなお言葉ですね」

「ハハハ、自覚があるようで何よりだよ」

先輩はどこか不満そうな顔でそう言った。

先輩の衣服は黒くないので、暗に腹黒いと言われたことを気にしたのだろう。

そして狼桜の発言も挑発《ちょうはつ》混じりだったようだ。

「で？　そんなところで【カタログ】眺《なが》めて何してんのさ？　またビルドを弄るのかい？　アンタは優柔不断《ゆうじゅうふだん》だねぇ。さっさと超級職《スペリオル・ジョブ》を取ればいいのにさ」

「……超級職はそう簡単に取れるものではないでしょう」

先輩も【鎧巨人《アーマー・ジャイアント》】や【盾巨人《シールド・ジャイアント》】の超級職の情報は探しているらしいけれど、〈DIN〉や〈月世《げっせい》の会〉でも把握《はあく》していなかった。

そういったジョブは何か奇妙《きみょう》な条件が絡んでいることが多いらしい。

兄のジョブも対オブジェクトダメージが一定以上、なんて条件があったそうだし。

「それに今日は私ではなく、レイ君の次のジョブを相談していたのです」

「ん？　ああ、〝不屈《あんた》〟はまだレベル一五〇だったのかい。今あるジョブは【聖騎士】に【煌騎兵】。じゃあ次が三職目かい」

何でジョブを完璧《かんぺき》に把握されているのかと思ったけど、狼桜と戦った時はまだ【聖騎士】だった。今のメインジョブである【煌騎兵】は《看破》で把握されたのだろう。

「診断結果は……【騎士】に【司祭】に……なんだいこれ。つまらないビルドだねぇ」

「覗《のぞ》き込まないでください。マナー違反《いはん》ですよ。それにこれがつまらないなら、貴女《あなた》の考える面白《おもしろ》いビルドは何ですか？」

「初撃特化の王道野伏。槍スキルと気配遮断《しゃだん》重視で」

「……単に貴女のビルドでしょう。それなら私は耐久型《たいきゅう》巨人《きょじん》構成を面白いと言います」

「うわ、出たよ耐久穴熊《あなぐま》。根暗すぎるんじゃないかい？」

「テメエだって前にやった時は必殺スキルでガチガチに防御《ぼうぎょ》固めてただろうが、アァ？」

先輩、またバルバロイモードが漏《も》れてますよ。

「この二人、矛と盾《たて》なのにガラが悪くて年下趣味《しゅみ》なのはそっくりですよねー」

「……マリー。火に油を注ごうとするなよ」

あと先輩って年下趣味なの？

「ま、この話はやめようか。〝ガードナー獣戦士理論〟でもない限り、最高ビルドが何かなんて平行線になるからね」

「……そうですね」

噂《うわさ》の〝ガードナー獣戦士理論〟か、……前にも聞いた覚えはあるな。

「それよりも、ビースリーは何であれを〝不屈〟に勧《すす》めないんだい？」

「あれ？」

「【死兵《デス・ソルジャー》】」

「……正真正銘《しょうしんしょうめい》の馬鹿《ばか》ですか、あなたは」

狼桜が口にしたのは聞き慣れないジョブだ。

先輩はバルバロイモードから戻《もど》った上に開いた口が塞《ふさ》がらないという顔をしているし、マリーは何かを思い出そうとしている。

気になったので、【カタログ】から索引すると、ちゃんと記載《きさい》されている下級職だった。

「あれはステータス上昇《じょうしょう》が低く、覚えられるスキルは汎用が一つだけ。トドメに死ぬことが前提のジョブですよ？」

……死ぬことが前提？

「誰も取らないために、汎用下級職なのに半ばロストジョブになる代物《しろもの》です」

「でも、あれって〝不屈〟にはピッタリのスキルじゃない？」

【死兵】のスキルを使わなければいけない状況《じょうきょう》になること自体が問題でしょう……」

「そこの〝不屈〟はそういう状況に頻繁《ひんぱん》になりそうなタイプだろ？　物凄《ものすご》く無茶《むちゃ》やって、『生存率？　安全ライン？　何それ？』ってタイプだ」

「……それは否定できませんが」

なんだかひどい評価をされた気がする。

しかも先輩の視線に「確かにレイ君なら……」みたいな納得《なっとく》が見《み》え隠れする。

「あの、そもそも俺はその【死兵】がどんなジョブかも知らないんだけど」

「……簡単に言えば、大昔にティアンの刑罰《けいばつ》用として使われたジョブです」

「刑罰？」

「爆弾《ばくだん》を抱えたまま敵陣《てきじん》に特攻《とっこう》させる時に用いられました」

なにそれこわい。

「設定上は六〇〇年前、主に死刑囚《しけいしゅう》に就《つ》けさせて使用していたそうです」

「……何でそんな運用に？」

「【死兵】が唯一《ゆいいつ》覚えられる《ラスト・コマンド》というスキルの効果を考慮した運用でしょう。このスキルは端的《たんてき》に言えば、死んだ後に動けるスキルです」

「……それって、アンデッドになるってことですか？」

「違《ちが》います。ＨＰがゼロになってから、スキルレベルに応じてほんの僅《わず》かな時間だけ動ける。それだけのスキルです。もちろんその時間が過ぎれば死にますし、【死兵】で取れる最大のスキルレベル五でも一分と動けません」

「………………」

それはまた……文字通り捨て身なスキルだ。

「ＨＰがゼロであっても動ける。この特性ゆえに相手の弓の掃射《そうしゃ》の中を【死兵】に駆《か》けさせ、矢で射貫《いぬ》かれて死んだとしてもそのまま敵陣に突撃《とつげき》できたという訳です。もっとも、死後に動けるのは脳と繋《つな》がっている部位だけらしいので、抱えた爆弾が爆発《ばくはつ》した【死兵】は細切れになったまま数十秒も死を待つことになったらしいですが。HPがゼロになると蘇生《そせい》以外の回復はできなくなりますし」

……怖《こわ》すぎる。というか、脳と繋がっている部位だけ動くって、それアンデッドでなくても完璧にゾンビの類《たぐい》だと思う。

「そんな恐ろしい逸話《いつわ》が知られているので、ティアンでは就く者がまずいません。デスペナルティで済む〈マスター〉にしても同様です」

「〈マスター〉も？」

「ログイン不可のデスペナルティは軽くありませんし、低ステータスで死亡確定後に動き回れるジョブよりも、真っ当なステータス上昇やスキルがあるジョブを優先すれば死亡率も下がりますから。それもあって非常に不人気なジョブです」

「……あー、ボクも思い出しました。けど、天地には【死兵】に就いたティアンいましたよ。全員が南朱門《なんしゅもん》家……リアルの歴史で言うと島津《しまづ》家みたいな命知らずでしたけど」

……大学の友人達が言っていた「戦国時代で言うと島津家」って比喩《ひゆ》は、領地の立地じゃなくて精神性の一致《いっち》だったのだろうか。

「……【死兵】に関しては概《おおむ》ね分かった」

「な？　〝不屈〟にはぴったりだろ。あの技《わざ》も使いやすくなるしさ」

「あの技？　……ああ」

狼桜が何のことを言っているか少し考えて、すぐに思い出す。

狼桜に使用し、名づけられてしまった衝撃即応反撃《インパクトカウンター》だ。たしかに、あれを使うなら【死兵】のスキルは有用だ。場合によっては、威力《いりょく》も引き上げられる。

これは思案のしどころだ。たしかに【死兵】の《ラスト・コマンド》は俺にとって有用なものだ。汎用スキルであるなら、他のジョブでも活用できるだろう。

代わりに他の候補よりステータスの上昇やスキルの数は劣《おと》ることになるが……。

俺が求めた大きな変化のあるジョブではある。

「……よし。次のジョブは【死兵】にする」

俺は決心して、みんなにそう言った。

「レイ君、考え直した方がいいですよ」

先輩が心配そうな顔でそう言ってくれるが、俺は首を振《ふ》った。

「もうじき講和会議があります。もしも皇国が何か企《たくら》んでいるなら、少しでも強くなっておく必要はある。だけど俺が熟練の〈マスター〉に比肩《ひけん》できるほど基礎能力を上げる時間はない。だったら、上手く嵌《はま》れば格上にも手が届くかもしれない選択を選びます」

俺がそう言うと、先輩は諦めたように息を吐《は》いた。

「……レイ君のビルドなので、決定権はレイ君自身のものです」

先輩がそう言うと、ルークとマリーも頷いた。

「レイさんがそう仰《おっしゃ》られるなら、僕もいいと思いますよ」

「あ、《ラスト・コマンド》のスキルレベル……発動後の活動時間はジョブレベルに連動してるので、しばらくは【死兵】のレベル上げに専念した方がいいかもしれませんね」

マリーは思い出したようにそう言った。

……まぁ、使用回数でスキルレベルが上がるタイプだとどうしようもないからな。

何回も死ぬなんて真似《まね》はティアンにはできないし。

「けど、何だかんだでレイさんはこれまで一回しかデスペナになってませんから。【死兵】のスキルも無駄になるかもしれませんねー」

「……まぁ、その一回の下手人はマリーなのだがのぅ」

「それはもう追及しないでくれると助かります」

ジト目でツッコミを入れたネメシスに、マリーがキリッとした顔でそう言った。

何にしてもこれでジョブは決まり、俺の三つ目のジョブは【死兵】となった。

前二つのジョブは語感がキラキラしてたので落差がすごい。

『格好にはぴったりの字面《じづら》だがの』

……ネメシスは相変わらず俺のファッションに厳しかった。

「ところで講和会議がどうって話だけど、ビースリー達も参加するってことかい？」

次のジョブが決まった後、狼桜がそんなことを質問してきた。

「ええ。……その口振《くちぶ》りだと狼桜も参加を？」

「ああ。アタシもランカーの一人だから打診《だしん》は来てたしね」

今回の依頼には、もちろん俺達以外の〈マスター〉も参加する。決闘《けっとう》ランカーの知り合いではジュリエットとチェルシー、ライザーさんとビシュマルさんが参加するらしい。

アズライトに聞いた話では女化生先輩《おんなけしょう》と月影先輩《つきかげせんぱい》も参加するそうだ。何でもハンニャさんの事件で出来た借りの一部を早速《さっそく》返済させる心積もりらしい。

さらに今回は兄も参加する。最近はギデオンからあまり出たがらなかった兄の申し出を疑問には思ったが、それでも兄が傍にいてくれるならば心強い。

この時点で、王国側の布陣《ふじん》は強力だ。先輩も『前回の戦争よりも戦力は揃っていますね』と言っていた。

ただ、不在の人もいる。フィガロさんは先日のプロポーズ後にリアルで発作《ほっさ》を起こし、入院中のため参加できない。ハンニャさんもフィガロさんにリアルで付《つ》き添《そ》っているらしく、こちらにログインしている様子がない。

レイレイさんは元々ログインが不定期な人なので、今回も不在だ。

結果として、〈超級〉の参加者は五人中二人となった。

「カシミヤは？」

「ダーリンはちょうどその日に家の用事があるらしいからね。時間までにログインできるか分からないみたいさね」

フィガロさんと並んで王国最強格の個人戦闘《せんとう》型であるカシミヤの不在は痛い。

だが、リアル都合での不在は仕方のない問題でもある。

また、トムさんも諸事情で参加できないと言っていた。あの人は「運営側ではないか？」という噂が前からあるらしいので、その柵《しがらみ》なのかもしれない。

「狼桜が参加となると……私と狼桜、それに〈超級殺し〉の共同戦線になりますね。……三月の王都を思い出します」

そういえばここにいる三人は、あの封鎖《ふうさ》事件の中心人物だった。

かつて何らかの陰謀《いんぼう》で王国と敵対していた三人が、今度は揃って王国を護《まも》るために戦う。

そう考えると、多少の感慨深《かんがいぶか》さもある。

「残りのアイツ……〈ゴブスト〉のエルドリッジはどこに行ったのかねぇ」

「あ。〈DIN〉の方にちょっと情報入ってますよー。あの事件の後は【戸解仙《マスター・キョンシー》】迅羽《じんう》、【地神《ジ・アース》】ファトゥム、【大提督《グレイト・アドミラル》】醤油抗菌《しようゆこうきん》、【斬神《ザ・セイバー》】無量大数沙希《むりようたいすうさき》と、各地の〈超級〉と戦いながら転々としていたそうです」

「最後の人は初めて聞いたけど……すごくスケールの大きい名前だな」

無量大数《一〇の六八乗》って……。

「ボクも最初に聞いたときはそう思いましたねー。ちなみに苗字《みようじ》はともかく名前の沙希は本名だって前に言ってましたよ」

「マリーの知り合いなのか？」

「あっちでの修行《しゆぎよう》時代の知り合いですよ。今は天地の〈超級〉ですしねー」

天地か……。大陸挟《はさ》んで反対にあるせいかあっちの話ってあんまり聞かないんだよな。

リアルの友人達もそこまで大事件には巻き込まれてないらしいし。

……いや？　夏目《なつめ》は何か口ごもってたっけ？

「〝応龍〟、〝魔法《まほう》最強〟、〝人間爆弾〟、トドメに〝断界〟か。……エルドリッジの奴《やつ》、何でやばい相手にばかり喧嘩《けんか》売ってんだい？　もっと慎重《しんちよう》な奴じゃなかったか？」

「あの事件をきっかけに私達の〈凶城〉が解散しましたが、〈ゴブリンストリート〉の方も痛手が大きかったのでしょうね。それをカバーしようとして、敗北を重ねてしまったのでしょう。……自分の苦手な相手とばかり戦ってしまっているのがその証左です」

「彼《かれ》がいれば戦術の幅《はば》も広がるんですけどね。得意な相手にはとことん強いですし」

逆を言えば、それだけの〈超級〉と戦い続け、挑戦《ちょうせん》し続けてきた人ということか。

以前聞いた戦術の件といい、やはり相当の猛者《もさ》に違いない。

「まぁ、アイツのことはいいさ。なんにしても、次の仕事じゃお仲間だ。前は殺りあった仲だけど、仲良くしようじゃないか」

「ああ。よろしく」

そんなことを話して、握手《あくしゅ》を交《か》わした。

狼桜も気の良い人ではあるんだよな……PKで猪突猛進《ちょとつもうしん》だけど。

◇

□【死兵】レイ・スターリング

その後、俺はすぐ【死兵】に転職した。【死兵】は転職条件もなく、ほとんどのクリスタルで転職可能な汎用職だったため転職は簡単だった。

そうして今は、パーティで少し遠出してレベル上げ中だ。俺とルーク、【記者《ジャーナリスト》】にジョブ変更《へんこう》したマリーと【盾巨人】に変更した先輩、あとの二枠《わく》はマリリンとオードリー。レベル上げするときは概ねこんな編成でやっている。

「そういえばマリリンとオードリー、最初に見たときより大きくなってないか？」

『太ったのか？』

ネメシスの言葉に、マリリンとオードリーは『VAMOO』や『KIEE』と鳴いて抗《こう》議《ぎ》する。性別はメスらしいので、「太った」という言葉がNGだったのかもしれない。

「マリリンもオードリーもかなりレベルが上がっていますからね。その内に種族が変わるのかもしれません」

そういえば以前、『モンスターは個体によってはレベルアップにともなって種族まで変更されるものがいる』と聞いたことがある。モンスターをボールに入れて育てる長寿《ちょうじゅ》RPGみたいな話だが、〈UBM〉の一部はそうしてモンスターが強くなっていった結果であるらしい。今は亜竜《ありゅう》クラスの二匹《ひき》ももっと上のクラスになるかもしれないということか。

「二週間後の講和会議までに成長できれば戦術の幅を広げられますが……間に合うかは分かりませんね。でもレイさんが頑張《がんば》ってますし、僕も出来るだけ強くなっておきます」

「ありがとうな、ルーク」

でもレベルではお前が倍以上なんだよ。……俺ももっと頑張ろう。

「ところでレイさん。二週間後の講和会議に焦点《しょうてん》を合わせているみたいですけど、話がそこで終わらないのは分かってます？」

竜車の荷台に座《すわ》りながらマリーがそんな言葉を投げかけてくる。

「ああ。二週間後の講和会議で何かが起きたなら、そのまま戦争にもつれこむ公算が大きいって話だろ？」

「そのとおりです。あ、戦争中の特別仕様……〈戦争結界〉の話は知ってますか？」

「知ってる。フランクリンの事件の後に調べたからな」

戦争は戦争当事国の国家元首が、同意の上である仕組みを起動することで始まる。

それは〈戦争結界〉とも呼ばれ、発動と同時に戦争当事国の領土に、そしてデンドロ全体に三つの特別仕様を施《ほどこ》す。

一つ目は、『〈マスター〉の戦争当事国でのログイン制限』。

戦争開始と同時に、戦争当事国で戦場と指定されたエリアには〈戦争結界〉が展開される。

ランキング外の〈マスター〉は結界内に入ることができず、展開時に内部にいたとしても強制的にログアウトとなる。

討伐《とうばつ》や決闘のランキングは人数が限られるが、クランランキングに入ったクランに戦争期間中だけでも属していれば、弾《はじ》かれることはなくなる。

この仕様の狙《ねら》いは二つある。

第一に、被害《ひがい》の縮小。制限がなければ必然的に戦争に参加する〈マスター〉は増大し、両国共に戦争で受ける被害も増大する。それを抑《おさ》えるためというのが理由の一つだ。

ただしこの仕様では戦争当事国以外のランカーも、戦争当事国に入ることができる。

実際、前回の戦争においてカルディナがドライフにランカーを送り込んでいる。

第二の狙いは、犯罪の防止。戦争に乗じて犯罪を行う〈マスター〉を弾くためだ。

例えば有名な〈ＩＦ〉というクランのメンバーのように、国際指名手配されているような〈マスター〉は国に属しておらず、必然的にランキングにも入っていないため、戦争中は結界によって弾き出される。

この仕様によって戦争中に各地で犯罪を起こされることを防いでいるのだという。

これに関しては普段《ふだん》からすればいいのではとも思うが、〈戦争結界〉を連続起動できる時間に限りがあるらしく、実行できないらしい。

二つ目の特別仕様は、『内部時間の増大』。

通常、デンドロ内部はリアルの三倍の時間で経過するが、戦争中は三〇倍に加速する。

これはデンドロ全体に適用されるので、戦争当事国以外の〈マスター〉にとってはボーナスタイムに近いものであるらしい。

しかし、一日で一ヶ月《げつ》の時間が経過するということの意味は非常に重い。

それは「戦争中にデスペナルティになれば、戦争中には再ログインできない」ということと同義だ。途中《とちゆう》で死ねば、もう戦争が終わるまでできることはなくなってしまう。


三つ目の特別仕様は、『勝利条件』。

起動の際に両国は勝利条件と要求を提示する。

敗れた側は相手の提示した要求を呑《の》まなければならない。

これは以前聞いた最高クラスの【契約書《けいやくしょ》】を上回るものであり、反故《ほご》にすれば戦争で全土を滅《ほろ》ぼされるよりも惨《むご》い結果が待つと言われている。

これは公平を期するものでもあるらしい。デンドロは【契約書】や『勝利条件』の仕様があるためにリアルの戦争よりも騙《だま》しや反故が少なく、真っ向勝負になるそうだ。

あるいは、そのように仕組まれているのか。

前回の戦争では皇国は王都の陥落《かんらく》、王国は皇国軍の撃退《げきたい》を掲《かか》げたが、結果としてどちらも達成できないまま終了《しゅうりょう》した。

しかし、皇国は侵攻途上《しんこうとじょう》にあった旧ルニングス領の実効支配を果たしている。


そうした特別仕様を齎《もたら》す〈戦争結界〉を、起動せずに戦うこともできるだろう。

けれど、その先に待つのは「どこまで戦争を続けるか」の線引きすら失われた総力戦。

また、ギデオンでフランクリンが起こした事件や、カルチェラタンで【魔将軍《ヘル・ジェネラル》】が起こした事件のように、民間の人々も数多《あまた》巻き込まれ……犠牲《ぎせい》となることが目に見えている。

それゆえにデンドロの歴史上でも、まるでゲームのような『勝利条件』付きの〈戦争結界〉を使用してきたらしい。

そして、今回も講和会議で両国が決裂《けつれつ》したときは、時期を申し合わせた上で〈戦争結界〉を使用することになるだろう。


「では、戦争になる場合の私達の最大の問題は何だと思いますか？」

「……誰《だれ》もランカーじゃないことだな」

仕様の一つ、『〈マスター〉の戦争当事国でのログイン制限』によって、ランカー以外は戦争当事国である王国と皇国に滞在《たいざい》できない。

俺達は誰一人《だれひとり》としてランカーではないため、このままでは弾き出されてしまう。

しかし、今からランク入りするのは難しい。モンスター討伐の累計《るいけい》ポイントを競《きそ》う討伐ランキングは広域殲滅《せんめつ》型や古参〈マスター〉の独壇場《どくだんじょう》。

決闘はランカーと順位を賭《か》けて勝てばいいが、そもそもランキング最下の三〇位に挑戦するまでに決闘で一定以上の成績を収めなければならない。

必然、討伐と決闘は時間が足りず、残された道はクランランキングだけだ。

クランランキングは、メンバー全員分の『これまで達成してきたクエスト難易度』を集計し、順位付けしているらしい。それも単純に集計するのではなく難易度に応じたポイント制で、難易度が高くなるほどポイントも高くなるそうだ。

難易度一で二ポイント、二で四ポイント、三で八ポイントと倍々に増えていき……途中省略して、九が五一二ポイント。最高難易度の一〇のポイントはその都度変動するが、最低でも一、〇二四〇ポイントであるらしい。

『……のぅ、数字の法則性からすると一〇は一〇二四ではないのか？　桁《けた》が違わぬか？』

俺もそう思わないでもないが、どうもクエストの難易度一〇は難易度もポイントも跳《は》ね上《あ》がる仕様だそうだ。

なお、ポイントはクエストをクリアするために関《かか》わった人間の人数で割り、それぞれに均等に配布される仕組みらしい。ソロで難易度一〇をいくつもクリアすればそれだけでクランランキングに入れるとまで言われているが、そんな人はほとんどいないだろう。

クランランキングに入るクランというのは、大抵《たいてい》の場合は沢山《たくさん》の人数でクエストをこなしたクランだ。中には精鋭《せいえい》で八や九などの高難易度クエストを解決していくクランもいるらしいが、少数派と言える。

王国の一位が女化生先輩の〈月世の会〉であるのも納得だ。所属人数は最大。そのほとんどがデンドロこそをリアルと考える廃人《はいじん》集団である。むしろ一位でない方がおかしい。

戦争になりそうな今は、ランキングに入るためにも一時的なメンバーを募集するクランも多く、順位も変動しやすい。それでも、〈月世の会〉の一位は不動だろう。

ちなみに、クランランキングはリアルの一ヶ月、こちらの三ヶ月ごとに更新《こうしん》となるが、次の更新日はこちらの時間で一週間後だ。

ちょうど戦争に繋がるかもしれない講和会議の前なので、ギデオンの市街でもクランのメンバー募集が増えている。

なお、前回の皇国では、戦争参加目当ての一時的メンバーは自分の加入したクランが入れなかった場合、見切りをつけてランキング内のクランに移動したりもしたらしい。

それがアリなので、戦争前にランキング内のクランにさえ入れれば参加は可能だ。

「今から討伐や決闘でランカーになるのは難しいので、戦争になったときはクランに一時加入して参加することになると思います」

「まぁ、それしかないでしょうね。ボクとビースリーも、モンスター討伐や決闘には精を出していませんでしたから」

「……〈凶城〉が健在だった頃《ころ》ならクランランキングの下位には入っていましたが、今はどのランキングにも入っていませんね」

そうか。〈K&R〉がランキング上位にいるのだから、同格のPKクランだった先輩の〈凶城〉もランキングには入っているのか。もう解散してしまっているけれど。

「会長の〈月世の会〉に間借りしますか？　頼《たの》めば加入させてくれると思いますよ？」

「それは……正直避《さ》けたい」

思いっきり借りを作ることになりそうだし後が怖い。

「他に知り合いでは……カシミヤの〈K&R〉もランキングに入っていますが、あれは実質的にはカシミヤとそのファンクラブだから難しいですね」

ＰＫクランなのを差し引いても、女化生先輩のところより良さそうなんだけど駄目《だめ》か。

だが、俺にも考えはある。

「実は、チェルシーのクランに間借りさせてもらうかもと打診はしていたので、そっちを当たってみます」

「ああ。〈黄金海賊団《かいぞく》〉ですか。それなら安心ですね」

〈黄金海賊団〉は、決闘ランキング八位の〝流浪《るろう》金海〟チェルシーがオーナーを務めるクランだ。彼女《かのじょ》と一緒《いっしょ》にグランバロアから渡《わた》ってきたクランで、決闘からクエスト、ダンジョン探索《たんさく》まで幅広《はばひろ》く活動している。

クランランキングは一〇位から二〇位の間を行ったり来たりしている。次のランキングの公示日も十中八九入っているだろう。

「パーティでも大丈夫《だいじょうぶ》とは言われてるからさ。何とかなると思う」

「そうですか。念のためにギデオンに戻ったら聞いてみてくれませんか？」

「分かった」

その後、俺達はその日の狩《か》りを日が傾《かたむ》く程度にまで続けて、ちょうど日が沈《しず》んだ頃にはギデオンに戻った。

その足で俺はネメシスと二人、チェルシーにクラン加入の話をしに行った。

目当ての人物であるチェルシーは行きつけの食堂にいた。

……が、アルコールのジョッキを片手にやさぐれていた。

「ウゥ……恋愛《れんあい》なんて……恋愛なんてクソだ……」

普段の豪快《ごうかい》で朗《ほが》らかな彼女とは思えないほど、濃厚《のうこう》な負のオーラを放って俯《うつむ》いている。

「チェルシー……元気出して」

「……ジョッキと皿がドンドン積み上がってくな」

傍では決闘ランカー仲間のジュリエットが、慰《なぐさ》めるように頭を優《やさ》しく撫《な》でている。

また、以前見掛《みか》けた女性の決闘ランカーがちょっと引いた様子で同席していた。

なお、彼女達《かのじょたち》はリアルが未成年らしく、コップにはジュースが入っている。

「ジュリエット……とマックスだっけ。チェルシーは何があったんだ？」

「……！　其は人が背負った情感の業《ごう》による諍《いさか》い」

「あ。格好と二つ名がやべー奴だ」

声をかけると、俺達の存在に気づいたのかジュリエット達はハッとこちらを向く。

あとその二つ名って〝不屈〟じゃなくて〝黒紫紅蓮《ぐれん》を纏《まと》いし光と闇《やみ》合わさりし勇者〟の方？　その二つ名で呼んでるのジュリエットだけだぞ？

「で、情感の業《恋愛関係のトラブル》による諍いって何があったんだ？」

「然《しか》り。金色の集団の破滅《はめつ》は愛により訪《おとず》れ、今日という日の黄昏《たそがれ》と共に全《すべ》ては去った」

「……痴情《ちじょう》の縺《もつ》れでクランが崩壊《ほうかい》しはじめて、今日の夕方に解散した？」

俺の確認《かくにん》に、ジュリエットがコクコクと頷《うなず》いた。

だが、肯定《こうてい》されても困ってしまう。

なにせ、〈黄金海賊団〉が解散していてはこちらの予定も何もあったものではない。

「……チェルシー、一体なんでまたそんなことに？」

「…………それ聞く？」

チェルシーは顔を上げて、据《す》わった目をした赤い顔を俺に向ける。正直、怖い。

「……でも、レイとは戦争の際のクラン一時加入の話もしてたし、説明しないのは不義理だね」

そう言って、チェルシーは溜《た》め息《いき》を吐いて説明し始めた。

「事の発端《ほったん》は、クラン内で二十股《また》してた野郎《やろう》がいたことよ」

「にじゅ……」

……それはまた、随分《ずいぶん》と手を広げすぎたものだ。

ていうか物理的に可能なのかその多重浮気《うわき》。

「随分と上手《うま》くやってたらしいけど、この前の愛闘祭でついにバレたみたい」

カップルの祭りだから、デートがブッキングしまくったのだろうか。むしろよく愛闘祭

までバレなかったものだ……と疑問に思っているとマックスが情報を付け足した。

「浮気されてた連中がヘンな光についてってたら、他の女とデートの真っ最中だったらしいぞ。で、言及《げんきゅう》からの修羅場《しゅらば》だってさ」

愛闘祭と変な光……心当たりあるな。

ハンニャさんの一件以外にもトラブル起こしてたのか、【光王《アイツ》】。

「浮気野郎《うわきやろう》は逃《に》げるようにうちを辞《や》めたんだけど、そこから亀裂《きれつ》が広がって……とうとう本日、うちのクランは解散だよ」

「それはまた、何と言うか……」

強豪《きょうごう》クランの最後がそれだと思うと、何だか悲しくなる。結局は人間の集まりだから、その関係が崩《くず》れるとどうしようもないのかもしれないけれど。

「それでさ……この件であたしが一番腹を立てていることがなんだか分かる？」

「いや、全く……」

俺《おれ》が首を振ると、チェルシーは一層恐《おそ》ろしい顔になった。

「――その恋愛絡《れんあいがら》みのゴタゴタにあたし自身が欠片《かけら》も噛《か》んでなかったことだよ」

彼女の言葉には悲哀《ひあい》とも怒《いか》りとも区別がつかない感情が篭《こも》っていた。

正直、何と言えばいいのか分からない。

ジュリエットもどこかおろおろとした様子だし、マックスは引いている。

『……二十人と付き合うようなナンパ男に、アプローチすらされなかったのだな』

お前それ絶対に口に出すなよ？

最悪、この食堂ごと液状黄金《ポセイドン》で粉砕《ふんさい》されるぞ。

多分、二十股男もチェルシーの強さにビビって粉かけなかったんだろうし。

「……恋愛なんてクソだ……」

「チェルシーは……かわいい、よ？」

「あー、飯奢《おご》ってやるから元気出せって。……財布《さいふ》の中身足りるかな？」

再び負のオーラを発しながら俯いたチェルシーの頭をジュリエットが優しく撫で、マックスも慰めている。……とりあえず、ここは二人に任せるしかない気がした。

しかし、これは本当に参った。頼《たよ》りの〈黄金海賊団〉がなくなってしまった今、クランの問題はどうすればいいのか……。

『……あやつの〈月世の会《クラン》〉に入るしかないのでは？』

…………なんてこった。

第二話　クラン

□王都アルテア・国王執務室《しつむしつ》

その日、アルター王国の第一王女であるアルティミアは国王代理として多くの執務《しつむ》をこなしていた。ハンニャの事件の後は皇国との講和会議の件もあったため、すぐに王都へと戻り、講和会議に向けて様々な案件を片付けている。

「カルチェラタンでの【セカンドモデル】の増産は順調で、近衛騎士団《きしだん》と王都の騎士団にはもうすぐ配備完了《かんりょう》ね。例の件は、まだ難航しているようね。次の報告書は、……？」

カルチェラタン伯爵《はくしゃく》夫人からの報告書を読み終えた後、次の書類に手を伸《の》ばしてアルティミアはその内容に首を傾《かし》げた。

そこには、『【炎王《キング・オブ・ブレイズ》】フュエル・ラズバーン師、消息不明』と書かれている。

それはアルティミアが〈マスター〉に協力を仰《あお》ぐよりも前、有力なティアンを頼ろうとしていた時期に出していた指令の報告書だった。

王国内に住んでいるものの王国の組織とは関わりなく生活していた超級職《スペリオル・ジョブ》のティアンは幾人《いくにん》かおり、アルティミアは彼らを勧誘《かんゆう》するために使者を送っていた。

しかしながら、人里離《はな》れて隠棲《いんせい》している者も多かったためにその結果は芳《かんば》しくはなかった。何人かは既《すで》に自然死し、他も有力な〈マスター〉に超級職を譲《ゆず》るなどしていた。

そしてまだ報告を受けていなかった最後の一人が【炎王】フュエル・ラズバーンだった。

彼はかつて【大賢者《アーチ・ワイズマン》】とも腕《うで》を競ったほどの実力者であり、今も山深き地で修行を重ねていると世間の噂《うわさ》になっていた人物だったが……。

「消息不明、それも庵《いおり》が全焼《ぜんしょう》……？」

報告書によれば、ラズバーン師が住むという深き山中の庵に使者は赴《おもむ》いたらしい。

しかし、庵は全焼しており、庵の周りの木々もほとんどが炭化していた。

全焼した庵の周囲に新たな雑草が生《お》い茂《しげ》っていたことからかなり前……少なくとも半年以上前に燃えたのではないかと報告書には記載されている。

「…………」

その報告書の内容を、アルティミアは訝《いぶか》しむ。

庵を焼《や》き払《はら》い、どこかへと旅に出た可能性はある。

老齢《ろうれい》であったラズバーン師が死期を悟《さと》り、自らを庵ごと焼き尽《つ》くした可能性もある。

　だが、アルティミアはこれに何か奇妙《きみょう》な策謀《さくぼう》の気配を感じていた。

　知らぬ間に蛇《へび》が自身の足に巻き付いているようなゾッとする不快感と危機感がある。

「……これまでも皇国の策謀、ということはないと思いたいけれど」

　いずれにしろ、注意しなければならない事柄《ことがら》が増えたとアルティミアは考えた。


　アルティミアはその後も仕事を続け、一先《ひとま》ず彼女の確認や決済が必要な書類は全て片付けた。最後の書類は講和会議の護衛依頼《いらい》に関する報告書だった。

「講和会議に備えて〈マスター〉への依頼も出したけれど、参加状況《じょうきょう》は良好、ね」

『かつての戦争でもこれだけ集まってくれていれば……』と思う気持ちはあったが、『きっとあのときにも同じようにしていれば集まってはくれたのだろう』と結論づけた。

　結局、前回の不参加理由の多くは王国側にある。

　しかし、だからこそ彼女には腑《ふ》に落ちないことがある。

「どうしてお父様は、あそこまで頑《かたく》なに……」

　先代国王のエルドルは彼なりの信条を持って、〈マスター〉を特別な存在と考え、戦争の道具としない判断をした。アズライトも己《おのれ》の耳で聞いているし、理解もした。

　けれど、『そもそも何故《なぜ》そのような信条を持ったのか』がアルティミアには不明だった。

国王代理としてエルドルの仕事を執《と》り行《おこな》えばその意味も見えてくると考えていたが、今もって分からない。

むしろ、レイ達《たち》と直接触《ちょくせつふ》れ合《あ》うことで、〈マスター〉との協力は必須《ひっす》であると理解した。

人と……レイと触れ合ったことで、アルティミアの考えは変わったのだ。

「……お父様も？」

あるいは、エルドルも誰かと接したことで、あの思想を持つに至ったのかもしれない。

「そちらも、少し調べてみようかしら。……あら、もうこんな時間なのね」

時刻は既に夕暮れになっており、じきに夕食の時間となるだろう。

今日のアルティミアは、エリザベートやテレジアとも一緒に夕食をとる予定だった。

先週のエリザベートとの一件で和解し、エリザベートがこの王都に戻《もど》ってからは姉妹揃《そろ》って夕食をとることも増えている。

あるいはそれは、遠からず黄河《こうが》へと嫁《よめ》に行くことになるだろうエリザベートとの思い出を作るためなのかもしれない。

エリザベートと黄河の第三王子ツァンロンは、予定では講和会議が成った翌日には黄河へと旅立つことになる。それがギリギリのリミット。

会議が決裂したとしても、〈戦争結界〉を発動するまでには共に黄河へと旅立つ。

それに、もしも会議でアルティミアが暗殺されれば、エリザベートが王国の第一王位継《けい》承者《しょうしゃ》となる。そうなったときは、黄河との縁組《えんぐみ》の形も変わることになるだろう。

全ては二週間後の講和会議の結果次第《しだい》。自分が死ぬ可能性にも考えを巡《めぐ》らせながら、アルティミアはできることをしようと考えていた。

「殿下《でんか》。ご在室でしょうか?」

不意に、執務室のドアがノックされた。

ノックしたのはアルティミアの腹心でもあるフィンドル侯爵《こうしゃく》だった。

「ええ。入室を許可します」

「失礼いたします」

そうして執務室に入ったフィンドル侯爵は、その手に一通の手紙を携《たずさ》えていた。

「それは?」

「殿下に宛《あ》てて届けられたお手紙にございます。差出人は……インテグラ殿です」

その名前にアルティミアは驚《おどろ》き、目を微《かす》かに見開いた。

インテグラ。インテグラ・セドナ・クラリース。

先の戦争で亡《な》くなった【大賢者】の徒弟《とてい》の一人であり……唯一《ゆいいつ》の生き残りだ。

彼女は徒弟の中で最も年若かったが、【大賢者】から才能を認められ、多くのことを直接教わっていた。その才は、紛《まぎ》れもなく多くの徒弟の中で抜《ぬ》きん出《で》ていただろう。

そして二年前より、【大賢者】からの最終課題として七ヶ国《こく》を周遊する旅に赴いていた。

そのため、徒弟が全滅《ぜんめつ》した【三極竜　グローリア】との戦いにも、【大賢者】が亡くなった戦争にも参加していなかったのだ。

しかし世界を回る彼女とは連絡《れんらく》を取る手段もなく、これまで生死も定かではなかったのだが……今こうして彼女からの手紙がアルティミアに届いた。

「…………」

アルティミアは少しの思案の後に、フィンドル侯爵から手紙を受け取った。

アルティミアにとってのインテグラは、リリアーナやクラウディア同様に数少ない友人であり、親友でもある。

しかし、この二年の間に王国の情勢は大きく変化し、彼女の兄弟子達《あにでしたち》や師である【大賢者】も亡くなってしまった。

そのことについて考え、彼女からの手紙の内容を少しだけ恐れた。

けれどアルティミアは意を決し、彼女からの手紙の封《ふう》を切り、中身を確かめた。

「…………え？」

そこには、アルティミアの意図しない文言のみが書かれていた。

『この度《たび》、インテグラ・セドナ・クラリースは師の後を継《つ》ぎ、【大賢者】となりました。王国に帰還《きかん》した後は、アルティミア・アズライト・アルター殿下の下で師同様に力を尽くしたいと思います』

◇◇◇

□【死兵《デス・ソルジャー》】レイ・スターリング

「どうしたものかな……」


当てにしていた〈黄金海賊団〉解散の報を聞いてから、俺は悩《なや》んでいた。

女化生先輩《おんなけしょうせんぱい》の〈月世《げっせい》の会〉に入るか、ギリギリまで他の方法を模索《もさく》するか。

「他に当てがあれば良いのだが……それも難しいか」

「そうだな……。ランキング内で伝手《つて》のあるクランもあまり多くはないし」

幅広く戦争時の傭兵《ようへい》……一時加入メンバーを募集《ぼしゅう》している上位クランもある。

クランランキング二位の〈ＡＥＴＬ連合〉というクランがそうだ。

ランキング上位ではあるが、〈超級〉の女化生先輩がいる一位の〈月世の会〉や、決闘《けっとう》ランカーのカシミヤと狼桜《ローザ》がいる三位の〈K&R〉と違《ちが》い、目立ったメンバーはあまりいない。

代わりに、人数は〈月世の会〉に次ぐ規模を誇《ほこ》る。

クランの活動は、端的《たんてき》に言えばファンクラブだ。アズライトを始めとした三人の王女と、何時だったか兄が言っていたように王国のティアンでも絶大な人気を誇るリリアーナ。

彼女達四人のファンクラブが結集したのが〈AETL連合〉だ。クラン名は彼女達の頭《かしら》文字《もじ》である。彼らは『彼女たちを護る！』という目的に沿っていれば誰でも一時加入を認めていた。前回の戦争に参戦した王国の〈マスター〉では最大勢力であり、王国が完全な崩壊を迎《むか》えなかった一因とも言われている。

彼らは『また戦争が起きても同じ目的を抱いて戦いに臨《のぞ》む』と常々宣言していた。

俺も目的は同じであったため、実は〈黄金海賊団〉より先に打診《だしん》していたのだが……。

「……〈AETL連合〉には断られたんだよな」

「あれはのぅ……」

その最大の要因はフランクリンの中継《ちゅうけい》していたギデオンの事件の映像である。

あの戦いで俺はリリアーナ（及《およ》びリンドス卿《きょう》）と肩《かた》を並べて戦った。

天敵である【ＲＳＫ】を倒《たお》した後は、リリアーナに介抱《かいほう》されもした。

それが彼らの逆鱗《げきりん》に触れたらしい。

クランのサブオーナー（リリアーナファンクラブのトップ）と直接話したのだが、「リリアーナ殿と肩を並べて……まして直接手当てされるなどあまりにも距離《きょり》が近すぎる!! しかも治療《ちりょう》している時の彼女のあの真剣《しんけん》な表情……ぐあああああ!! お前なんか絶対に入れてやらん！　ペッ！」と断られてしまった。

「ファンクラブというのは、抜け駆《が》けを嫌《きら》うものなのだな……」

「組織によるだろうけどな」

あの〈ＡＥＴＬ連合〉ではアウトだったらしい。

まぁ、闇討《やみう》ちとかしてこないだけ、まだ理性的な人達ではあるのだろうけど。

今からでも頼めば入れてくれないものか……。

「というか、今はアズライトとも仲が良いのだから余計に加入は不可能では？」

「……それもあったな」

「…………しかも混浴までしたのぅ」

「…………それ、内緒《ないしょ》な」

知られたら今度こそ闇討ちされるかもしれない。

……やはり当面は〈AETL連合〉に入るのは無理そうだ。

「……〈月世の会〉の場合、頼めば入れてはくれるんだよな」

　なにせ、一度は俺を誘拐《ゆうかい》してまでクランに加入させようとしていたのだから。俺が自分から「加入させてください」と言えば、二つ返事でOKされてしまうだろう。

しかし、その後が問題だ。〈月世の会〉に入る理由は戦争に参加するため、つまりは傭《よう》兵枠《へいわく》の一時加入だが……向こうがそれで済ませてくれない可能性は高いと見ている。

あれこれと理由をつけて、逃がしてくれないだろう。

しかもこちらはリアルも割れている。ちょっと逃げられない。

だが……戦争に参戦できないというのは論外だ。今度の講和会議で王国と皇国が決裂すれば、待っているのは戦争。アズライトやリリアーナ、多くの友人の命運が賭《か》かった凶事《きょうじ》に、その場にいることすらできないというのは、あまりに後味が悪い。

「……やっぱりそうするしかないか」

背に腹は代えられないという言葉もある。

虎穴《こけつ》どころか虎口《ここう》に入ることになったとしても、〈月世の会〉に加入するしかない。

でもパーティメンバーのみんなにはどう話したものか……。

「ン？　レイじゃないカ。そんなに思いつめた顔をしてどうしたんダ？」

覚悟《かくご》を決めながら歩いていると、特徴的《とくちょうてき》な声と身長の知人……迅羽《じんう》に出くわした。

彼女は兄の屋台のポップコーンのカップを手に持っていた。

……あの手でよく器用にポップコーンをつまめるものだ。

「迅羽……」

「本当にどうしたんだヨ。なんだか、『服脱《ぬ》いで、金属外して、酢《す》をつけて、塩もみこんで、扉《とびら》の向こうに逝《い》ってきます』ってツラだゾ」

……それどこの注文の多い料理店ですかね。

しかし俺はそんなに悲壮《ひそう》な顔をしていたのか……。

「何かあったなら言ってみろヨ。ダチのよしみで相談に乗るゼ？」

「迅羽……」

何だかすごく頼りたくなる……相手は小学生の女の子だけど。

「実は……」

俺はさっきの出来事と、〈月世の会〉への加入を頼もうと考えていることを告げた。

それを聞いて迅羽は首を傾げた。

「なぁ、何で〈月世の会〉に入るんダ？」

「もう他にランキング内のクランに伝手がないからだよ」

「そうじゃなくてナ」

迅羽はそこで言葉を切って、

「お前らでクラン作ればいいだロ？」

寝耳《ねみみ》に水《みず》な言葉を投げかけてきた。


「……俺達《おれたち》が？」

今からクランを作っても、ランキング入りなんてとても無理なように思えるが……。

「お前絡《がら》みのクランならあのクマも入るし、パーティメンバーのＰＫ連中も入るよナ？で、お前やクマと仲がいいフィガロも入るだろうし、フィガロが入るならあのハンニャも入るだロ。決闘ランカーでヒマしてる連中も誘《さそ》えば来るだろうシ。こんだけ揃えば普通《ふつう》にランキング入るんじゃないカ？　量より質デ」

「…………」

その発想はなかった。

人の数は多くないが、俺の知り合いは大半が歴戦の猛者《もさ》。クリアしてきたクエスト難易度に応じたポイント、その合計で決まるクランのランキングならば……可能性はある。

「はっきり言ってお前の兄貴だけでお釣《つ》りが来ると思うゾ。ランク入りに必要なクエストの達成ポイント」

流石《さすが》にそれはと思ったが、兄からは過去の話として、難易度一〇を始めとする高難易度のクエストをクリアした話を何度も聞いている。

それも、少人数やソロで解決したものもあったらしい。

ならば、ありえなくはない。

「……ありがとう、迅羽。そっちの方向で相談してみる」

選択肢《せんたくし》が女化生先輩のところしかなかったときはどうなるかと思ったが、少し希望が見えてきた。気づかせてくれた迅羽には感謝しかない。

『絶望の権化《ごんげ》のように扱《あつか》われるあやつに少し同情するが、最初が最初だったからのぅ』

拉致《らち》監禁《かんきん》、ダメゼッタイ。

「まぁ、講和会議とか戦争とか大変そうだけど頑張《がんば》れヨ」

「そういえば、迅羽はどうするんだ？」

「講和会議の護衛はしねーヨ。ツァンの護衛もあるし、何より傭兵として参加する戦争ならともかく会議の護衛に他国の〈マスター〉がいても問題だロ。『お前らそんなに戦う気満々なのかヨ』って会議の空気悪くしてもナ」

「……たしかに」

戦争のためにクランランキングに入ろうとはしているが、必ずしも戦争になるとは限らない。平和的に会議が終わる可能性も十分にある。

迅羽はそのあたりに気を遣《つか》っているのだろう。

「その後は……講和会議の流れ次第だナ。戦争になるなら第一王女と改めて交渉《こうしょう》。ならねーならツァンと一緒に黄河に帰るゼ」

「そっか。そうなると寂《さび》しくなるな」

「今度はそっちが黄河まで来ればいいサ。名所も多くて観光も楽しいしナ」

「黄河か……」

しばらくは王国を離れられないだろうけど、一段落したら各国を回るのもいいかもしれない。兄も多くの国を旅したと言うし、俺にもそうしたい気持ちは少しある。

「……いつかは黄河にも行きたいな」

「来たら案内してやるヨ」

「ああ、そのときは頼む」

そうして、その日は迅羽と別れた。

けれど、少ししてからとある疑問を抱いた。

迅羽が王国に雇《やと》われた場合……ツァンロンの帰りの護衛は誰がやるのだろうか、と。

◇

迅羽と別れた後、俺はまず先輩達《せんぱいたち》の待つ食事処《どころ》に向かい、〈黄金海賊団〉が解散していた旨《むね》を報告。それから兄を含《ふく》めたメンバーで新規にクランを作り、次のランキング更新でクランランキングに入ろうと考えていることも話した。

かつてクランを率いていた先輩の反応は、「可能性は十分にありますが、レイ君のお兄さんのポイントがどの程度かを確かめる必要があります」というものだった。

ポイントはウィンドウの戦歴画面からチェックできる。それを見ればランキングに入っていた頃の〈凶城〉の合計ポイントと比較《ひかく》して、可否がある程度見極《みきわ》められるそうだ。

ただ、戦争が起きるかもしれないと考えてランキング更新前に傭兵を募集するクランも多いため、最低でもかつての〈凶城〉より多くないと難しいとも言っていた。

ひとまず参加の意思を含めて兄に聞かなければならない事柄が多かったので、兄に連絡を取る。ウィンドウからフレンドのログイン状況をチェックすると兄はログイン中らしく、【テレパシーカフス】で連絡を取ると繋《つな》がった。

クランの創設についての話をすると今どこにいるか聞かれたので、俺達がいる食事処の場所を教えた。

そして待つこと三〇分、兄は食事処に現れた。

『お待たせクマー』

「わぁ。レイ君久しぶりダヨー」

――レイレイさんを伴《ともな》って。

「レイレイさん⁉」

〝酒池肉林〟のレイレイ。

王国四人目の〈超級〉であり、会うのは俺が初めてログインした日の歓迎会《かんげいかい》以来だ。

一服盛られたときのことは、今でも時折飲み物を飲むときなどに思い出す。

〈超級〉の中でも飛びぬけてログイン頻度《ひんど》が低く、不定期な人がどうしてここに……。

『今日は久しぶりにレイレイさんとクエスト行ってたクマ』

「私がたまにログインしても最近のシュウはポップコーン作ってばっかりだったから、久しぶりの共同作業ヨー」

そういえば、兄はレイレイさんとも時々クエストに行くとは聞いてたな。

でもそれが今日だったとは……。

パーティのみんなも、エンカウント率が群を抜いて低い〈超級〉であるレイレイさんとの遭遇《そうぐう》に驚いている様子だ。

『で、クランについての話があるんだろう？』

「あ……、そうなんだよ」

予期せぬレイレイさんの登場に呆気《あっけ》にとられていたが、本題はそちらだ。

兄とレイレイさんに同じテーブルについてもらい、順を追って今の状況を説明した。

『なるほどな。ま、雌狐《めぎつね》に借り作るのはやめとくのが正解クマ』

兄の言葉に頷く。先輩を見ると……少し考えてから頷いて同意していた。

『さて、まずはクランのランキングに入るために必要なポイントについてクマ。これが俺のポイントクマ』

そう言って兄はウィンドウの戦歴画面を開き、俺達にポイントを見せた。

それは俺とは桁が幾《いく》つも違っていたが、ランカークランの合計ポイントと比較したときはどうなのだろうかと思って先輩を見ると、

「………………」

無言で目を見開いていた。

「先輩、このポイントは……？」

「……解散前の私達の合計ポイント……その倍以上ありますね」

「「「「…………」」」」

俺も、ネメシスも、ルークも、マリーも、言葉をなくす。

先輩の率いてきた〈凶城〉は王国でも名うてのPKクランであり、フィガロさんという強すぎる相手に敗れはしたものの、数も質も揃えていた。

きっとクエストだって数多くこなし、ポイントも稼《かせ》いでいただろう。

しかし兄は個人でその倍以上のポイントを有するという。

……〈超級〉が規格外というのは分かっていたが、これほどか。

「……傭兵によるランキング全体の増加分を踏《ふ》まえても、十二分に足ります」

「そうか……」

兄の協力さえ得られればクランランキングに入ることは確実ということか。

『俺が名義だけでも貸せば、ランキング入りしてお前はランカーになれるクマ』

兄はそこで言葉を切って、

『――そうする前に俺の質問に答えてもらうクマ』

続く言葉で兄の雰囲気《ふんいき》が変わったことを感じた。

けれど、他のみんなは気づいていない様子だ。

俺だけに分かるような……そんな些細《ささい》な変化なのだろう。

「……何だよ、兄貴」

『お前が初めてログインした日に、お前は俺から戦争の話を聞いて「ランカーを目指す」って宣言したクマ』

——まずはレベルを上げて……ランカーでも目指してみようか。

そんな言葉をあの日の俺は確かに述べて、目標とした。

けれどその翌日に初めてのデスペナルティとなり、自分達の力不足を知った。俺達は、敗北からの立ち上がりをスタート地点として、これまで多くの事件を駆《か》け抜けてきた。

それでも、最初の目標が「ランカーになる」ことであったのは変わらない。

『ここでクランを作り、俺が加入すればまず間違《まちが》いなくお前はランカーになれるクマ。あるいは俺が入らなくても知り合いを集めればできるかもしれないクマ。そうでなくても、今のお前のネームバリューとポケットマネーで傭兵を集めてもいけるかもしれないクマ』

言われて気づく。

たしかに……兄の協力を得られなくても、解決策はあるように思える。

『でも、それでいいクマ?』

「………」

『自分の力ではなく、他者の力でランカーになって……お前は後味良く納得《なっとく》できるクマ? 何より俺というメンバーを交えてクランを作る覚悟はあるクマ?』

兄の口調は普段《ふだん》と何ら変わらないけれど、分かる。

これが、兄からの真剣な問いであることが。

兄に問われ、俺はランカーとなることについて今一度考える。

きっと、始まりの日の俺が目指したランカーはクランランキングではなかった。

自分の実力を引き上げて、討伐《とうばつ》か決闘で辿《たど》り着《つ》けると思っていたはずだ。

けれど、累計《るいけい》の討伐数が物を言う討伐ランキングで上位に入る見込みはなく、決闘ランキングで実績を重ねて挑戦《ちょうせん》する時間も実力も足りない。

クランランキングでなければ、俺はランカーになれない。

逆に、クランランキングならばきっと可能だろう。ランキングに入るようなクランを結成することも、扶桑先輩《ふそうせんぱい》のクランに入ることも、きっとできる。

それが他力本願ではないかと言われれば……否定はできない。最初に「ランカーになる」という目標を抱いた頃《ころ》の俺は、それを後味が良い結果だとは思わないだろう。

けれど……。

「…………」

俺はネメシスへと視線を向ける。

ネメシスは言葉でも、心でも、何も言わない。

ただ、真《ま》っ直《す》ぐに俺を見ていた。

「……そうだな。答えは、既に出てる」

俺は一度目を閉じ、息を吐《は》いて……、着ぐるみ越《ご》しに兄の両目を見据《みす》える。

「……兄貴の言っていることは、間違いじゃない。その目標を立てた頃、俺はこんな風にランカーになるとは思っていなかったはずだ」

兄の言うように、俺にとって目標を曲げるというのは後味の良いことじゃない。

きっと昔から俺を見てきたからこそ、それがよく分かっているのだろう。

「だけど、それは……今の俺にとっては大間違《おおまちが》いなんだ」

だけど、本当に大切なものはそうじゃない。

あのときの俺と今の俺では、見えているものがあまりに違う。体感でもほんの二ヶ月程《げつ》度の時間に過ぎないけれど、それでも重ねてきた時間が違うから。

「手段を選んで、王国の……友達《アズライト》のために何もできない。そんな最悪に後味の悪いことになるくらいなら、今の俺は手段なんて選ばない」

最も優先すべきことが、今の俺には見えているから。

「死《し》に物狂《ものぐる》いで、今の俺に見えている可能性を掴《つか》んでやる」

望む可能性を掴むために、己の全《すべ》てを駆使《くし》する。

それに……俺はこの道を他力本願だとは思わない。

「兄貴でも、仲間でも、友達でも、……今の俺と力を合わせてくれる人達と一緒《いっしょ》にクランを作って、ランカーになる」

他者の力かもしれないけれど、その人達と力を合わせることができるのは俺が重ねてきた時間の、……かつての俺が今の俺になるまでに通ってきた思い出の結果だと思うから。

「『この縁《えん》も俺の力だ』と胸を張って、アズライトと一緒に戦ってやる」

俺は今の俺の全てで目の前の困難にぶつかり、可能性を掴むと既に決めたのだから。

「それが、俺の選択《せんたく》だ！」

俺達でクランを作り、クランランキングでランカーになる。

その道を選ぶことに対し……今の俺には一片《いっぺん》の悔《く》いもありはしない。

『…………』

俺の宣言の後に、静寂《せいじゃく》が店内に満ちる。

兄も、ネメシスも……誰《だれ》もが言葉を発さず、時だけが過ぎる。

その静かな時間の後に、兄がゆっくりと口を開く。

『——合格だ』

そう一言で述べた兄は……着ぐるみの向こうで笑っている気がした。

『俺の名義と戦力、お前のクランにくれてやるクマ。クランオーナー』

「ありがとう、兄……え？」

兄に感謝を述べて……その言葉の最後に付いた文言に気づく。

クランオーナー？

「……俺が？」

『そりゃそうクマ。俺は名義を貸しはするが、実際に運営するのはお前クマ。だったらお前がクランオーナークマ』

……そうだった。クランを作るとは決意していたが、オーナーが誰になるかまでは考えが回っていなかった。

　先輩達の方を見ると、先輩はゆっくりと頷《うなず》いた。

「このパーティや【破壊王《彼》】、これからレイ君が声をかけようとしている人々もですが、レイ君だからクランメンバーになるのです。他の誰がオーナーになっても筋が通りません」

「ええ、その通りです」

「まぁ、こんな滅茶苦茶《めちゃくちゃ》なメンバーになってるのはレイさんの類友……げふんげふん、人望のお陰《かげ》ですからね！」

　先輩だけでなく、ルークやマリーも先輩と同意見らしい。

「オーナーはレイ君以外にありえません」

「…………分かった」

　そこまで言われたのならば、覚悟を決めよう。何より、オーナーになることに尻込《しりご》みしていたのでは前に進むことはできないし、望む可能性を掴むこともできないはずだから。

「俺《おれ》が……クランオーナーになる」

　そう述べると、ネメシスが俺に拍手《はくしゅ》を送った。

　兄も、ルークも、マリーも、先輩も、レイレイさんも同じく拍手を……。

「……ちょっと待て!?　店内にいた他の人達も拍手してるけど!?」

今、気づいた。俺は衆人環視《しゅうじんかんし》の中で、さっきの宣言をしたのだということを。

……初めてデスペナルティになった後の噴水《ふんすい》でのことを思い出す。

…………恥《は》ずかしくなってきた。

『ふっふっふ。ただで名義貸すのもあれだからちょっと意気込みを聞いてみたが、思ったより熱い宣言で満足クマ』

そんな理由で⁉

「ふふん。ここぞというところで存外に暑苦しいのがレイのいいところだぞ、クマニーサン」

『知ってるクマ』

「ネメシスもちょっと誇らしげに話に乗っかるなよ！　恥ずかしさが増幅《ぞうふく》されるから！」

そんな俺の反応に周囲からは笑声《しょうせい》が聞こえた。

「うんうん。大団円ダヨー」

そんな中、特にケラケラと笑っていたレイレイさんはそう言って、

「あ。クラン作るなら私も加入するヨー」

「「「『え？』」」」

俺だけでなく兄まで含めた全員が思わず聞き返すようなことを述べたのだった。

◇◇◇

□決闘都市ギデオン

店内での問答から少しして、「善は急げ」とばかりに一行はクランの結成届けを提出することにした。レイレイが次はいつログインできるか不明、というのも結成を急ぐ理由だ。国家所属クランの結成届け提出や人数追加の手続きは該当《がいとう》国の冒険者《ぼうけんしゃ》ギルドで行うことが出来るため、揃ってそちらに歩いている。

クランについて話すレイ達の少し後ろで、シュウとレイレイが並んで歩いている。

「シュウはどうしてさっきの問答したノー？　あれ、レイ君の答え次第では加入しなかったデショ」

前を歩くレイ達に聞こえないように、レイレイがシュウにそう言った。

『……分かるか？』

「シュウとの付き合いも結構長いからネー」

ニコニコとした笑顔《えがお》のレイレイに、シュウは『そうか』と納得する。

彼女《かのじょ》が言うように、レイの返答次第ではシュウが名義を貸すことはなかった。

理由は幾つかあるが、その中でもレイの意思確認《かくにん》と並んで最大のものは『【破壊王】シュウ・スターリングの名が大きすぎる』ということだ。

『〈超級《スペリオル》〉が所属するクランは、敵を作る』

それはかつて〈ソル・クライシス〉がレイを倒して名を上げようとしたことと同様であり、遥《はる》かに規模が大きいものだ。それほどに、〈超級〉のネームバリューは大きい。

ただでさえ皇国との戦いで悪縁《あくえん》ができ、狙《ねら》われることの多いレイが……さらに余計な相手に狙われることをシュウは懸念《けねん》していた。

『だから、レイレイさんが参加すると言ったのも正直どうしたものかと思ってるんだが』

『毒を食《く》らわば皿までヨー。一人入ったなら、二人でも変わらないデショ？』

『……フィガロの奴《やつ》も復帰したら入るだろうな。そうしたらセットでハンニャもだ』

『おー。〈超級〉が四人も加入するヨー』

『……国家所属のクランとしちゃ〈セフィロト〉に次ぐ〈超級〉の数だ。そんなもんのオーナーになるあいつは、これから今まで以上に注目されることになるだろうな』

『大変だネー』

それが分かっていても、シュウはレイのクランに入ることを決めた。

『それでも、あいつの決意は聞いた。なら、もう言うことはないさ。俺もメンバーの一人として、兄として、あいつと一緒にやっていくだけだ』

これから起こるだろう様々な出来事も、レイならば向き合えるだろうとシュウは信じた。

かくして、西方三国で最も多くの〈超級〉が所属するクランが、ルーキーであるレイ・スターリングをオーナーとして誕生することになったのだった。

第三話　恐るべきクラン

□王都アルテア・王城

講和会議まで一週間を切ったその日、アルティミアは執務室《しつむしつ》で詰《つ》めの作業をしていた。

会議前までのあらゆる段取りを片付けておき、会議で何が起きても……自分が死んだとしてもすぐに国として動ける準備を固めている。

彼女は、講和会議で自分が死ぬとすれば三つのパターンがあると考えている。

一つ、講和会議自体が罠《わな》であった場合。

二つ、講和会議の決裂《けつれつ》により戦闘《せんとう》状態に移行した場合。

三つ、講和会議を狙った第三勢力に襲撃《しゅうげき》された場合。

一と二の場合は皇国を相手に戦争を再開することになる。

しかし、三の場合は現時点では如何《いか》なる状況《じょうきょう》となるかが読めず、何が最善手であるかを残った者達《たち》に考えてもらわなければならない。

幼いエリザベートにその判断は難しいため、自身の腹心であるフィンドル侯爵《こうしゃく》、そして信頼《しんらい》できる友人のリリアーナをこの王都に残すことにした。

自身の死後はその二人を後見人として、エリザベートやテレジアを支えるように書面も残してある。

「インテグラは、間に合わなかったわね」

親友であり、【大賢者《アーチ・ワイズマン》】の後継者《こうけいしゃ》であるインテグラ。

彼女の手紙には帰還する旨は書かれていても、その時期は明記されていなかった。

そして現時点でも彼女が王都に帰り着いた報告はない。講和会議まであと僅《わず》か。彼女の帰還は間に合わないと考え、彼女抜《かのじょぬ》きでの準備を整えている。

作業を進めていると、執務室のドアがノックされた。

門の外の近衛騎士《きし》に用件を聞くと、「レイ・スターリング氏がいらっしゃいました」という返答がきたため、執務室に通すように伝えた。

昨日のうちに王都まで移動してきたことは聞いていたので、近日中に来てもらうように伝えていたのだ。

大学のために他の世界に姿を消す《ログアウトする》頻度もそれなりに多いレイであるので、翌日というのはアルティミアの想定よりも早かった。

「いらっしゃい。レイ、ネメシス。久しぶりね」

「ああ、久しぶり」

「ハンニャの事件の後以来だのぅ、アズライト」

「そうね。私も講和会議の準備で忙《いそが》しくて、あの後は王都に戻《もど》ってしまったから」

「そっちは大丈夫《だいじょうぶ》なのか？」

「ええ。粗方《あらかた》の段取りは済ませたわ。それでアナタを呼んだ理由は二つあるのだけど、まずはシルバーについてね」

「シルバー？」

自身の所有する煌玉馬の名前を急に出されて、レイは首を傾《かし》げた。

「カルチェラタンで進めているあれの修復作業で、どうしてもオリジナルの煌玉馬の構造の写しが必要になったらしいのよ。【セカンドモデル】だと簡略化されてる部分だから参考に出来ないらしくて」

「なるほどのぅ。量産型だけあってコストダウンしている部分もあるのか」

「ええ。それで修復のためにオリジナルの煌玉馬の構造データが欲《ほ》しいそうなの。担当のブルースクリーン氏が今は王都の工房《こうぼう》にいるから、後で顔を出してもらえるかしら」

「分かった。それでもう一つの用事は？」

「……その、私が個人的に聞きたいことがあったの」

「アズライトが？」

レイは『何だろう？』と疑問に思ったが、その答えはすぐに返ってきた。

「アナタ、自分でクランを作ったそうね」

「ああ、そのことか。もう知ってるんだな」

「ええ。噂《うわさ》になっていたから………」

そこまで言って、アルティミアは少し口をつぐみ、頬《ほお》を赤くした。

その理由は、噂にレイが衆人環視の中で行った宣言の内容まで入っていたからである。

直接聞いたわけではないのに、想像してアルティミアは顔を赤くしたのだ。

「アズライト？　どうかしたのか？」

「……なんでもないわ。それより、クランにはどんなメンバーが集まったの？」

「俺と兄貴、うちのパーティメンバー、それとレイレイさん。あとは知り合いの〈マスター〉を何人か誘って、加入の返事をもらえた三人だ。人数は合計九人だな」

それはクランとしては普通の規模で、むしろ少人数と言える。

だが、そのメンバーの中に〈超級《スペリオル》〉が二名、名を馳《は》せたＰＫが二人いる時点で普通のクランではありえない。

なお、加入した三人と言うのは度々《たびたび》クエストで同行もしていた霞《かすみ》、ふじのん、イオの三人である。霞がルークに誘われ、「わぁ……。ルーク君やレイさん、それに師匠《ししょう》とも一緒のクランなんだ……。それはとっても良い、ね……！」と赤面しながら二つ返事で了解《りょうかい》した。他の二人も二つ返事である。

……なお、その後に霞が他のメンバーとの顔合わせで失神したことは些細な問題である。

偶々《たまたま》ビースリーがバルバロイモードだったので間が悪かった。

なお、レイの方は模擬《もぎ》戦仲間の決闘《けっとう》ランカーに声をかけたが、そちらからの加入者はまだいない。既《すで》に〈バビロニア戦闘団〉というクランを預かっているライザーには打診《だしん》せず、ビシュマルは「俺はクランには入っちゃいないが、ライザーの野郎《やろう》と組むことにしてるぜ！」と言って断った。

ジュリエットとチェルシー、マックスは返答を保留にして欲しいと返答していた。

チェルシーは先のクラン解散のショックがまだ抜《ぬ》けておらず、すぐには新クランに入るという判断を下せない。ジュリエットはそんなチェルシーが心配という理由で、まだ加入しないことにした。マックスは「メンバーがヤバすぎて二の足踏む」とのこと。

チェルシーが落ち着いたら彼女達《かのじょたち》の方から、加入か断りの意思を伝えることになっている。彼女達がレイのクランに入るのか、あるいは新クランを立ち上げでもするのかはまだ分からない。

「……アナタの兄はともかく、レイレイまで入っているのね」

「それは俺も驚《おどろ》いた。あと兄貴が言うには、フィガロさんとハンニャさんも入るそうだけど、二人はまだ戻ってきてないから加入はしてない」

〈超級〉が四人という状態に驚くべきか、……あるいは呆《あき》れるべきか悩《なや》んだ。

「王国の〈超級〉がそこまで一丸となるなんて、少し前までは想像もできなかったわ。……レイのお陰かしら？」

「だったら、アズライトが理由だよ。アズライトがいたからこそ、俺もこのクランを作る決意が出来たんだ」

あっさりと言われたその言葉に、アルティミアの心拍数《しんぱくすう》は少し増えた。

「…………アナタって、本当に私を驚かせることを言うわね」

「そうか？」

「アズライト、気をつけるのだ。レイの口はここぞという時に熱いことを言うが、普段もあっさりと心臓を止めかねないことを言うからの」

「本当にそうね」

「……お前らの中で俺の口はどういう扱《あつか》いなんだ？」

「「…………」」

二人が目を逸《そ》らして無言になったことが、ある意味では答えと言えた。

レイは二人の態度にちょっと落ち込み、気持ち悲しげな表情でシャコンと【ストームフェイス】を装備した。

それが「台詞《せりふ》には気をつける」というアピールなのか、「俺の口はそんなにやばいのだろうか……」という落ち込みの意思表示なのかは分からない。

「……いえ、レイの口のことはいいわ。それよりもレイのクランに話を戻しましょう。クランについて聞きたいことは、顔ぶれ以外にもあるのよ」

『それは？』

「…………マスク外してもらえるかしら？」

「分かった。で、他に聞きたいことって何だ？」

そう尋《たず》ねるレイにアルティミアはある資料を取り出す。

それは最近更新《こうしん》されたランキング掲示板《けいじばん》の写しだった。

「アナタのクランの名前よ。先日の更新でクランランキングは変動が激しくて、どれがレイのクランか分からなかったから」

「ああ。今回は上から下までガラリと変わってたからな」

大きな変化の理由は幾つかある。〈黄金海賊《かいぞく》団〉や〈凶城〉といったクランが解散によりランキングから消滅《しょうめつ》したことで生じた空き。戦争が起きると想定して傭兵《ようへい》や新規メンバーを募集《ぼしゅう》して合計ポイントを高めたクランの参入。

そして、ランキング二位〈AETL連合〉の分裂《ぶんれつ》と縮小が挙げられる。

〈AETL連合〉が縮小した理由は、リリアーナのファンクラブが離脱《りだつ》したからである。

原因は、レイが〈AETL連合〉に加入を打診した件だった。

サブオーナーが下したレイの入団拒否《きよひ》に対し、『レイ・スターリングがいればリリアーナを通じ、エリザベート様と俺達の接点もできたじゃないか！　何してんのばかぁ⁉』と、リリアーナが護衛する第二王女エリザベートのファンクラブが涙《なみだ》ながらに訴《うった》えた。

それに対し『うるせえ！　こっちの気持ちがお前らに分かってたまるか！　バーカッ！』とリリアーナのファンクラブも反論。

その諍《いさか》いをアルティミアのファンクラブは宥《なだ》めようとし、テレジアのファンクラブは我関せずを貫《つらぬ》いた。

結果として、リリアーナのファンクラブは〈AETL連合〉から脱退《だったい》し、〈リリアーナFC〉として独立した。……単独になってもランキングに食らいついたあたりは、流石は

〈ＡＥＴＬ連合〉でも一、二を争う勢力である。

こうして〈ＡＥＴＬ連合〉は実質的には〈ＡＥＴ連合〉になってしまった（国家所属クランの名前は結成後に変えられないので、登録名は〈ＡＥＴＬ連合〉のままであったが）。

そんな彼らに、新たな悲劇が舞《ま》い降《お》りる。

〈ＤＩＮ〉から入手してしまった『エリザベート殿下《でんか》、黄河《こうが》に輿入《こしい》れ』情報である。

それはすさまじい衝撃《しょうげき》をエリザベートのファンクラブに齎《もたら》した。

ショックでログイン頻度が落ちる者、暴走しかけて謎《なぞ》のグラサンＰＫにデスペナされる者、「黄河か。少し遠いな」などと言いながら旅支度《たびじたく》を始める者等々、非常に混乱した。

そのドタバタでメンバーが少し減り、それもまたランキングを落とす要因となった。

彼らにとって幸いだったのは、レイとアルティミアの関係についてはそこまで知られなかったことだろう。アルティミアがレイと同行している時に仮面を付けていなかったら、もっと混乱していたかもしれない。

結果として、現時点の〈ＡＥＴＬ連合〉の順位は八位、〈リリアーナＦＣ〉の順位は二七位である。大幅《おおはば》な後退と言えた。

そんな〈ＡＥＴＬ連合〉の後退によって、クランランキング三位であった〈Ｋ＆Ｒ〉が二位に浮上《ふじょう》したかと言えば……そうではなかった。

新たにランキング上位に食い込んだクランがあったのである。

「今回は新たにランキングに入ったクランも多いけれど、私が特に注目しているのは二位のクランね」

「え、二位のクラン？」

「これまで名前を聞かなかったクランなのに、あの〈月世《げっせい》の会〉には届かないものの、二位につけているわ。これは相当な集団よ」

「……のぅ、アズライト。それは」

「けれど、あまりにも名前が禍々しすぎるわ」

「「…………」」

レイとネメシスの二人はアルティミアが机の上に置いたリストに視線を送り、……そして目を逸らした。

「この名前、もしかして〈マスター〉用語で言うＰＫのクランじゃないかしら……？」

アルティミアの疑念に対し、二人は返答に悩んだ。

「あー、うん。ある意味、そうかな？」

「……ＰＫのクランと言えば、そうかもしれぬのぅ。あの二人だけでなく、クマニーサンやあの蛇《へび》チャイナも結構殺っておるだろうし」

「そう、クマニーサンや蛇チャイナが……今なんて言ったかしら？」

アルティミアは思わず聞き返した。

クマニーサンとはたしか、ネメシスがよく使う【破壊王《シュウ》】の愛称《あいしょう》であったからだ。

ならば、それが意味することは……。

「……アズライト」

顔に冷《ひ》や汗《あせ》を流しながら、レイはアルティミアの目を見ながら口を開く。

「その二位のクランが……俺達《おれたち》のクランだ」

「…………………………え？」

アルティミアはその答えを聞いて、今度は心臓が止まるかと思った。

アルティミアは再度リストへと視線を落とし、二位を凝視《ぎょうし》する。

王国を守り、アルティミアと共に戦うために、レイの創設した新たなクラン。

〈超級〉を二人、じきに四人、将来的にはさらに抱《かか》え込む可能性もある超強豪《ちょうきょうごう》クラン。

彼女にとっても王国にとっても特別なクラン。

「…………………………」

アルティミアは、それがレイのクランだとは本気で気づいていなかった。

いくら〈超級〉がいても、少人数なので二位にはならないと思っていた。

何より、ここまで禍々しい名前をつけるとは思いもよらなかったのである。

「…………どうしてこんな名前に？」

「……色々あったんだ」

そうしてレイは重い口を開き、ゆっくりとそのときのことを話し始めた。

◇◇◇

□一週間前　【死兵《デス・ソルジャー》】レイ・スターリング

クランを結成することになった運命の日。

俺達は冒険者ギルドの窓口で結成の手続きをしていた。

本拠地《ほんきょち》などはまだ決めなくても良かったので、用紙の作成にはさほど困らなかった。

……クラン名という最大の思案ポイントを除けば。

言うまでもなくクラン名はクランの看板とも言うべき大事なものである。

そのため、クラン名を決めるのは非常に難航した。個性的なメンバーが集まりすぎた反動か、「これだ！」とメンバーが納得できるような名前が出てこないのだ。

良さそうな名前があっても『あ。同じ名前のクランがグランバロアのランキングにいるクマ』とか、「その名前はカルディナで昔活動していた盗賊《とうぞく》団と同じですねー」といった風に、情報通の面々が「被《かぶ》ってるよ」と言ったのでボツになった。

そうして一時間以上も話し合い、冒険者ギルドの窓口が閉まる時間が迫《せま》っていた時。

「私に良い考えがあります」

先輩《せんぱい》がメガネを光らせながらそう言った。

「私がクラン名を決める時に使った方法ですし、それなりにメジャーなやり方です」

そうして、先輩はアイテムボックスから紙を取り出し、十二等分した。

「クランの初期メンバー、今回の場合はここにいる六人で『前半』と『後半』の単語をそれぞれ一枚ずつカードに書き、『前半』と『後半』で分けて箱に入れます。箱は……」

『ポップコーンに使う紙箱をちょちょいと加工するクマ？』

「それでお願いします」

兄はポケット（型のアイテムボックス）から平たい状態の紙箱とハサミ、テープを取り出して工作をし始めた。それを横目に、先輩は続きを説明する。

「箱に入ったカードをクランオーナーが順番に引いて、『前半』と『後半』をくっつけてクラン名とします。おかしな名前だったらまた単語カードの作成からやり直しですね」

「簡単ですけど面白《おもしろ》い決め方ですね。引くのがオーナーというのもいいと思います」

ルークがそう言って、他のみんなも頷く。

「ええ。お手軽ですし面白いので、多くのクランでこの手法は使われています。〈凶城《マッド・キャッスル》〉だけでなく、〈ゴブリンストリート〉もこの命名法だったはずです」

……結構ドンピシャで物騒《ぶっそう》な名前が出来るものだ。

兄の手で箱もすぐに出来上がり、みんなで他のメンバーに見えないように単語カードを書き始めた。

さて、俺は……そうだな、前向きな単語が良い。『前半』には『ライフ《生命》』、『後半』には『ガード《守る者》』と書いておこう。

ライフガードだと何だかそういう職業みたいだが、両方とも自分のカードを引く確率は低いし、他の人の単語と混ざればいい塩梅《あんばい》になるだろう。

やがて六人全員が書き終わり、それぞれの箱にカードを投入した。それから『前半』の箱をネメシスが、『後半』の箱をバビが、シャカシャカと振《ふ》ってかき混ぜる。単語カードを書くのはメンバーだけだったので、二人にはシャッフル係をお願いした形だ。

そうして準備は整った。

「じゃあ、始めます」

みんなの注目を集めながら、俺は『前半』の箱から一枚目を引いた。

緊張《きんちょう》と共に、引いたカードを見る。

「…………………………え？」

そこには……『デス《死》』と書かれていた。

俺のカードと完全真逆の単語である。

「…………」

いきなり飛び出してきた不穏極《ふおんきわ》まる単語に、沈黙《ちんもく》せざるを得ない。

それは他のみんなも同様で、何も言わないまま、『後半』の箱を見ている。

正直、この時点でボツなのじゃないかと思いもするが……『後半』のカードを引く。

そこには…………『ピリオド《終止符》』と書かれていた。

『前半』の単語と組み合わせよう。

命名、――〈デス・ピリオド〉。

「何だよこの組み合わせ⁉」

どうしてダブルで終わらせに来てんの⁉

結成と同時に死んでるじゃん⁉

ＰＫクランより遥かに物騒な名前出来上がってるよ⁉

「……一回目から凄《すさ》まじいものが出来上がってしまったのぅ」

「いや、流石《さすが》にこれは……」

戦争で王国を守るクランなのに、逆に呪《のろ》いそうな名前だ。流石にちょっと……。

「……良いですね」

………先輩？

「このクラン名、最高ですね！　いやー、『デス』の単語入れたのボクですけど、まさかここまでバッチリな組み合わせになるなんて思いませんでしたよー」

待て、【絶影《デス・シャドウ》】マリー・アドラー。

「おー、これは中々ロックな名前ダヨー。私はこういうの好きだナー♪」

レイレイさん、何でそんなにウキウキしてるの？

『俺の知る限り、有名所で名前被ってるクランはないクマ』

いや、それも重要だけどさ……。

「『ピリオド』は僕《ぼく》が入れました。『理不尽《りふじん》な死に終止符を打つ』、レイさんのクランに相応《ふさわ》しい名前ではないでしょうか？」

ルークも心からそう思っていそうな笑顔でそんなことを言っている。

そうか、そういう読み方をすれば何とか……。

『……それだと御主《おぬし》の考えた『ライフ』だとシャレにならなかったのぅ』

〈ライフ・ピリオド〉で『生命に終止符を打つ』……どう考えてもPKクランだったな。

「マイナスにマイナスをかけたらプラスになった、みたいな名前だな」

『ハッハッハ。それもこのメンバーには似合いって気がするクマ』

兄の言葉に、みんな同意するように頷いていた。

ともあれ、メンバーはみんなこの名前を気に入っているようだった。……些《いささ》か名前が物騒な気はするが、ルークの言ったような意味合いなら俺としても納得《なっとく》できる。

「……分かった。これから始まる俺達のクランの名前は――〈デス・ピリオド〉だ」

かくして、俺達のクラン名が決定したのだった。

……やっぱりちょっと禍々しかったが。

閑話　皇国の備え

■皇都ヴァンデルヘイム某所《ぼうしょ》

講和会議まであと三日に迫った。

この時期、王国だけでなく皇国もまたその準備に追われている。

今回の講和会議には全権代理人として皇妹クラウディアが参加することは世間にも広く周知され、王国と同様にその身を守るための〈マスター〉の募集も始まっている。

そして今も一人の〈マスター〉が、そのクエストに参じようと意気を高めていた。


その日、ゼタは城の一角に借りた自室でコーヒーの淹《い》れ方《かた》を練習していた。

〈ＩＦ〉オーナーであるゼクスがコーヒーに凝《こ》っていると知り、彼女もコーヒーの淹れ方を学び始めたのである（なお、彼女がそれを知ったのは、ゼクスからのメールに「最近はコーヒーを淹れるのも上達しまして、ガーベラさんからも美味《おい》しいと言ってもらえました」

と書かれていたためだ。読んだときは少しだけガーベラにジェラシーを覚えた）。

しかしゼタは元々味の良《よ》し悪《あ》しがよく分からない性質《たち》であったため、自身の淹れたコーヒーの成否がいまひとつ理解できずにいた。

せめて香《かお》りの良し悪しだけでも判断しようと、コーヒーカップを鼻に近づけたとき、

「ゼタ！　俺も今度の講和会議に参加するぞ！　講和会議にはあの〝不屈《ふくつ》〟も参加するらしいからな!!」

彼女の自室の扉《とびら》は、赤髪《がみ》の偉丈夫《いじょうふ》によってノックもなく力任せに開かれた。

音が鳴るほどの勢いで扉を開いた衝撃で部屋が揺《ゆ》れ、ゼタが顔を近づけていたコーヒーが波打ち……彼女が顔に巻いた包帯に黒い飛沫《しぶき》を飛ばした。

白い包帯に、黒い水玉模様が出来上がってしまった。

「あ……」

部屋に入ってきた赤髪の偉丈夫……ローガン・ゴッドハルトは己《おのれ》がやらかしてしまったことに気づいたが、咄嗟《とっさ》に謝《あやま》れずにそのまま立《た》ち尽《つ》くした。

「…………ふぅ」

包帯を汚《よご》されたゼタは溜《た》め息《いき》をついてコーヒーカップを置き、――そのまま何でもないように顔の包帯を解いた。

褐色《かっしょく》の肌《はだ》と赤い目、それと十代半ばほどの美少女と言ってもいい顔立ちが露《あら》わになるが、ゼタは特に気にした様子もない。

すぐに代わりの包帯をアイテムボックスから取り出して、顔に巻き始める。

「………」

それに対し、ローガンは何も言葉を発せられない。彼《かれ》がゼタの素顔《すがお》を見たのは初めてであることがその理由だが、見蕩《みと》れたからという訳ではない。

それは「今まで隠《かく》してたのにあっさり顔を出すのか」という感想と、「どこかで見た顔だな……?」という疑問からだ。直接に顔を見たわけではなく、写真か映像で見たものを薄すらと覚えている……程度の記憶《きおく》。

しかしそれが何時の、何の記憶であったかを思い出すよりも早く、包帯を巻きなおしたゼタが声をかけてきた。

「提案。次からはノックを必須《ひっす》とします。また、扉を開ける際には力加減を」

「あ、ああ。分かった」

ローガンは言われるままに頷《うなず》いた。

「本題。それで、如何なる用件ですか？　講和会議や〝不屈〟、と言っていましたが」

「そ、そうだ！　ゼタ！　俺《おれ》も講和会議に参加するぞ！　今度こそあの〝不屈〟を撃破《げきは》し、汚名《おめい》を返上してやる！」

「却下《きゃっか》」

普段《ふだん》なら単語の後に付ける本文すらなく、ゼタはローガンの申し出を却下した。

「な、なぜだ！　ゼタが俺に提案した新たなビルドは凄まじいぞ！　これなら今度こそあんなルーキーに遅《おく》れをとることもない！　王国の〈超級〉だって俺一人で……」

「齟齬《そご》。そもそも目的に齟齬があります。今度の講和会議は、戦闘の可能性はあれども表向きは戦闘を前提にはしていないのだから」

「だが、やるのだろう？」

「未確定。講和会議の流れ次第《しだい》です。それに……今はレベル上げとコスト集めに集中すべきでは？　今のあなたは、五〇〇レベルにも満たないのだから」

「ぐっ……」

ゼタが言うように、現在のローガンのレベルは三〇〇台である。

それの原因の一端《いったん》はゼタにあり、そして大半はローガンにあった。

ローガンの〈超級エンブリオ〉であるルンペルシュティルツヒェンを活《い》かすビルドを、ゼタが提示した。それは彼女の考えうる限り最良のものであり、ローガンも納得した。

納得しすぎた。

善は急げとばかりにローガンは【魔将軍《メイン》】以外のジョブを全てリセットし、その後ビルドに必要な下級職で埋《う》めたのである。

結果として、彼のレベルは大幅に下がり、春休みが終わって小学校の授業が再開していたために彼は未《いま》だに下がったレベルを上げ切れてはいないのだ。

「注意喚起《かんき》。流石に現状のあなたでは危《あや》ういでしょう。あの新戦術もまだ準備が整ってはいませんし、それに今のレベルだと王国の【女教《ハイプリ》】」

「心配するな！　ゼタのビルドは俺でさえ納得するしかないほどの傑作《けっさく》だ！　レベルが低くても問題ない！　まぁ、念のために合計を五〇〇程度までは上げてから挑《いど》むがな！」

「不足。いえ、それだと足りな……」

「見ているがいい！　生まれ変わった【魔将軍】ローガン・ゴッドハルトの力をな！　ハハハハハハハハ!!」

そう言い切って、ローガンは高笑いを残しながらゼタの部屋を去っていった。

「寡聞《かぶん》。……人の話を聞きません。それに情報の取得が遅《おそ》い。あの様子では、レイ・スターリングが〈超級〉を擁《よう》するクランを結成したことも知らないでしょう」

情報取得の重要性についても教えるべきかゼタは悩んだが、「情報取得の方法を覚えさせると、今度は取得した情報に反応して独断行動をしかねない」と思い至り、一旦棚《いったんたな》に上げた。

その後、開けっ放しだった扉を閉めてからゼタは腕組《うでぐ》みをして深く考え込んだ。

「…………不思議」

彼女《かのじょ》の心中を言葉にすれば、「あの子、あんなにバカだったかな？」が近いだろう。

前から自信過剰《かじょう》かつ安いプライドの高さで年齢《ねんれい》のわりに捻《ね》じ曲《ま》がってはいたが、ゼタに師事してからは猪突猛進《ちょとつもうしん》に偏《かたよ》ってきていた。

それはレイ、フランクリン、ゼタの三者に連続してプライドを圧《へ》し折《お》られ、ドン底でドリブルされたような経験によるものかもしれない。

あるいはゼタの教えたビルドと新戦術、ゼタ自身も「極《きわ》めて有効ではあるがかつてのローガン以上に思考の必要がない」と判断した脳筋ビルドの影響《えいきょう》かもしれない。

〈超級《スペリオル》〉ではあれどプレイスキルや臨機応変な対応力といった分野では間違《まちが》いなく二流以下であるローガンの戦力を、最大限活用しようとすればそれしかなかったとも言える。

幸いなことに、ローガン自身はそれをいたく気に入った。

彼女の言葉を鵜呑《うの》みにして、必要以上に突《つ》っ走《ぱし》ってしまう程度には。

捻じ曲がって圧し折れたローガンではあるが、少なくともゼタに対しては信頼を寄せていた。今しがた彼女の部屋を訪《おとず》れたのも、一応は師匠と呼べる彼女に報告をしたかったたからかもしれない。

肝心《かんじん》のゼタからの忠告はほとんど聞こえていなかったが。

「……不安」

ゼタは一言で、講和会議でのローガンに関するこれ以上ない心中の思いを口にした。

『負けるくらいならまだいいけれど、講和会議の場でいきなり攻撃《こうげき》でもして、皇国でも指名手配になって〝監獄《かんごく》〟行きになったらどうしよう』というレベルでローガンに不安を抱いていた。

そして彼女の不安の理由はそんなローガンの現状にもあったが、何よりも大きいのは彼女自身のこと。

講和会議の際――彼女がその場には絶対にいないことだ。

だからローガンを制止することもできないだろう。

もっとも……彼女の行動如何《いかん》によっては制止する必要もなくなるかもしれないが。

「頃合《ころあい》。そろそろ、私も発《た》ちましょう」

彼女はそう呟《つぶや》いて、窓の外から風景を見る。

彼女の部屋は南に面しているため、そこからは南に広がる景色を見渡《みわた》せる。

風景の先には王国との境にして天竜《てんりゅう》の棲家である〈境界山脈〉が見えているが、彼女の視線はその〈境界山脈〉さえも通《とお》り越《こ》し、その先にある地を見ているようだった。

◆◆◆

■皇都郊外《こうがい》・〈叡智《えいち》の三角〉本拠地

研究と開発を主活動とする〈叡智の三角〉の本拠地には、いくつもの試験場がある。

それらの試験場では新型の〈マジンギア〉や、そのオプション装備のテストを昼夜問わず行っている（メンバーのログイン時間の都合で昼夜問わずになっている側面もある）。

その中でも広い屋外の試験場において、〈叡智の三角〉ではむしろ珍《めずら》しいとさえ言えるものを……何台もの戦車をテストしていた。

ドライフにおける人型ロボットの〈マジンギア〉の発祥《はっしょう》である〈叡智の三角〉において、旧式と言える戦車型の〈マジンギア〉を取《と》り扱うことは少ない。

一部のメンバーが趣味《しゅみ》でカスタマイズするくらいのものだ。

しかし今は同型の戦車が数台、縦横無尽《じゅうおうむじん》に試験場を駆《か》け回《まわ》り、射撃《しゃげき》を行っている。

そんな光景を〈叡智の三角〉のメンバーと、……少し離《はな》れて二人の男性が眺《なが》めていた。

一人は白衣とメガネを着用した……如何《いか》にもマッドサイエンティスト然とした男。

もう一人は草臥《くたび》れた軍服を着込み、無精髭《ぶしょうひげ》を生やし、煙草《たばこ》を吹《ふ》かした……不良軍人のステレオタイプのような男。

「例の講和会議、三日後だってねぇ」

「ローガンの奴《やつ》も今度の講和会議に護衛として参加するそうですぜ？」

「護衛ねぇ。閣下には全く似合わない仕事じゃないかねぇ。絶対放《ほう》り出《だ》してレイ・スターリングあたりに向かってくと思うけど」

「……目に見えるようですぜ。【獣王《嬢ちゃん》】が抑《おさ》えてくれりゃあいいんですが」

「【獣王】も【獣王】で、今回は因縁《いんねん》があるようだったからねぇ。閣下に構う暇《ひま》があるかどうか」

その二人の男は、この〈叡智の三角〉のオーナーである【大教授《ギガ・プロフェッサー》】Mr.フランクリンと、皇国軍の大佐《たいさ》の地位を持つ異色の〈マスター〉【車騎王《キング・オブ・チャリオッツ》】マードック・マルチネスだった。

「因縁といやぁ教授もレイ・スターリングとは因縁があるそうで？」

「あるねぇ。とても、ある」

フランクリンは表情こそ変わらなかったが、その表情の下の気配が変じたことをマードックは察した。

「クランを結成したことは聞いてますかい？」

「もちろんだとも。笑ったよ、彼がクランを作ったことにも、クランの名前とランキングにも大笑いしたとも。あんなに笑ったのは久しぶり……でもなかったか」

レイがクランを作る少し前に、カルディナで起きたとある事件に関する資料に見知った者達《たち》の姿があり、「どんな巡《めぐ》り合《あ》わせ？」とフランクリンは独り笑っていた。

「そのレイ・スターリングが講和会議に参加するのに、教授は留守番でよかったんで？」

「構わない。まだ切り札の最終調整が済んでいなかったからねぇ。それに私は戦争になろうが併合《へいごう》になろうが――レイ・スターリングは必ず圧し折ると決めているもの」

「知ってのとおり、〈マスター〉同士の争いは犯罪になんてならないからねぇ」と言って、フランクリンはクックックツと笑った。

「なるほど。それで今回はローガンに譲《ゆず》ってやったってわけですかい？」

「まぁ、そうなるのかねぇ。もっとも、講和会議の面子に鑑《かんが》みれば、閣下がどれほど役に立つかは疑問だけどねぇ」

「？」

「閣下込みで随分《ずいぶん》と人数を雇《やと》っているようだけれど、正直【獣王】がいるなら他は過剰

「……というか無駄《むだ》だと思うけどねぇ。それに個人的な推察だけど……講和会議はカモフラージュだろうさ。本命はゼタを使ってやろうとしてる何かだろうねぇ」

彼らは知っている。

講和会議にはベヘモットとローガン、それに加えて多くの〈マスター〉が参加する。

その裏で、何らかの企《たくら》みと共に【盗賊王】ゼタが動くことになる、と。

しかしフランクリンとマードックはどちらにも参加しない。

二人は今回の講和会議では留守番……皇国の防衛を担当することになる。

講和会議に合わせてカルディナが動く可能性はゼロではないからだ。

もっとも、そのカルディナも最近では黄河から流出した〈UBM〉の珠《たま》を巡る騒動《そうどう》が起き、混乱の真《ま》っ只中《ただなか》であるという情報も入ってきている。

「ああ、そうだ。これを渡《わた》しておくかねぇ」

「これは……新聞？」

「カルディナ絡《がら》みで〈DIN〉から買い取った最新情報だねぇ」

その新聞の一面記事には『カルディナとグランバロアでの戦闘勃発《せんとうぼっぱつ》⁉』という見出しと共に、爆炎を上げる何らかの施設《しせつ》らしき写真が載《の》っている。

『黄河の宝物庫から盗《ぬす》まれ、カルディナに流れたことで各地の騒動の原因となっている黄河の国宝、宝物獣の珠。その珠を巡り、ついにカルディナとグランバロアの武力衝突《しょうとつ》に発展した。グランバロアからは〝比翼連理《ひよくれんり》〟エドワーズ夫妻、〝水陸凌妖〟ミロスラーヴァ・スワンプマン、そして〝人間爆弾《ばくだん》〟醤油抗菌《しょうゆこうきん》の計四人の〈超級〉が上陸。その狙《ねら》いはカルディナの確保した『水を土に変える』能力を持つ宝物獣の珠と見られる。これに対し、カルディナ側も〈セフィロト〉を動員。事態の対処に当たっている』

その記事を読んで、マードックはくわえていた煙草を口から落とした。

「……〈グランバロア七大エンブリオ〉の過半数を投入？　グランバロアは正気で？」

「正気だろうねぇ。なにせ、その記事に書いてある珠がカルディナの手元にあるのは、グランバロアにとって最悪だもの」

「なに？　……いや、そういうことですかい」

フランクリンの言葉に、マードックは一瞬《いっしゅん》疑問を覚え、しかしすぐに理解した。

「……カルディナにはあの【地神《ジ・アース》】がいる。レジェンダリア同様に地の利で他国を防いでいたグランバロアにとって、『水を土に変える』なんて代物《しろもの》がカルディナにあっちゃならないってことか」

『水を土に変える』珠があれば、グランバロアは欲《ほっ》して止まない『土地』を手に入れることもできるだろうが……恩恵《おんけい》よりも懸念《けねん》される脅威《きょうい》が勝《まさ》る。

カルディナの〝魔法最強《まほう》〟が珠を保有し、海を陸に変えて侵攻《しんこう》してくるという脅威。

それゆえにグランバロアは珠の確保、……最悪でも破壊《はかい》とカルディナ以外の〈マスター〉による〈UBM〉の討伐《とうばつ》が必須となる。

「言うなれば、皇国《うち》が〈遺跡《いせき》〉怖《こわ》さに王国のカルチェラタンでやったのと同じことさ。ただし、グランバロアの方が本腰《ほんごし》を入れているけどねぇ」

〈グランバロア七大エンブリオ〉とは、その名の通りグランバロアに属する七人の〈超級〉である。その過半数を投入してきたことがその表れ……ではない。

四人は、グランバロアにおいて『陸上でも力を発揮できる〈超級〉』の全てだ。

つまり、グランバロアは投入可能な全〈超級〉を、カルディナに送り込んだのである。

「……ここまでやられたら、カルディナは内部に集中するしかねえってことですかい」

「肝心の珠をさっさと【地神】に討伐させる、って手もカルディナは打てないからねぇ。そんなことをしたら、今度は国宝を壊《こわ》された黄河も敵に回る。コルタナの事件で一つ壊れてただでさえ関係が悪化してるそうだから。故意に壊したらトドメだねぇ」

壊す選択肢《せんたくし》もカルディナにはあったのだろうが、グランバロアが全力で攻《せ》めてきた現状では非常に選び辛《づら》くなっている。

逆にグランバロアは珠の破壊で黄河を敵に回したとしても、大海というグランバロア最大の防壁《ぼうへき》を失うことと比べれば、背に腹は代えられないと考えている。

そんな混迷《こんめい》とした状況《じょうきょう》のカルディナだが、話はまだ終わらない。

グランバロアと黄河だけでなく、レジェンダリアまでも珠を求めて潜入《せんにゅう》中という噂《うわさ》まで
も浮上していた。今のカルディナは火薬庫と言う他ない状態であった。

「黄河もカルディナの敵に回ったら、留守番の私達が便乗してカルディナを襲撃《しゅうげき》すること
になるかもしれないねぇ」

カルディナの侵攻を抑《おさ》えるための待機ではなく、いざという時にカルディナに侵攻する
ための待機。そのくらいの読みは、今の皇王ならばやってもおかしくはない。

恐《おそ》らくは、今も皇王の脳内では十重二十重《とえはたえ》に戦略が動いているのだろう。

「……そういえば、今回の講和会議の要求内容、教授のところには下りてきやしたか？」

「まだだねぇ。ただ、私達に関する外せない要求が何かだけは聞いている」

「そいつは一体、どんな内容で？」

「要求の一つは――――」

フランクリンはマードックに自身の知った講和会議での要求を述べたが、その言葉は試
験場の戦車の砲声《ほうせい》にかき消される。

他の誰《だれ》にも聞こえないまま、彼の耳にだけ届いた言葉に……冷や汗を流した。

「……そいつぁ」

「ああ、やっぱり大佐もそう思うかい？　いや、陛下は並行してあれこれ策謀《さくぼう》するのが好きみたいだけど……例の動きと合わせると、これはもう露骨《ろこつ》と言ってもいいねぇ」

「教授。頼《たの》んでいる戦車の量産、急いでもらえますかい？　金は二割増しで出すんで」

そう言ってマードックは試験場を走り回る戦車を指差した。

「メンバーから希望者を募《つの》れば生産ペースは早められるから大丈夫《だいじょうぶ》だけどねぇ。けど、良いのかい？　これは経費じゃなくて大佐のポケットマネーだろう？」

「問題ありやせん。半分以上趣味のための準備なんで。それに……」

マードックは煙草を吹かしながら、ニヤリと笑った。

「喧嘩《けんか》と祭りは派手な方が良いってもんさ。相手があの陸上戦艦なら特にね」

「おや。やっぱりそうなると思うかねぇ？」

「カルディナの【レインボゥ】相手でも楽しそうではありやすがね」

顔に似合わず、実に楽しげに笑いながらマードックはそう言った。

「とは言っても、どっちでもいいんですがね。硝煙《しょうえん》と轟音《ごうおん》と鉄屑《てつくず》が待つ戦争。王国とカルディナのどっちが相手でもそれが出来るなら俺は満足ですよ」

フランクリンから見て、心底戦争を楽しみに待っているマードックは間違いなく遊戯派《ゆうぎ》だった。同じ遊戯派でもかつてのローガンよりは遥《はる》かに良識的だが、サイコパスでもないのに『戦争が楽しみで仕方ない』と本気で考えている彼もまた、デンドロをあくまで遊戯《ゲーム》として見ている。命を失くさずに死線を越え続けられる最高のゲームだと。

自身の浪漫《ろまん》のために、全てを賭《か》けても問題のない空間だと。

しかしそれは、健全だ。

かつても、今も、これからも……敵を蹂躙《じゅうりん》することに何の躊躇《ためら》いも覚えず、手段を選ぶ気もないフランクリン自身よりは……非常に健全な遊戯派《プレイヤー》だった。

「戦争は、お互《たが》い頑張《がんば》ろうかねぇ。相手がどちらになるかはまだ分からないけれど」

「ええ。最善を尽くしましょうや」

フランクリンは、宿敵との決着のために。

マードックは、心躍《おど》る戦場のために。

世界派と遊戯派の〈超級〉は、お互いに自らの望みを果たす瞬間《しゅんかん》を待ち望んでいた。

「そういえば、講和会議の参加メンバーに閣下以外にも珍しい名前があったねぇ」

「珍しい奴?」

「〈超級〉を除けば、皇国で一番強い奴さ」

「…………マジですかい」

第四話　兎は暗闇で跳躍する

□王都アルテア

講和会議を明後日に控《ひか》えた夜。依頼《いらい》を受けた〈マスター〉達は思い思いに過ごしていた。

彼らは、主に二通りのグループに分かれる。

明日の朝方に、アルティミアと共に王都を出発し、講和会議の行われる国境まで彼女を護衛しながら向かうグループ。

このグループはリアルが休日などの理由で、比較的《ひかくてき》時間に余裕《よゆう》のある者が多い。

もう一つのグループは事前に国境地帯まで移動しておくグループ。

こちらは講和会議自体には参加できるが、移動ではスケジュールが合わず、事前に現地に入っている者達だ。国境周辺の村落などで合流することになっている。

「ようし！　もう一軒《けん》行こうぜ、ライザー！」

『ビシュマル。呑《の》みすぎだ。明日は往路の護衛があるだろう』

王国の決闘《けっとう》ランカー六位マスクド・ライザーと、七位ビシュマルも護衛依頼を受けており、彼らはアルティミアと同行するグループである。

今日のうちにホームタウンであるギデオンから王都へと移動し、あまり来ない王都の酒場を（主にビシュマルが）堪能《たんのう》し、開拓《かいたく》していた。

人通りの多い繁華《はんか》街《がい》を、ビシュマルはライザーの肩《かた》を抱いて歩いている。

「ハッハッハ！　なーに、またお前のヘルモーズにサイドカー取り付けて乗せてもらうさ。道中で何かあったら起こしてくれ」

『人任せじゃないか……』

ビシュマルの言葉に、ライザーは仮面のうちで溜め息を吐《つ》いた。

困った奴だと思いながら、しかしライザーはその案を拒否《きょひ》はしなかった。

それはライザーにとって、ビシュマルは長く決闘で競《きそ》い合い、相方と言っていいくらいに付き合いの長い相手だからかもしれない。

「そういえば聞いたか？　レイの奴がクラン立ててランキング入ったってよ」

『一週間は前に聞いたな』

「それもクランランキング二位だってよ！　すげえよな！」

『そうだな』

「……あ、わりぃライザー」

クランランキング二位。それはライザーにとっては少し特別な意味を持つ。

なぜなら、彼がサブオーナーの地位を預かっている〈バビロニア戦闘団《せんとう》〉がかつて位置していたのが……王国のクランランキング二位だからだ。

オーナーであったフォルテスラは戻《もど》らず、ライザーにサブオーナーの地位とクランを預けたシャルカの行方《ゆくえ》も杳《よう》として知れない。

【三極竜《さんきよくりゆう》 グローリア】の事件で本拠地《ほんきよち》もホームタウンも失ってしまったために離脱《りだつ》した者は多く、今では両手の指で数えられる程度の人数しか残っていない。

クランランキングからも随分前に落ちている。

『いいさ。いつかオーナーが戻ってきたなら、〈バビロニア戦闘団〉はまた上を目指すさ。俺に出来るのはそのときまでクランを残し、決闘ランカーとして競い合い、そして王国を守ることだ』

「ライザー……」

あの【グローリア】の事件で失ったものが大きかったからこそ、尚更《なおさら》にライザーには守らなければという思いがあった。今度の講和会議の護衛も、そのためだ。

『ビシュマルこそ、レイのクランには入らなかったのか？』

「ああ。俺はクランってガラでもないしな」

ライザーの問いに、ビシュマルはそう答えた。

口には出さなかったが「クランに入るならば、行先は決めている」という思いもあった。

「しかし、始めたばかりのルーキーだったレイもランカーか」

『彼の人脈と人徳の成果だろうさ』

「かもしれねえ。あとよ、レイだけじゃなくてカシミヤもすげえよな。……あいつ、あのトムを倒《たお》したんだぜ？」

『……そうだな』

決闘ランキング二位……トム・キャットは彼らにとって、決して越えられない壁《かべ》のような存在だった。個人戦闘型の競い合いになる決闘においては、ほぼ無敵と言ってもいい増《ぞう》殖《しょく》分身の特性を持つトム・キャット。彼は〈Infinite Dendrogram〉のサービス開始時から、長く決闘ランキングの壁として立ちはだかってきた。

トムを今の決闘王者であるフィガロが倒したときライザー達は驚《おどろ》き、同時に喜んだ。

あれは越えられる存在なのだ、と。

自分達もいつかは挑戦《ちょうせん》して勝利してみせる、と。

けれど、フィガロがその壁を越えた後も、彼らにとってのトム・キャットは依然《いぜん》として越えられない壁として君臨し続けた。

かつてカシミヤと狼桜《ローザ》が王国に来る前、ジュリエットやチェルシーがランキングを駆け上《のぼ》る前、……そして【剣王《キング・オブ・ソード》】フォルテスラが去った後の一時期。ライザーとビシュマルが三位の座を競いながらトムに挑み続けたのだ。

それでも彼らはトムを越えられなかった。

そうして彼らが足踏《あしぶ》みをする間に、決闘ランカーの顔ぶれは変わった。

抜刀《ばっとう》術の天才であり王国最速と謳《うた》われるカシミヤ。

超級職を獲得《かくとく》し、天性のセンスで高度な三次元戦闘を駆使《くし》するジュリエット。

修羅《しゅら》の国、天地で鍛《きた》え上《あ》げた一撃《いちげき》必殺で敵を屠《ほふ》る狼桜。

時が経《た》って、六位と七位の前には越えられない壁が増えていた。

より時が経てば、チェルシーを始めとした他のランカーにも追《お》い抜《ぬ》かれるかもしれない。

『『…………』』

二人は暫《しば》し無言のまま並んで歩く。

それは……周囲の変化を少しだけ早く感じたからかもしれない。

「俺達《おれたち》がデンドロを始めてから……随分と経ったよな」

ビシュマルは空を見上げて、何かを懐《なつ》かしむようにそう呟いた。

『そうだな。リアルとこちらを行き来していると、時間の感覚もあやふやになるが……』

ライザーもまたその呟きに応じ、昔話に興じる。

『……ビシュマルは会った頃《ころ》から全く変わらないが』

「お前こそ、昔っからそういうカッコしてたよな。今よりも手作り感あったけど」

『昔の装備は人の手で作られたものだからな。〈マスター〉の生産職はそこまで育っていなかったから、ティアンの職人達に依頼したものだ。……まぁ、特撮《とくさつ》ヒーロー自体が今ほど浸透《しんとう》していなかったから、イメージの刷り合わせが難点だったよ。そんな状況であれらの装備を作り上げてくれた彼らには感謝しかない』

ライザーの着ていた職人手製の特撮ヒーロースーツは、何度かバージョンアップを重ねていた。初期のものには、ビシュマルの言うように手作り感の残る物もあった。

そうした特撮ヒーローモチーフの装備も、今は昔よりも作りやすくなっている。

それというのも〈ヒーロー倶楽部《くらぶ》〉の演劇で「どういうものか」という周知がティアンにもなされたことと、〈マスター〉の生産職のレベルが向上したためである。

もっともそんな装備を注文する者は限られているのだが。

「そういや今はあの装備を着てないよな。ヘルモーズがそっちまでカバーしてくれてっけど」

ヘルモーズはライザーの〈エンブリオ〉だ。元は大型バイク型の〈エンブリオ〉であったが、進化の過程でヒーロースーツも生じたのである。

「あの装備はどうなったんだ？」

『何分、酷使《こくし》したからな。次に壊れればもう修復不可能らしい』

「ああ。そりゃ勿体無《もったいな》い。記念品だと思って大事にしまっとけ」

『そのつもりだ』

二人は昔話に花を咲《さ》かせながら歩いていたが、気づけば人通りも少なくなってきた。

「っと、繁華街を通り過ぎちまったな。戻るか」

『今日はもう宿に戻って寝《ね》ておいた方がいいんじゃないか？』

「いやいや、王都の夜はこれからだぜ！」

そう言って二人が踵《きびす》を返すと、

「決闘ランカーのマスクド・ライザーとビシュマルだよね？」

『……？』

聞き覚えのない声が、背後からかけられた。

彼らを呼んだ声が呼び捨てであったことは然程《さほど》気にしなかったが、違和感《いわかん》があった。

そう、彼らはたった今、踵を返して繁華街に戻ろうとしていたのだ。

だというのに、……どうして背後から声をかけられたのか。

寸前まで、間違いなくそちらには誰も立っていなかったというのに。

二人が声の主を振《ふ》り返《かえ》ると、そこには小柄《こがら》な少年の姿があった。

両の手はポケットの中に入れたままで、完全に隠している。

装備の殆《ほとん》どは布製の軽装であるのに、両足だけは総金属製のブーツを履《は》いている。

そして最大の特徴《とくちょう》として、頭の帽子《ぼうし》を通して兎の耳が生えていた。

(兎の耳……狼桜のようなものか)

知り合いの狼の身体的特徴を持ったアバターを思い出し、少年もまたそのようなメイキングのアバターであろうと考えた。

このとき、どうしてかライザーは少年がティアンだとは全く思わなかった。

その理由は、彼でも分からない。

強《し》いて言うならば、彼に似た〈マスター〉をよく知っている気がしたからだ。

そう、まるでつい先ほどビシュマルが口にした……。

「ああ、やっぱりマスクド・ライザーとビシュマルだ！」

振り向《む》いた二人の顔を見て、笑《え》みを浮《う》かべる少年。

そんな少年に、ライザーは直感的に警戒心《けいかいしん》を高めた。

(《看破》を、……?)

少年を見て、《看破》をしようとしたとき——少年の姿は消えていた。

直後に、三つのことが同時に起きた。

「ライザーッ……!」

ビシュマルがライザーを押し飛ばし、

「——チッ、頑丈《がんじょう》な仮面だ。こっちは切り損《そこ》ねた」

舌打ちと共にライザーの仮面に何かがぶつかり、

——ビシュマルが首から血を吹き出していた。


『な、に……!?』

歴戦の猛者《もさ》であるライザーですら、状況を一瞬では把握《はあく》できなかった。

しかし、攻撃を受けたことだけは悟《さと》り、即座《そくざ》に己の〈エンブリオ〉……バイクの形状をしたTYPE:ギア・アームズであるヘルモーズを呼び出した。

呼び出した一瞬で、ヘルモーズの付属品であるヒーロースーツを纏《まと》う。

ビシュマルもまだ息があり、咄嗟《とっさ》に必殺スキルを発動して体を炎に変えようとするが、

「――《爆、炎《スル》》」

「ああ。炎熱《えんねつ》化とか、面倒《めんどう》なので止めてくださいね」

その頭部に――少年が降ってきた。

少年の履いていた金属ブーツは――凶器《きょうき》へと変形していた。

それはスケートブーツのように、ギロチンのように、ブーツでありながら鋭利《えいり》な刃《は》。

ブレードブーツによって、ビシュマルの脳天はスキルを発動する前に断《た》ち割《わ》られていた。

やがて、蘇生《そせい》可能時間も過ぎて……ビシュマルが光の塵《ちり》になる。

石畳《いしだたみ》の上に少年が着地し、金属製のブーツが硬《かた》い音を立てる。

『ビシュマル……!!』

「まずは、一人」

少年がそう呟いた時、目の前で起きた惨状《さんじょう》にライザーの理解が追いついた。

『お前は……誰だ！』

「質問に答える時間がもったいないよ。僕《ぼく》は忙《いそが》しいもの」

ライザーの誰何《すいか》に、少年は答える様子を見せない。

だが、紛《まぎ》れもなく敵であることをライザーは認識《にんしき》した。
(敵襲《てきしゅう》……！　だが、王都での戦闘は……いや！)
幸いにして、周囲の路地に人はいない。
今ならば戦闘に人々を巻き込まずに済む。
同時に、ライザーは考える。
自分達を襲撃したこの少年が、これからさらに誰かを襲《おそ》わないとも限らない。
それゆえに、ライザーはここで勝負を決めることを決断した。
『――《悪を蹴散らす嵐の男《ヘルモーズ》》!!』
必殺スキルを宣言すると同時に、ライザーは空へと跳《と》ぶ。
同時に、彼《かれ》の〈エンブリオ〉であるヘルモーズも飛翔《ひしょう》し、彼と一体化する。
直後、ヘルモーズに備え付けられたブースターがライザーを加速させる。
それは本来の彼の速度である亜音速《あおんそく》を凌駕《りょうが》し、音速の数倍へと到達《とうたつ》させる。
加速しつつ、空中で弧《こ》を描《えが》いて反転。
その軌道《きどう》は――流星の如く地上を目指す。
『《ライザァァ……キィイイィック》!!』
今より放つはライザーの切り札、超加速《ちょうかそく》・超強化《ちょうきょうか》された蹴撃。

命中すれば、上位純竜や超級職であろうと屠りうる一撃。

かつてライザーが夢見たヒーローの技《わざ》の如き、文字通りの必殺技《ひっさつわざ》。

ヘルモーズの固有スキル──その名も高き《ライザーキック》。

ライザーが己《おのれ》の行使しうる最大撃を初撃とし、謎《なぞ》の少年を撃破《げきは》せんとしたとき、

『……ッ⁉』

少年の姿は──既《すで》に地上になかった。

「跳ねるとか。蹴るとか。何より、何より速さとか……よりにもよって、てものだ。僕と比べるべきでないものばかりだよ、マスクド・ライザー？」

少年の声が……加速中のライザーの耳元で聞こえた。

「じゃあ、さよなら」

ライザーはスーツの隙間《すきま》……両足の膝《ひざ》の裏を掻《か》き切られた。

関節を壊されたライザーはキックの動作を制御《せいぎょ》できなくなる。

『ッ⁉』

無防備な彼の全身は必殺スキルの勢いのまま……超音速《ちょうおんそく》で石畳に叩《たた》きつけられた。

ライザーの落下地点は、まるでクレーターのように石畳が陥没《かんぼつ》し、周囲では逆に衝撃《しょうげき》で整然と並べられていた石畳が浮き上がる。激突音《げきとつ》と衝撃が周囲へ異常を伝えたのか、周辺の家々に灯《あか》りがついて住人達が悲鳴と共に顔を出す。

『……、……ぅ』

石畳に出来たクレーターの中心には、粉々に砕《くだ》け散《ち》ったヘルモーズの残骸《ざんがい》と、死体のように倒れたライザーが転がっていた。

「まだ生きてる……本当に頑丈だよ。AGIだけじゃなくて、ENDまでスーツのお陰《かげ》で高いどっちつかずのビルドなのかな？　まぁ、これでトドメだけど」

クレーターの縁《ふち》からライザーを見下ろしていた少年はそう言って――ダイナマイトを思わせる筒状《つつじょう》の爆弾を倒れ伏《ふ》したライザーに放《ほう》り投《な》げた。

そうして、彼はクルリと背を向けて歩き出す。

直後、轟《とどろ》いた爆発音《ばくはつおん》によって周囲の家屋から更《さら》なる悲鳴が巻き起こった時には、……少年の姿はどこにもなくなっていた。

◇◇◇

□〈ウェズ海道〉

日が落ちきった時間。国境地帯へと続く道を、一台の車が走っていた。

しかし機械技術があまり普及《ふきゅう》していないこの王国であるため、それは機械ではなく車の形をした〈エンブリオ〉だった。

「悪いねトミカ。わざわざ送ってもらってさ」

「いいですって狼桜の姐《あね》さん。こっちこそ、こんな時間になっちゃってすみません」

決闘ランキング五位の狼桜も護衛依頼を受けた一人であり、所用でデンドロ時間での翌日にログインできないため、今夜の内に国境付近の村まで移動するつもりだった。

彼女《かのじょ》は〈K&R〉のメンバーであるトミカの〈エンブリオ〉に乗り、講和会議のある国境地帯に向かっていた。

トミカのオボログルマは多人数を乗せ、時速数百キロで長時間走行できる〈エンブリオ〉である。オートで障害物を避《よ》ける機能もあるため、地上をそんな速度で走り続けても事故一つ起こさない自動運転カーであった。

「もしも講和会議までにダーリンがログインできたら、そっちもお願いするよ」

「はい！　……でもオーナーの方が速いんですけどね」

「ダーリンの速さはスプリンターだからね。消耗《しょうもう》もするし、うちの移動手段じゃトミカが一番便利だよ」

「えへへ、ありがとうございます」

そんな会話をしながら、狼桜は車窓の外を見る。

星の明かりしかないこの国の夜は暗く、普通《ふつう》なら景色などろくに見えない。

しかし、闇夜《やみよ》も含《ふく》めた奇襲《きしゅう》を得手とするビルドの狼桜は《暗視》スキルによって、真昼のように周囲を見ることができる。

「良い景色だねぇ。今度、ダーリンとデートにでも来ようか」

「……あのー、クラン総出のピクニックにはなりません？」

「アタシとアンタとダーリンの三人、ってパターンと比べたらどっちがいい？」

「そっちでお願いします！」

「アッハッハ。今度ダーリンに言ってみるよ。……ん？」

不意に、狼桜が狼の耳をピクリと動かした。その耳自体は見た目だけで聴力《ちょうりょく》は人のそれと大差ない。だが、狼桜は奇襲のために《聴覚強化《ちょうかくきょうか》》のパッシブスキルも取得しているため、狼ほどでなくても多くの音を捉《とら》えることができる。

「姐さん？」

「……戦闘音？　いや、こいつは違《ちが》うね」

狼桜が音に気づいてから次のような音の変化が幾度《いくど》も聞こえる。

移動音。竜車や煌玉馬（レプリカや【セカンドモデル】）、あるいは徒歩の移動音。

攻撃《こうげき》音。ほとんどは一回、時折数回の攻撃音が短い時間だけ発生。

無音。移動音が消え去る。

この一連の音の変化を、狼桜はよく知っている。

これは――奇襲である。

奇襲の達人である狼桜であるからすぐに気づく。

何者かが移動中の他者を奇襲して始末し、片付けた後は次の獲物《えもの》へと向かっている。

移動音の主達は狼桜達と同じく国境地帯へと向かっていた。恐らくは狼桜同様に護衛として雇われたランカーであったのだろう。

ならば襲撃者《しゅうげきしゃ》は……。

「……！」

そのとき、狼桜の眼《め》に奇妙《きみょう》なものが見えた。

オボログルマのサイドミラーに映った後方の景色に……一瞬だけ人影《ひとかげ》があった。

彼女達《かのじょたち》のオーナーであるカシミヤと同程度の背丈《せたけ》の、兎の耳を生やした少年。

だが、その一瞬の後にはミラーの中に何も映っておらず、

――オボログルマのルーフに、何かが着地した音が響《ひび》いた。

「え、ええええ⁉」

「トミカァ！　振り落《お》としなァ!!」

突然《とつぜん》の衝撃に驚くトミカに、狼桜が声を張り上げて指示する。

「ひえええええ⁉」

トミカは咄嗟にハンドルを大きく切り、オボログルマをスピンさせる。

オボログルマ自体が横転することはなかったが、ルーフにいた何者かはそれでオボログルマから振り落とされ――ない。

ルーフを刃が突《つ》き破《やぶ》り、それがアンカーとなって振り落とされるのを防いでいた。

「な、なにこれ⁉」

「トミカ……、悪いけどぶっ壊すよ!!」

「ええっ⁉」

幾度も驚愕《きょうがく》の声を上げるトミカに構わず、狼桜は槍《やり》――己の〈エンブリオ〉であるガシ

ヤドクロを取り出し、

「――《天下一殺》!!」

相手への初撃にのみ行使可能な【伏　姫《ダウン・プリンセス》】の奥義《おうぎ》を放った。

相手がオボログルマのルーフに足を固定してしまっている状況。

必殺の威力《いりょく》を持って放たれるその一撃を回避《かいひ》する術はない。

――だが、当たらない。

直撃《ちょくげき》の寸前に相手はルーフから消え去り、オボログルマのルーフのみが奥義の直撃で吹《ふ》き飛《と》ばされた。

「ひえええええ⁉」

「…………」

狼桜は思考する。彼女は戦術、戦略に関しては極《きわ》めて単純だが、こと戦闘に関しては野生の嗅覚《きゅうかく》とも言えるものを持っている。

そして既に、敵手の狙いは自分であると察している。

「……トミカ。アタシはここで降りるよ」

「は、はいいいぃぃいいい⁉」

「アンタの必殺スキル使って、そのまま王都まで逃《に》げな」

「え⁉　あ、そうか！　でもそれなら姐さんも……」

「そしたら奴《やっこ》さんまで王都に……〈K＆R〉の本拠地に付いてきちまうじゃないか」

だから自分はここで降りると狼桜は言った。

ここで、自分を狙う敵手を迎《むか》え撃《う》ち、トミカを逃がすために。

「どこのどいつかは知らないが……いや、こんなタイミング、『デスペナルティになったら講和会議に参加できないタイミング』。……そういうことだろうねぇ」

「あ、姐さん？」

「行きな、トミカ！　行って他のメンバーと……ダーリンにこのことを伝えるんだよ！」

狼桜はオボログルマのドアを蹴り開け、時速数百キロで走る車内から飛び出した。

「――《兵どもが夢の跡《ガシャドクロ》》ォ‼」

同時に純竜クラスのドクロを消費し、全身をステータス増強の外骨格で包み込んだ。

「お、《絶対安全運転《オボログルマ》》ァ‼」

トミカも必殺スキルを使用し、車体と運転する自分を朧霞《おぼろかすみ》のような姿に変える。

逃げるオボログルマに向けて、またも唐突《とうとつ》に現れた敵手が飛び乗ろうとしたが――その体は車体をすり抜ける。

幽霊《ゆうれい》の如く浮遊《ふゆう》して走り、車外のあらゆるものと接触《せっしょく》しなくなる。それがオボログルマの必殺スキルだからだ。

ゆえに、敵手もオボログルマに触《ふ》れることはできず、トミカを見送るしかなかった。

『うちのメンバーのケツばっか見てるんじゃないよォ!!』

敵手に対し、巨大《きょだい》な外骨格を纏った狼桜が攻撃を加える。

だが、命中の直前に敵手は掻き《き》消え、離《はな》れた場所に立っていた。

「ランカーでもない平凡《へいぼん》な上級だと思ったけれど、案外面白《おもしろ》いスキルを持っているね」

敵手――王都でライザーとビシュマルをデスペナルティに追い込んだ少年は、笑いながらそう言った。

そう。彼は同一人物だ。王都で二人を倒した後に、時速数百キロで国境地帯へと向かっていた狼桜達《たち》に追いつき、襲撃したのである。

『アンタ……皇国の〈マスター〉かい?』

「さぁ、どうだろう? でも、何者かなんて……言う必要はないよね?」

『ああ。全くさね。……アンタはここでブッ倒されるんだからさぁ!!』

吼《ほ》え叫《さけ》び、狼桜の巨体《きょたい》が少年へと突撃《とつげき》する。

「遅《おそ》いなぁ。亀《かめ》のようだ。けれど、あんなに分厚い殻《から》があると、肉を切りづらい」

少年は思案するように、長い袖《そで》に包まれた右手を顎《あご》に当てて、

「じゃあ、こうしよう」

そう呟《つぶや》いて少年がまたも消えた直後、――狼桜の外骨格の隙間という隙間に爆弾《ばくだん》が設置されていた。

『なっ――!?』

瞬間、爆発《ばくはつ》が連鎖《れんさ》する。至近距離《しきんきょり》でのそれは、ガシャドクロが形成した外骨格すら弾《はじ》き飛ばし、抉《えぐ》り、狼桜の肉体を露出《ろしゅつ》させる。

「亀の甲羅《こうら》はこうして剥《は》がす、と」

その隙間に、ギロチンの如きブーツの刃が突き立ち、心臓を穿《うが》った。

致命傷《ちめいしょう》を負った狼桜がガックリと首を落とす。


「――ああ、それはもう知ってるから」

直後、身代わりの特典武具の効果で少年の後方に転移した狼桜が――回《まわ》し蹴《げ》りのように放たれた刃で首を切断された。

「……、……!!」

声にならない声を悔《くや》しげに吐いて、狼桜はデスペナルティとなった。

「国境に向かっていた〈マスター〉は、これで全部かな？」

少年はそう呟いて消え、……夜道には何も残らなかった。

◇◇◇

□国境地帯近辺・ウェルミナ村

その夜、国境に程近《ほどちか》いウェルミナ村で、二人の女性が星を眺《なが》めながら話していた。

大気汚染《おせん》という言葉と無縁《むえん》の〈Infinite Dendrogram〉の空は、満天の星を余すことなく彼女達に見せている。

「そういえば日本はもう進級シーズンらしいけど、お友達できた？」

「……我と漆黒《しっこく》の盟友足りえる者は、現世に不在」

「駄目《だめ》だったかー」

それは如何《いか》にも海賊《かいぞく》といった装いの童顔の女性――決闘ランキング八位〝流浪《るろう》金海〟チ

エルシーと、漆黒のゴシックドレスアーマーに身を包んだ少女——決闘ランキング四位〝黒鴉《がらす》〟ジュリエットだ。

二人共、講和会議の開催地《かいさいち》に近いウェルミナ村に昼間のうちに先乗りし、明日来るはずのアルティミアや他の〈マスター〉を待つ予定だ。

「ジュリは良い子なんだけどねー。最初がちょっと分かりにくいから」

ジュリエットはリアルでも〈Infinite Dendrogram〉と同じように、難しく回りくどい喋《しゃべ》り方《かた》をしてしまうことがある。リアルでは奇異《きい》に見られることを彼女自身も自覚しているものの、つい口にしてしまう。あるいはそれを恐《おそ》れて口下手になってしまっている。

そのため、リアルでは他人と上手《うま》く話せずにいた。

その点、デンドロでは「そんなロールもアリ」と受け入れる〈マスター〉や、「〈マスター〉だからちょっと変わっているのだろう」と捉えるティアンのお陰でリアルよりも気兼《きが》ねなく話すことができ、余程《よほど》に多くの友を得ることが出来た。

チェルシーは最も仲の良い友人であり、闘技場《とうぎじょう》で切磋《せっさ》琢磨《たくま》するライバルでもあった。

「問題は皆無《かいむ》。何故《なぜ》ならば、我は既に異郷にて盟友を得たり」

「そうだね、あたしやマックスはジュリの友達だよ。でもデンドロの外でも友達は作らなきゃ。……まぁ、そういうあたしも彼氏《かれし》作らなきゃだけど……ハァ」

「チェルシー……」

慰《なぐさ》めていたはずが、チェルシーの方が表情を曇《くも》らせていた。

以前までのチェルシーはこんな風に恋人《こいびと》がいないことを気にすることはなかった。

だが、クラン解散の原因となった恋愛騒動《れんあいそうどう》で完全に蚊帳《かや》の外であったことが、逆に彼女に危機感を募《つの》らせていた。

「えっと、まだ二十歳《はたち》なんだから、気にしなくてもいいんじゃないかな？」

「フフフ……、十代前半のジュリにはまだこの気持ちは分からないよ……」

素《す》の言葉遣《ことばづか》いで友人を慰めるジュリエットだったが、チェルシーはどんよりとした顔のままだった。

「えっと、じゃあ今度ゴウコン（？）でも、する？」

「ごうこん？　ああ、何十年か前に日本で流行《はや》ったって奴ね。日本の恋愛漫画《れんあいまんが》の中にはよく出てたけど。でも男がいないよ」

「ライザーさんとか、ビシュマルさんとか」

「……それ普段《ふだん》の食事会と変わらないじゃん。あとあの二人は彼氏としては見れないわ」

「そうなんだ……」

「食事会の面子なら、まだレイの方がいいかな。年も近そうだし」

「え……」

チェルシーがそう言うと、ジュリエットは呆然《ぼうぜん》とした顔になった。

そんなジュリエットの頬《ほお》を、チェルシーは……むにむにと引っ張った。

「ひゃう……」

「冗談《じょうだん》だって。レイはレイであたしとはズレてそうだから彼氏候補にはならないよ。けど、そんな顔するならもっとアプローチしてもいいんじゃない？」

「そんなんじゃ、ない。でも……、すごく、話が合うし、話しやすいの」

（……一番合ってるのはファッションセンスだと思うけどね）

チェルシーは目の前のゴシックドレスアーマーの少女と、記憶《きおく》にある地獄《じごく》の使者風青年を並べて『超《ちょう》ピッタリ』という感想を持った。

「ビルドも聖と死が煌いて素敵《すてき》……」

「……【死兵《デス・ソルジャー》】は流石《さすが》に驚いたけどね。でもさ、ジュリエット。いくら素敵でも【死兵】は決闘だと役に立たないのは知ってる？　ＨＰなくなったら決闘は終わりだよ？」

「むしろ盲点《もうてん》だった……。【死】が入ってるジョブが【死神《ザ・デス》】以外にもあったなんて」

どうやら大事なのは名前であるらしい。

「そこまで趣味《しゅみ》が合うならレイのクランに入れば良かったじゃない。誘《さそ》われたでしょ？」

「うん……。名前もカッコよかった」

「………………」

チェルシーの知る限り、トップクラスに極悪《ごくあく》なクラン名についてはノーコメントだった。

なお、本日不在のマックスもクラン名については「マジかよ」とドン引きしていた。

「でも、今はいいから。もう少し時間をおいてよく考えてから、レイに答える」

「そう。まぁ、いいんじゃないかな。恋《こい》で悩《なや》むのも青春だよ、きっとね」

「だから……、そういうのじゃ、ないから……！」

ジュリエットは頬を膨《ふく》らませてそっぽを向き、チェルシーは笑いながら頬をつついた。

そんな折——村の外から金属と金属がぶつかるような音が響いた。

「なに、かな？」

「……アタシ達以外でこの村に来てるのはロードウェルとハインダックのはずだけど」

ロードウェルとハインダックも彼女達同様に護衛依頼《いらい》を引き受けた〈マスター〉である。

それぞれ決闘《けっとう》の十位台のランカーであり、一桁《けた》台（より正確に言えば四位から九位のランカー）よりは一段落ちるものの有力な〈マスター〉である。

彼らは講和会議まで、この近辺のモンスターを狩《か》るなどして時間を潰《つぶ》すと言っていた。

「今の音はおかしいね。この辺に金属質のモンスターはいないはずだ」

「それじゃあ、普通じゃないモンスター……〈UBM〉と戦闘？」

「……あるいは、ＰＫかな」

ロードウェルは全身を金属鎧《よろい》で包んだ防御《ぼうぎょ》重視のビルド。その彼に何者かが攻撃を仕掛《しか》けたならば、金属音を発することになる。

彼女達がそう考えた直後、……村にまで伝わるほどの爆発音が次々に轟いた。

「……連鎖した爆発音。ブレスの類《たぐい》じゃなさそうだ」

「チェルシー！」

「あいさぁ！　行くよ、ジュリ！」

二人のランカーは呼びかけあい、自らの〈エンブリオ〉を呼び出す。

漆黒の翼《つばさ》を生やしたジュリエットが、黄金の大斧を取り出したチェルシーを抱《かか》え、爆発音のした方角へと飛び立った。


チェルシーが現場にたどり着くと、そこに見知ったランカーの姿は無く、代わりに一人の少年が背を向けて立っていた。

「こっちから出向こうと思ったけど。そっちから来てくれたなら手間が省けるね」

振り向きながらそんなことをのたまう兎耳《うさぎみみ》の少年に、チェルシーは警戒心を強める。

周囲の戦闘《せんとう》の痕跡《こんせき》から、少年がロードウェルとハインダックを相手取り、その上でランカー二人に完勝したのだろうと察した。

そしてその言動からすれば、次はチェルシーをターゲットにしている、と。

「……ところで、ジュリエットはどこかな？　てっきり一緒《いっしょ》だと思ったのだけれど」

ジュリエットがチェルシーと同行していることも少年は知っていた。

しかし少年が言うように、この場にはチェルシーしかいない。

ジュリエットの姿は少年の視界にはなく、

「――《死喰鳥《フレーズヴェルグ》》!!」

その声は――上空から聞こえた。

直後、空から地上へ向けて漆黒の竜巻《たつまき》が吹き荒《あ》れる。

発生源は、夜の闇《やみ》に黒いドレスアーマーと黒い翼を溶《と》かしたジュリエット。

現場に辿りつくよりも先に、ジュリエットとチェルシーは打ち合わせていた。

ロードウェルとハインダックを襲っているのがPKであれモンスターであれ、強敵であるならば先手を取らなければならない、と。

ゆえに、夜間の視認性《しにんせい》が低いジュリエットが空へと上がり、チェルシーが敵手の前に出ることで気をひき、先制の必殺スキルを撃ち放つ。

「――《金牛大海嘯《ポセイドン》》ッ!!」

そして、チェルシーもまた必殺スキルを解き放つ。

彼女が手にしていた両刃《りょうば》の斧刃《おのは》が消え去り、生じた空間の穴から液状黄金が溢《あふ》れ出《だ》す。

天に黒鴉、地に金海。

生命を切り刻む暗黒の竜巻と、身体を圧殺する黄金の海嘯。

広範囲《こうはんい》必殺スキルの相乗。上下どちらも彼女達の攻撃《こうげき》範囲、回避は不可能。

最初のジュリエットの必殺スキル発動に気づかず、またそれに気をとられてチェルシーの必殺スキル発動を許した時点で、少年は回避タイミングを逸《いっ》していた。

「………………」

正確には、金海と羽の渦《うず》の間には人が通れるかどうかという隙間がまだあったが、それも半秒もすれば埋《う》まる程度のもの。

超音速機動でも脱出《だっしゅつ》する時間はない。

そう。脱出する時間など、何者にも無い――

「――《[redacted]は右に《ノス》、[redacted]は左に《ロス》、掌握《アイ》するは[redacted]》」

――はずだった。

必殺スキルが激突する轟音《ごうおん》の中で、チェルシーの耳にコトリ……と小さな音が聞こえた。
自分の被《かぶ》っていた海賊帽子《かいぞくぼうし》に軽い感触《かんしょく》があり、僅《わず》かに首を傾《かし》げると……。

「…………え？」

――二つの【ジェム】が、帽子の縁《ふち》から零《こぼ》れて彼女の目の前に落ちてきた。

直後に、【ジェム】は起動する。
それは【紅蓮術師《パイロマンサー》】の奥義、《クリムゾン・スフィア》の【ジェム】。
現在世に出回っている【ジェム】の中で、最も火力に秀《ひい》でたもの。
ゆえに、その発動は超級《ちょうきゅう》職ならざるチェルシーのＨＰを大きく削《けず》る。
ビルドに含んだ火への耐性《たいせい》で辛《かろ》うじて耐《た》えたが、時間差で二つ目の【ジェム】も起動。

今度は【救命のブローチ】が起動し、その一撃《いちげき》を無力化したが……。

――紅蓮の炎《ほのお》が消えると、彼女の傍《そば》には無数の爆弾が設置されていた。

「あ……」

彼女が息を呑《の》んだ次の瞬間《しゅんかん》、爆弾は連鎖的《れんさてき》に爆発して彼女を呑み込んだ。

爆炎に混ざり、光の塵が空へと消えた。

「チェル、しぃ……!!」

ジュリエットは、ほんの僅かな時間に行われた爆殺を上空から見ていた。

だが、一部始終を目撃《もくげき》したはずの彼女にも……見えなかった。彼女の目には帽子の【ジェム】も、その後の無数の爆弾も、突然湧《とつぜんわ》いたようにしか見えなかったのだ。

それが設置された瞬間は、超音速機動を可能とする彼女にすら見えなかったのだ。

気づけば殺されている。

「……!!」

ジュリエットは歯噛《はが》みする。敵手が……あの少年が自分達の必殺スキルを回避し、チェルシーを爆殺したのだと確信して。

「この、敵は……どっち、の、!?」

その上で、経験則とセンスからジュリエットは敵手の攻撃手段を二種類に絞《しぼ》った。

一つ目の可能性は、空間操作。

テレポートで攻撃を回避し、逆に相手の傍に爆弾を送り込む。

だが、この〈Infinite Dendrogram〉で空間操作のハードルは高い。

それこそ迅羽のテナガ・アシナガのように、必殺スキルでも一度空間転移すればクールタイムが必要になる。

それでも〈エンブリオ〉の特性やリソース配分によっては連続転移もありえるかもしれないが、最初の回避や【ジェム】だけならまだしも……その後に爆弾を置きすぎている。

それほどの連続転移が可能だとは考え辛《づら》かった。

二つ目の可能性は……純粋《じゅんすい》な速度。

超音速であるジュリエットにすら見えないほどの速さで動き、二人の必殺スキルを回避し、見えない速度で爆弾を設置した。それほどの速さが存在することを、ジュリエットは【抜刀神《ジ・アンシース》】カシミヤという好敵手から知っている。

相手が後者だとすれば、それこそカシミヤのようであったが……。

(……でも、違う。カシミヤとこの敵には大きな、違いが……)

ジュリエットがそこまで考えを進めたとき、

「――空の上なら安全と、思わないほうがいいよね？」

飛翔するジュリエットの背後から、そんな声が聞こえた。

「⁉」

「何か考えていたようだけど、無駄《むだ》だよ。僕の力は……決して逃《のが》れられないものだから」

「ッ……！《カースド・ファランクス・ディスオーダー》‼」

背後の少年が嘯《うそぶ》く言葉に、ジュリエットは耳を貸さない。

そして躊躇《ためら》いもない。己の奥義を以《もっ》て、背後の敵を、友を傷つけた相手を攻撃する。

「ハハハ、遅い遅い」

だが、呪詛《じゅそ》によって目標を追尾《ついび》するはずの呪《のろ》いの武器は、一発も敵手に命中しない。

「……………⁉」

「――本当に君達は鈍《にぶ》過ぎる。亀のようだよ」

少年はそう呟いて、ジュリエットの脊椎《せきつい》をブーツによって一度《ひとたび》薙ぐ。

首が傷つき、血飛沫《ちしぶき》を上げる。

少年は重ねるように幾度も急所への斬撃を重ねていく。

ジュリエットのＨＰは減っていき、やがて【救命のブローチ】の発動で辛うじて生きながらえる状態になる。

その間も呪いの武器は少年を狙《ねら》い続けているが、自動ホーミングのはずの《カースド・ファランクス・ディスオーダー》は、最小限の動きで回避され続けていた。

呪いの武器達《たち》は少年に容易《たやす》く回避され、終《しま》いには武器同士がぶつかって砕けていく。

「おしまい」

最後に、【ブローチ】が壊《こわ》れたジュリエットの首にブーツの刃を埋めた。

ジュリエットのＨＰが全損した瞬間だった。

「――――ッ！」

瞬間、ジュリエットから――――そして周囲の空間から強烈《きょうれつ》な威圧《いあつ》感が発せられる。

ジュリエットの首に半ばまで刃を埋めた少年は、周囲を見回す。

（羽……それに砕けた呪いの武器の破片《はへん》？）

砕けた武器の破片が黒い羽と交ざり、事切れる寸前のジュリエットと少年を囲んでいた。

それはまるで――――球状の檻《おり》。

「まさか……」

呪いの武器が砕けたのはジュリエットの布石。

自らのフレーズヴェルグの風の力で呪いの武器の軌道を変え、さらに砕けた破片を周囲に浮《う》かせ続けている。

――少年がどれほどの速度で動こうと、決して脱出できないように。

（いや、そもそもどうしてまだ生きて……）

少年は知らない。

ジュリエットが最近になってビルドの一部に手を加えたことを。

下級職の一つを【死兵】に切《き》り替《か》え、死後に一定時間己の体を動かすことのできるスキル……《ラスト・コマンド》を会得《えとく》していたことを。

「……ァ……」

首が半ばまでも断《た》たれたジュリエットは、声を発することは出来ない。

脊椎を断たれたことで、首から下を動かすことも出来ないだろう。

だが、そのスキルに声は必要なかった。

ただ、思うだけで良い。思うだけで――彼女の切り札は発動する。

「……ぃ……ぇ……!!」

そして、スキルは発動する。

【堕天騎士《ナイト・オブ・フォールダウン》】の最終奥義《ファイナルブロウ》――《ダーク・レクイエム》。

自らの血肉全《すべ》てを呪いの弾丸《だんがん》へと変換《へんかん》し、全方位に射出する――自爆《じばく》スキルである。

「……ッ!!」

無数の血弾《けつだん》と骨刃は、幾度も少年を殺傷せしめるだろう。【ブローチ】を装備していても生き延びることはできない。

黒羽と呪具破片の檻の中、少年に逃げ場《ば》はなかった……。

◆◆◆

■管理ＡＩ一号作業領域

それは奇妙な空間だった。

横倒《よこだお》しにした巨大な円筒《えんとう》の中と言うのが最も近いだろう。

しかし円筒は極めて巨大であり、端《はし》から端までの距離《きょり》は地平線よりも遠いかもしれない。

その円筒の異様さは規模だけではない。壁面《へきめん》にびっしりと……無数の筒状の設備が配置されていることも大きい。隙間《すきま》なく、何十万……あるいはそれ以上の数が置かれている。

設備は空のものが多いが……中身が入っているものもある。

それは多種多様な人であり、あるいはその一部。筒《つつ》の中身を段階別に並べれば、まるで頭のてっぺんから少しずつ人体を作っているようであった。

不思議なことに、完成した人体は多種多様な装備を身に着けている。

そしていずれも……左手の甲《こう》には紋章《もんしょう》があった。

そう、筒の中にいるのは全員が〈マスター〉――正確にはそのアバターであった。

この円筒の空間の名は、アバタースペース。

管理ＡＩ一号アリスの管理する、アバターの再構築・及《およ》び保存を司《つかさど》る空間である。

デスペナルティになった〈マスター〉のアバターは、ここで再構築される。

ログアウトの際も一度ここに転送されて保存される仕組みだ。

そんな空間の最奥《さいおう》に、特殊《とくしゅ》な筒が複数置かれていた。他の筒が壁面に隙間なく張《は》り付《つ》けてあるのに対し、これらの筒は中心に立てて置かれていた。

それは全部で一五基あり、0から13までの数字が明記されている（11のみαとΩの記号で分けられ、二基存在した）。

それらは使われた様子がないものもあるが、幾《いく》つかは中身も入っている。

中身入りの一つ――12のカプセルが開き、中のアバターが外に出た。

それは、ジュリエット達……王国のランカーを闇討《やみう》ちして回っていた兎耳の少年だった。

「やれやれ。危ない危ない。あんなものを受け続けたらアバターが全損するところだったよ。アリスに五月蝿《うるさ》く言われるのはごめんだ」

ジュリエットの最後の攻撃で穴だらけになった服や帽子《ぼうし》に目をやった少年は、そう言って苦笑《くしょう》する。

あんなもの……とはジュリエットが決死の思いで放った最終奥義だ。

あれは、少年といえども回避はできそうにないものだったが……。

（僕《ぼく》らのアバターは彼《かれ》らのアバターと違って格納《ログアウト》までに待機時間なんてないから、アバターが全損する前にここへしまえたのは幸いだった）

〈マスター〉のログアウトには、誰《だれ》にも接触されない状態、結界等にも囚《とら》われていない状態で三〇秒の時間を要する。これはログアウトでの逃亡《とうぼう》を制限するための、プレイヤー共通のルールだったが……この少年には適用されない。

なぜなら、この少年は――プレイヤーではない。

（アバターをしまうまでに【ブローチ】は壊されたけど、構わない。王国側の護衛を受諾《じゅだく》した上位のランカーのうち、ログインしていた連中は全員仕留めた。あとは入っていなかった奴と、【破壊王《キング・オブ・デストロイ》】や【女教皇《ハイプリエステス》】、その周辺か。……それは僕の領分じゃないな）

『――十二号』

少年が指折り数えていると、どこかから声がかけられた。

それは機械的なエフェクトがかけられており、男女の区別は判然としない。

それでも、十二号と呼ばれた少年には相手が誰だか分かっていた。

「〇号。何度も言うけれど、アバターを使っているときにはそう呼ばないでおくれよ。今の僕は【兎神《ザ・ラビット》】クロノ・クラウン。皇国所属の有名ＰＫだよ」

少年――管理ＡＩ十二号ラビットのアバターであるクロノ・クラウンは、そう言って機械音声――〇号に訂正《ていせい》を求めた。

そう、彼は管理ＡＩのアバター。

王国の決闘ランカーである【猫神】トム・キャットや、〈ＤＩＮ〉に勤務する双子《ふたご》社長やアリスンのように……管理ＡＩが人間として行動するための仮の姿である。

運営側であるがゆえに、彼のアバターにはログアウトの待機時間や条件が存在しない。

そうでなければ……ジュリエットの最後の攻撃も届いていただろう。

他に目撃者《もくげきしゃ》がいればその脱出方法も実行できなかっただろうが、あの場には自爆したジュリエットしか残っておらず、そのジュリエットも自爆で意識は途絶《とだ》えていた。

「君だって、あの名前を名乗っているときに『〇号』なんて呼ばれたくはないだろう？」

『【兎神】クロノ・クラウン。今回の件について』

「おっと文句は言わないでおくれよ、〇号。僕は僕の仕事をしただけさ」

〇号の述べようとした言葉を遮《さえぎ》るように、クロノはそう言った。

「なぜなら、僕が時間管理以外に請け負《お》っているのは、『第六形態に到達《とうたつ》した〈エンブリオ〉

との戦闘』。僕との戦闘で、彼らの進化を促《うなが》すことなんだから。そして今回は偶々王国で護衛依頼を受けた〈マスター〉との戦闘が連続しただけさ。そうだろう?」

「だから問題がない」と確信しているような口振《くちぶ》りでクロノはそう言った。

言い訳というよりは、開き直りだ。

「話はそれで終わりさ、〇号。明後日……いや、明日の講和会議の護衛も引き受けているから。忙《いそが》しいんだよ、僕は」

『…………』

そう言って一方的に話を打ち切り、クロノはアバタースペースを出た。

アバタースペースを出て、皇国までの転送設備がある部屋にまで移動しながら、クロノはふと自身の状態に気づく。

(……アバターに状態異常がついている)

自身のアバターに、【装備変更《へんこう》不可】という状態異常――呪いが付与《ふよ》されている。

ジュリエットが最後に放った《ダーク・レクイエム》は、命を賭《と》した攻撃《こうげき》であると同時に呪いの塊。その呪いはジュリエット自身が発動前に選ぶことができ、あのときの彼女《かのじょ》は【装備変更不可】の呪いに集中して最終奥義を放っていた。

(致死性《ちしせい》の呪いにしなかったのは、レジストを懸念《けねん》してか？)

致命《ちめい》の呪いは強力であるが、かつての【グローリア】の《絶死結界》がそうであったように【ブローチ】で無効化される恐れもある。

それに呪いを低減するアクセサリーで効果を弱めることは出来る。

ゆえに、レジストされづらい補助的な呪いを使ったのだとクロノは納得《なっとく》した。

超級職の死を代償《だいしょう》に、かつ一点に集中された呪いは強固。

しかも呪い自体が生死に関与《かんよ》しない小さなものであるがゆえに、効果のレジストや解呪は不可能と言っていいものになっている。

今後、アバターを再構成するまでこの呪いが解けることはないだろう。

装備していた【ブローチ】はダメージによって破砕《はさい》したが、呪いによって付け直すことは出来なくなった。衣服も穴だらけではあったが、こちらは自動的に修復する装備スキルが付与されているので問題はない。

(やはり問題は【ブローチ】がつけられなくなったことだけか。まぁ、問題はない。どうせ、あんな手でも使われない限り僕に攻撃を当てられる奴はいない。呪いは今度アリスの機嫌《きげん》が良いときにでもアバターの再構成を依頼しよう)

自身の身に負った呪いを問題無しと判断し、クロノは思考を切り替える。

（さて、次の仕事は講和会議。上級の〈エンブリオ〉がいれば、そいつがターゲットだ）

上級の……さらに限定すれば第六形態の〈エンブリオ〉と戦い、撃破《げきは》することが彼のクロノ・クラウンとしての基本的な仕事だ。

それは先ほど〇号に述べたとおりであり、彼の職務を逸脱《いつだつ》するものではない。

だが、それが彼の意思の全てでもない。

（皇国が講和会議で何を企《たくら》んでいるかまでは僕も知らないけど、王国の戦力を削っておけば上手く回るだろう）

誰に見られているわけでもないのに、彼は服の袖で口元を隠《かく》す。

（皇国はリソースの……食糧《しょくりょう》や資金の消費を憂《うれ》いている。だから皇国にとって講和会議での最良の結果は、最もローコストな手段。戦争という無駄は可能なら避《さ》けるはずだ）

そして、隠した口元を歪《ゆが》める。

（きっと皇国の思惑《おもわく》通りに推移すれば、戦争なんて起きない）

彼の望みのままに、状況《じょうきょう》が推移することを夢想して。

（僕の仕事も増えなくて済む。あんなに僕のリソースを浪費《ろうひ》する面倒《めんどう》な処理、そう何度もやっていられないよ）

クロノ・クラウンではなく、時間担当管理ＡＩラビットとして……彼は〈戦争結界〉を忌《い》み嫌《きら》っていた。

彼の処理能力を最も食《く》い潰すのがそれだったからだ。

戦争が起きれば、この〈Infinite Dendrogram〉全体の時間を通常時より遥《はる》かに加速させることになり、彼は時間加速のみに集中するシステムになる。

アバターでの活動は出来ないし、彼自身の思考能力も極限まで低下するだろう。

そうなってしまうことを彼自身が疎《うと》んでいた。

だからこそ……恣意的《しいてき》に王国のみを狙い、講和会議直前のこのタイミングでPKを仕掛けたのである。

（戦争なんて起こす必要ないんだよ。前回の戦争だって、【大教授《ギガ・プロフェッサー》】のパンデモニウムが進化したのは戦争中じゃなくて戦争後じゃないか。戦争なんて僕の苦労が無駄に増えるだけ。ない方がいい）

そうしてクロノは皇国までの転送設備にまで辿りついてから、ポツリと呟いた。

「戦争なんて起きないまま……さっさと王国が併合《へいごう》されればいいんだ」

そうして彼は転送されて、姿を消した。

皇国側の護衛団に交ざり、講和会議に赴《おもむ》くために。

◇◆◇

□■？？？

『…………』
『必要なのは戦争ではなく、進化へのトリガーだ』
『理不尽《りふじん》なる敵との戦いもまた、トリガーとなりうる』
『ゆえに十二号の行動を止めはしない』
『現在フェーズの目的は、一〇〇の〈超級エンブリオ〉を揃《そろ》えること』
『しかし、〈超級エンブリオ〉へのトリガーは特定できていない』
『日常、闘争《とうそう》、愛情、憎悪《ぞうお》、憤怒《ふんど》、悲哀《ひあい》、食欲、怠惰《たいだ》、希望、絶望……千差万別《せんさばんべつ》』
『故《ゆえ》に〈無限〉へと至った管理ＡＩ達《たち》が、各々《おのおの》の計画でトリガーを模索《もさく》すればいい』
『一〇〇体が集結する時を待つ』

第五話 講和会議前夜

□【聖騎士《パラディン》】レイ・スターリング

講和会議前日。護衛に参加する〈マスター〉は王都の騎士団詰所《きしだんつめしょ》の練兵場に集合し、アズライトや講和会議に参加する文官と合流する手筈《てはず》になっている。

だが、所定の集合時間まであと一〇分というところになって、奇妙《きみょう》なことに気づいた。

「……少なすぎる」

練兵場には三七人の〈マスター〉が集まっている。俺達《おれたち》……〈デス・ピリオド〉がレイさんと、折悪《おりあ》しく参加できなかった霞達《かすみたち》を除いて五人。

しかしそれ以外の三二人は女化生先輩《おんなけしょうせんぱい》と月影先輩《つきかげせんぱい》、そしていずれも『三日月と閉じた目』のマークを装備につけた……〈月世《げっせい》の会〉のメンバーだ。

その二つのクランのメンバーしか、この場にはいない。

「……狼桜《ローザ》の姿も見えませんね」

「んー、有名どころのランカーもほとんどいませんねー。ボクの情報だと予定人数の三分の一くらいです」

そう、先日参加すると聞いていた決闘ランカー達もこの場にいない。

「何かあったのか？」

「レイさん。ボクがひとっ走り〈ＤＩＮ〉まで行って情報受け取ってきましょうか？」

マリーに頼《たの》むべきか考えていると……騎士や文官を伴《ともな》い、見知った人々が現れる。

まず、俺達をここに集めたアズライト。

次に、かつて狼桜に襲撃《しゅうげき》された時に顔を見た覚えがある俺《おれ》と同年代くらいの〈Ｋ＆Ｒ〉のメンバー……たしかトミカという名前の女性。

そして最後の一人は……全身に自然回復を促す【薬効包帯】を巻いた仮面の男性。

決闘ランカーの、ライザーさんだった。

「ライザーさん⁉」

『レイ君……、君達は無事だったか……良かった』

複数の傷痍《しょうい》系状態異常にかかっているのか、ライザーさんは歩くのも難儀《なんぎ》そうであり、騎士が肩《かた》を貸している。

「その傷は……」

「私から話させてもらうわ」

アズライトはそう言って、練兵場に集まった俺達に事情を話し始めた。

それは、ランカーを含《ふく》む〈マスター〉が連続して襲撃を受けたという驚《おどろ》くべき報告。

襲撃を受けた〈マスター〉は、全員が護衛依頼を受けていた。

ライザーさんも襲撃を受け、相手の置《お》き土産《みやげ》の爆発物《ばくはつぶつ》で死に掛《か》けたものの、【救命のブローチ】が発動したこともあってギリギリで生存できたそうだ。その後は回復アイテムで生きながらえ、付近の住民に国教の教会まで運ばれて治療《ちりょう》されたらしい。

トミカの方は狼桜と共に襲撃を受けたものの、彼女だけは辛くも王都まで逃《に》げ延《の》びた。

また、国境付近の村でも夜のうちに戦闘音が聞こえ、待機しているはずの〈マスター〉の姿が見えなくなったらしい。

そしてライザーさんとトミカの証言によれば、襲撃犯は同一人物であった。

兎の耳を生やし、金属製のブーツを履《は》いた少年。

その特徴《とくちょう》が述べられたとき、俺の隣《となり》にいた兄が声を上げた。

『……【兎神《ザ・ラビット》】、クロノ・クラウンだな』

「知っているのか、兄貴?」

『ああ。俺がまだ〈超級〉じゃなかった頃《ころ》に戦ったことがある。準〈超級〉を始めとした、第六形態の〈マスター〉を狩り続けているPKだ。……あいつなら、〈マスター〉を何十人と闇討ちしてみせても不思議じゃない』

「……兄貴が戦ったときは、どうなったんだ？」

『決着がついていたのか、ついていなかったのかも分からん。俺も相当にダメージを負ったが、こっちが罠《わな》に嵌《は》めた後は追撃《ついげき》がなかった。ただし、それがデスペナルティだったのか、退いただけだったかは今も不明だ。あれから会ってもいないしな』

……〈超級〉でなかったとはいえ、兄を相手にそこまでやる相手。

そのときから強くなっているとすれば、それは恐《おそ》ろしい強敵であるように思えた。

『だが、手の内はある程度割れてる』

そう言って、兄が知る限りの【兎神】の能力や戦法、そして攻略法……と呼べるかは難しいものまでを聞くことができた。

ただ、兄からの情報を整理すると、恐らく俺との相性《あいしょう》はあまり良くはない。

兄を除けば……先輩やマリーならばあるいは、といったところだろう。

『あいつの戦力情報はこんなところだが、戦力以外でもヤバイ情報があるクマ』

「ああ。それ、ボクもどこで言おうか迷ってました」

兄とマリーはそう言って、続く言葉をどこか言いにくそうに発言した。

『【兎神】クロノ・クラウンは……皇国に所属するＰＫだ』

「……あと、今回の講和会議に皇国側の護衛として交ざってます」

それはつまり……。

「こちらの護衛を削《そ》いだのは、皇国の指示ということ？」

『かもしれないが……独断の可能性もある。なにせ、普段《ふだん》から第六の〈マスター〉を狩って回っている奴《やつ》だ。護衛依頼で王国側の〈マスター〉の動きがある程度絞《しぼ》れたから、良い機会だと襲撃を仕掛けたのかもしれん。以前も第六の〈マスター〉を狙うことそのものが目的で、他に何をする訳でもなかったからな。むしろ、護衛依頼を受けていることが違和《いわ》感《かん》、とさえ言えるぜ。しかし、仮に襲撃そのものも皇国の指示なら……』

「皇国は、王国側の護衛を減らす必要があったということね」

……講和会議そのものの雲行きが怪《あや》しくなったな。

『……だが、皇国の思惑だとするなら露骨《ろこつ》に過ぎる。襲撃者《しゅうげきしゃ》を護衛メンバーに抱え込んでいることには違和感しかない』

「その件は皇国側の使節団に《真偽判定《しんぎ》》を絡《から》めて問いかけてみましょう。指示を出したのなら、それで分かるわ。それよりも今の問題は……」

『減った護衛をどうするか、だな』

「ええ。仮に罠だった場合、対応力に大きな違《ちが》いが出てしまうから」

罠だとすれば、【兎神】を含む皇国側のメンバーが牙《きば》を剥《む》くだろう。

「お兄さんはその【兎神】が襲《おそ》ってきても対応できますか？」

ルークの問いに、兄は沈黙《ちんもく》した。

『……九割方、勝てる手はある。だが、俺はそっちには対応できない。もしも皇国との戦闘になるなら、俺は……【獣王《アイツ》】と戦うので手一杯《ていっぱい》だろうさ』

皇国側にいるのは【兎神】だけじゃない。皇国に雇《やと》われた多くの〈マスター〉、それに〝物理最強〟とまで言われる【獣王】や、あの悪魔《あくま》軍団を率いる【魔将軍《ヘル・ジェネラル》】も護衛メンバーとして参加しているとマリーが言っていた。

兄が【獣王】を相手取るのなら、【兎神】や【魔将軍】は俺達で戦わなければならない。

「…………」

今回、【紫怨走甲《しえんそうこう》】の貯蔵は十分。デメリットはリスキーだが《瘴焔姫《ガルドランダ》》は使える。

加えて、【黒纏套《こくてんとう》】のチャージも完了《かんりょう》している。

カウンター・アブソープションのストックも万全《ばんぜん》。

ジョブも【死兵《デス・ソルジャー》】のカンストを終え、汎用《はんよう》スキルである《看破》を取得するために【斥候《スカウト》】のレベルも上げた。メインジョブは、それらの汎用スキルを含めた現在持っている全ジョブスキルが使用可能な【聖騎士】に戻《もど》している。

何よりネメシスの第四形態……上級への進化もあった。


準備と言うのならば、かつてないほどに準備はできている。

しかしそれでも……「問題がない」とは口が裂《さ》けても言えない。

どこか……心にへばりついて離《はな》れようとしない不安がある。

その理由が何かは……俺自身にも分からなかった。

「まだ戦闘《せんとう》になると決まったわけではないけれど……厳しいわね」

やはり護衛メンバーを【兎神】に削られたままの現状はまずく、このまま講和会議に向かうことは問題があるとアズライトは言う。

そんなとき、女化生先輩が手を上げた。

それも和装らしい静々とした感じではなく、授業中に上げるような勢いの良さで。

「……なにかしら？」

「戦力足りひんのやったら、〈月世《うち》の会〉から何十人か追加で呼んどこか？　借金の棒引きは増やしてもらうけど」

その申し出に、アズライトはこめかみに手を当てながら何事かを考え抜《ぬ》き……。

「………お願いするわ」

「おおきに♪」

結局、苦虫を噛《か》み潰《つぶ》すような表情で女化生先輩の提案を受けていた。

背に腹は代えられないということだろう。

……しかし〈月世の会〉は宗教組織であるものの、だからこその廃人《はいじん》集団。

所属する上級戦力の数で言えば、各国でもぶっちぎりだと聞いている。

こういうときには頼《たよ》りになる集団だ。

『扶桑月夜《ふそうつくよ》、私からも頼みがある』

「なんやのん？　ライやん」

そのとき、ライザーさんは女化生先輩に頭を下げた。

ライザーさんを呼ぶときの「ライやん」という呼び方に、少しの意外さを覚えた。

『私を君のスキルで治療してくれ！　このまま臥《ふ》せっているわけにはいかない……！』

「………」

ライザーさんの声には悲痛さが混ざっていた。それはきっと、デスペナルティになってしまったビシュマルさんを始めとした決闘《けっとう》ランカーの仇を討《う》ちたいという思い。

そして何より王国を守るために戦いたいという思いからのものだろう。

そんなライザーさんの懇願《こんがん》に、女化生先輩は頷《うなず》いた。

「ええよ。治したる」

『恩にき……』

「でも、護衛にはついてきたらあかんよ」

ライザーさんの頼みを了承《りょうしょう》してから……きっぱりと扶桑先輩《せんぱい》はそう言った。

『なぜ……』

「それ、あんたが一番わかっとるやろ？　あんた、〈エンブリオ〉が完全に壊れとる。うちの《聖者の慈悲《じひ》》は体の傷を治せても、破壊された〈エンブリオ〉までは治せへん」

『だが、この身一つでも……！』

「〈エンブリオ〉のない〈マスター〉がどれだけの戦力になると思うとる？　しかも、あんたは〈エンブリオ〉前提のビルドやろ。それでついてこられても足手まといや」

ライザーさんは俯《うつむ》くが、反論の言葉はない。

……扶桑先輩の言葉は厳しく、冷たいようにも思える。

けれど、普段の扶桑先輩よりもずっと真面目《まじめ》に、言葉を発しているのが分かる。

『…………分かった。ついていくことはしない。それでも、治してくれ』

「理由も、一応聞こか？」

『有力な〈マスター〉の多くは、講和会議の護衛に赴く。王都に残るはずだった〈月世の会〉の予備人員まで出るなら尚更《なおさら》だ。ならば、王都を守る戦力も今は足りないはずだ』

「………………」

『護衛についていけないのならば、自分にできるところで力を尽《つ》くす、それだけだ』

「……………ほんに、〈バビロニア戦闘団〉のメンバーは頑固《がんこ》な人が多いわ」

扶桑先輩はそう言って溜《た》め息《いき》を吐《つ》き、それから「《聖者の慈悲》」と宣言してライザーさんの傷を癒《いや》した。

『ありがとう……。この対価は』

「要らへん。あんたらには借りがぎょーさんあったから、少し減らしたことにするわ」

『……恩にきる』

そう言って、ライザーさんは深々と頭を下げた。

扶桑先輩はそれからあえて目を逸《そ》らしているようだった。

それは、今までに見たことがない扶桑先輩だった。

「月夜様があぁした態度を取ることが不思議ですか？」

「……月影先輩」

気づけば、俺の後ろにはいつの間にか月影先輩が忍《しの》び寄《よ》り、小声で話しかけてきていた。

扶桑先輩はこちらの動きに気づく様子はなく、通信魔法《まほう》のアイテムで本拠地《ほんきょち》と連絡《れんらく》を取っているようだった。

「……そうですね。先輩なら……なんというか、もっと容赦《ようしゃ》のない感じだと思いました」

「月夜様は彼らに……〈バビロニア戦闘団〉に借りがあると思っていますからね」

「借り？」

「あの【グローリア】の事件でのことです」

かつての【三極竜《さんきょくりゅう》　グローリア】討伐《とうばつ》。

当初、第一位の〈月世の会〉は王国との交渉《こうしょう》が長引き、戦線に参加していなかった。

その間に、王国の都市を守るために戦線に立ったのが第二位のクランだったライザーさんの所属する〈バビロニア戦闘団〉だ。

けれど、結果として〈バビロニア戦闘団〉は敗れ、本拠地である都市も失い、クラン自体も崩壊《ほうかい》してしまったのだという。ティアンとの交流が深いクランでもあったため、その敗戦で失ったものが大きすぎたのだ、と。

それに関して、「最初から〈月世の会〉が参戦していれば……」という声もあった。

また、扶桑先輩自身も普段はそんな素振《そぶ》りは見せないが、そのときのことは気にしているらしく……先ほどの行動もそれが理由であるらしい。

「意外ですか？」

普段からは想像もつかない。

けれど……そうか。あの日のトルネ村で俺の傷を治してくれたのも、扶桑先輩だった。

「月夜様は、月のようですからね」

「え？」

「見え方ごとに……魅力《みりょく》ある御方《おかた》なのですよ」

そう言う月影先輩は、扶桑先輩を見ながら穏《おだ》やかに微笑《ほほえ》んでいた。


一〇分ほどして、練兵場には五〇人もの〈月世の会〉の〈マスター〉が追加で並んでいた。扶桑先輩が連絡してから駆《か》けつけるまでの速さは、流石《さすが》トップクランと言うべきだろう。

「これで、護衛の戦力の大半は補填《ほてん》されたわね」

「うちのメンバーも結構強いから頼りにはなるえ。……まぁ、一人一人は決闘ランカーと比べたら格落ちするのは否定せーへんけど」

かつての封鎖《ふうさ》テロで〈K&R〉を相手取った時、《月面除算結界》の効果圏内《けんない》で狼桜が〈月世の会〉のメンバーを倒《たお》して回っていたことを思い出した。やはり個人戦闘に特化した決闘ランカーの実力は、普通《ふつう》の〈マスター〉とは比較《ひかく》にならないのだろう。

「できれば、もう一人くらい決闘ランカーがおるとええんやけど……。あ、カシミヤってまだログインしとらへんの？」

扶桑先輩の問いかけに、トミカは首を振《ふ》った。

「オーナーはまだ……。今日明日はログインできるかわからないと言っていたので、多分こんなことになってるのも知りません……」

「そか。ほならログインしてきたら連れてきてほしいんやけど」

「はい！　きっと、オーナーなら姐《あね》さんの仇をとってくれるはずですから……！」

フィガロさんがログインできない今、カシミヤは決闘ランカーの中では最有力。

だけど、参加できるかは現状では未知数。

戦力は足りないものの、もうカシミヤ以外に残っている決闘ランカーは……。

「――決闘ランカーをお捜《さが》しかなー？」

そのとき、練兵場に聞き知った……けれど来るはずのない人の声がした。

声に振り向《む》けば、そこには頭上に巨大《きょだい》なネコを乗せた青年が立っていた。

その人のことを、俺はもちろん知っていた。

「トム、さん？」

「【猫神《ザ・リンクス》】トム・キャット……？」

俺とアズライトの声が重なる。

トムさんは周囲の視線を受けながら、アズライトの前に歩いていく。

「カルチェラタン以来だねー、陛下。ところで、飛び入り参加はできるかなー？」

「ええ……。けれど、アナタには一度断られたはずだけど……」

「……少し事情が変わってねー」

どこか曇《くも》りかけたトムさんの表情。

変わった事情が何かを考えて……昨晩起きたばかりの襲撃事件を連想した。

「それはもしかして……【兎神】の？」

俺がそう言うと、トムさんは驚いた様子で俺を見た。

「……ああ。彼とは少し因縁《いんねん》があってねー。彼が、護衛に参加する王国の〈マスター〉を闇討ちしたことは知っているよー。彼が皇国側に護衛としてついていることもねー」

トムさんは、何かを決意するように拳《こぶし》を握《にぎ》り締《し》めていた。

「だから、もしも皇国と戦うことになるのなら……クロノとは僕が戦《たたか》うよ」

「トムさん……」

トムさんと【兎神】の間に何があったのかを、俺は知らない。

運営側と噂《うわさ》されるトムさんが、護衛に参加するほどの事情があるのかも知らない。

けれど、トムさんが普段は前髪《まえがみ》で隠しているその目が……真剣《しんけん》な輝《かがや》きを見せていることは俺にも理解できた。

「……決まりね」

アズライトは練兵場に集まった〈マスター〉達を見回して……頷いた。

「このメンバーで、講和会議に向かうわ」

アズライトの宣言の後、俺達は講和会議へと出発した。

◆◆◆

■ドライフ皇国実効支配地域・旧ルニングス領

旧ルニングス領は王国の人間にとって、短期間で幾度《いくど》も意味が変わった地域である。

かつてのルニングス公爵領《こうしやく》は、王国最大の穀倉地帯であった。

住人の消費量よりも遥かに多い作物を生産し、それをドライフ皇国やグランバロアといった食糧生産に難がある国家に輸出することで外貨を獲得《かくとく》していた。

しかし、一年と少し前に穀倉地帯としてのルニングス公爵領は壊滅《かいめつ》した。

最強の〈ＳＵＢＭ〉、【三極竜　グローリア】の突然《とつぜん》の襲来《しゆうらい》によってルニングス公爵領の住民は全滅《ぜんめつ》と言っていい被害《ひがい》を受け、領主であったルニングス公爵も死亡。わずかに生き残った住民にも土地を捨てる者や……あるいは未来を悲観しての自殺者が多発した。

さらに、【グローリア】の《絶死結界》は当時生育状態にあった作物や自然環境《かんきよう》にも壊《かい》滅的《めつてき》な被害を与《あた》え、穀倉地帯であったはずのルニングス公爵領は住人なき死の大地と化した。

それからは王族の直轄地《ちよつかつち》、旧ルニングス領として復興の準備が進められていた。

しかし、【グローリア】襲来から半年後。旧ルニングス領は戦場となった。

〈雷竜山《らいりゆうざん》〉に近い国境の道から侵攻《しんこう》した皇国軍とそれを迎《むか》え撃《う》つ王国軍。

住民が既《すで》に存在しなかった旧ルニングス領は戦場として最適であったが……、それが王国に利するものであったかは別だ。

住民が存在せず、何に気兼《きが》ねする必要もないために、参加者が全力を出せる戦場だった。

数多《あまた》の精鋭《せいえい》。無数のモンスターを作り出す【大教授】。悪魔軍団を率いる【魔将軍】。

そして、踏《ふ》み出《だ》す一歩で大地を割り、振るう爪《つめ》で天から降る星すら砕《くだ》く【獣王】。

その全《すべ》てが何の制限もなく力を振るい、王国軍は壊滅した。

それ以降、旧ルニングス領は王国の領土ではなく、皇国の土地となった。皇国の動きは素早《すば》く、皇国の農民をすぐに旧ルニングス領内で皇国に近い西側に移動させた。

農耕や建築に適した〈マスター〉に依頼《いらい》して急速に整備を進め、旧ルニングス領の西側は皇国の穀倉地帯としての復活を果たしつつあった。

そうした事情から、『旧ルニングス領の皇国領土としての法的割譲《かつじょう》』は、今回の講和会議でも確実に皇国側の講和条件に挙げられると言われている。実効支配ではなく、法的にも完全に皇国のものとするために。

◆

旧ルニングス領は【グローリア】によって壊滅的な被害を受けたが、そのほとんどは《絶死結界》による生物の死亡であったため、建造物の被害はそれほどではなかった。

後に戦争によって壊滅した村の跡地《あとち》などはあるが、領の中心にある都市ルニングスは建物のほとんどが無事なまま残されている。

ただし、それは元のままという訳ではない。

かつては青々とした草原の中心にあったがゆえに草原都市と名づけられたルニングス。

しかし現在は草木の一本残さず、死滅《しめつ》した枯野《かれの》となっている。あの事件で周辺のあらゆる生物が死に、数万の死体が転がった。

それゆえに、今は草原都市とは呼ばれない。

絶滅《ぜつめつ》都市ルニングス。

正式な呼称《こしょう》ではないが、それが最も適した通称《つうしょう》だった。

事件直後はあらゆる死骸《しがい》に怨念《おんねん》が宿り、アンデッドが徘徊《はいかい》していたルニングスだが、前回の戦争前の時点で〈月世の会〉の聖職者による浄化《じょうか》作業は済み、死体も片付けられている。

それでも移住を希望する者はおらず、文字通りのゴーストタウンとして放置されていた。

しかし今、その絶滅都市ルニングスには多くの人の姿があった。

それは今回の講和会議において、皇国に雇われた数百人の〈マスター〉である。

「……曰《いわ》く付《つ》きの都市で夜明かしとか、ＲＰＧだったら絶対なんか起きるパターンだろ」

「ゾンビとか怨霊《おんりょう》が出てきて仲間が少しずつ消えていくパターンだな」

かつては講堂だった場所で夜明かしの準備を進めながら、護衛に参加した〈マスター〉達は感想を述べ合っていた。

なお、講堂を寝床《ねどこ》にしようとしている彼《かれ》らも、最初から講堂を選んだわけではない。街にあるホテルで寝《ね》ようとしたグループもあったのだ。

しかし一年以上も洗われなかった寝具《しんぐ》に染《し》み付いた黴臭《かびくさ》さと、誰《だれ》かが漏《も》らした「……ベッドの上で死んだティアンいるんじゃね？」という呟《つぶや》きが広まり、ホテルや民家で就寝《しゅうしん》しようとする〈マスター〉はいなくなったのである。

結局、スペースだけはある講堂に自前の寝具で就寝準備を整えている。中にはゴーストタウンにいることすら嫌《いや》がり、明朝の出発時刻までログアウトする者もいるほどだ。

余談だが、【魔将軍】ローガン・ゴッドハルトもそうしてログアウトした一人であり、「こんなところで寝られるか！　俺は部屋に帰らせてもらう《ログアウトさせてもらう》！」と、ミステリーなら一発退場不可避《ふかひ》な捨《す》て台詞《ぜりふ》でいなくなっていた。

「……野営の方がマシだったんじゃねえかな」

「バカ言え。こんな人数で野営したらモンスターが寄ってきてろくに寝られないぞ。それにルニングス領じゃこの街が一番まともなんだよ。アンデッドの浄化も済んでるしな」

ルニングスより小さな村や街では手が回らず、今もアンデッドが徘徊している場所も少なくない。それだけ【グローリア】の被害は甚大《じんだい》だったのである。

「じゃあ整備と開拓《かいたく》が済んでる西側で宿を取れば……」

「そうすると、逆に明日の正午に開かれる講和会議に間に合わないだろ」

「……王国側の連中はちゃんとした街や村に宿泊《しゅくはく》してんだろうなぁ。うらやましい」

「ところが、そう羨《うらや》ましくもないことになってるらしいぞ」

宿泊環境《しゅくはくかんきょう》を比べて愚痴《ぐち》った〈マスター〉に、仲間が小声で耳打ちした。

「なんだよ？」

「王国側の護衛、三分の二が護衛開始前日に闇討《やみう》ちされてデスペナになったらしい」

「はぁ!?」

思わず声を出してしまった彼に、仲間は「静かに」と注意する。

「しかも、それをやったのがどうもクロノの奴らしい」

「……マジかよ」

彼の名……悪名は皇国では知《し》れ渡《わた》っている。

なぜなら、第六形態の〈マスター〉の多くは、彼の襲撃を受けたことがあるからだ。

また、そんな彼に対して幾度か集団で報復に及《およ》び……その全てが返《かえ》り討ちになったことでも知られている。

余談だが、同様に皇国内で悪名を振りまいている準〈超級《スペリオル》〉が【光王《エフ》】である。

所属する王国で指名手配されないように、彼の取材の被害は主に皇国が受けていた。

最近は王国内で動くことも多くなったが……。

「待てよ、クロノは今回の護衛にも参加してんだろ？　あっ、そうか昼間のあれは……」

「ああ。それが発端《ほったん》の喧嘩《けんか》だ」

昼間、講和会議に向かう一団の中でとある事件が起きた。護衛に参加していた〈マスター〉の中でも有力者、皇国の決闘三位にあたる人物がクロノに対して「どういうつもりだ！」と詰《つ》め寄っていたのである。王国を闇討ちした件への追及《ついきゅう》だったのだろう。

しかしそれに対するクロノの返答は、どこかズレたものであったという。

返答に決闘三位のランカーは激昂《げきこう》し、戦いを挑《いど》み、……デスペナルティとなった。

「……でも、問題にならなかったんだよな？」

「ああ。聞いた話だが、クラウディア姫は『ティアンに累《るい》が及ばない限り、〈マスター〉同士の戦闘を禁じる法律はありませんもの』と言っていたそうだ。つまり、昼の喧嘩も闇討ちもクラウディア姫はお咎《とが》め無しに決めたらしい」

法的にはそのとおり。

しかし、現状に鑑《かんが》みても一切《いっさい》のお咎めなしということに、彼らは寒気がした。

「王国の護衛を闇討ちしても、こっちの護衛を減らしても問題ない……。これ、どういうことだろうな？」

「わからんよ。ただ、こっちに関しては護衛が減っても問題ないと考えてるのかもしれん。何せ、こっちは数が多いだけだからな。護衛で飛《と》び抜けて有力なのは【獣王】、ローガン、そして問題のクロノくらいなもんだ。やられたあいつだってランカーではあっても超級職ではなかったしな。正直、その三人の誰か一人でも他全員より強いってレベルだろ」

「……なぁ、どうして今回はそんな面子なんだ？　もっと強い連中、いたはずだよな？」

皇国は王国やカルディナとの戦争に備えて、〈マスター〉を集めていた。

それゆえ、本国には戦闘系超級職の〈マスター〉も複数人いる。

【魔砲王《キング・オブ・イリーガルカノン》】ヘルダイン・ロックザッパー、【喰王《キング・オブ・イーター》】カタ・ルーカン・エウアンジェリオン、【流姫《フロー・プリンセス》】ジュバ。他にも多くの準〈超級〉がいたが、今回は一人も参加していない。

「しかも、だぜ？　今回、皇国のティアンは殿下《でんか》しか来てないんだろ？」

そう、講和会議における皇国側の参加メンバーは、護衛を除けばクラウディア一人だけ。

文官も伴わず、供回りも侍女《じじょ》もおらず、ティアンでは彼女《かのじょ》だけが講和会議に参加する。

今もこの都市の元公爵邸《こうしゃくてい》に、護衛である【獣王】のみを連れて宿泊しているはずだ。

「闇討ちも仲間割れも許容。参加者は殿下だけ。……おかしいんじゃないか？」

「……俺の予想の中でも最悪なパターンは……講和会議が戦争の理由作りって場合だ」

「あぁ？」

「講和会議でクラウディア姫が死ぬなり怪我《けが》を負うなりする。それを王国の仕業《しわざ》に仕立て上げる。で、そのまま連れて来た【獣王】やローガン……〈超級〉の戦力で王国に雪崩《なだ》れ込む。同時に、本国に残しておいた他の戦力で東のカルチェラタン方面から王国に攻め入《い》る。護衛に有名所があの三人しかいないのはあの三人で十分だから、そして他に戦力を回してるからだ。クラウディア姫しかいないのは、人材不足の皇国でクラウディア姫以外に犠牲《ぎせい》が出ないようにするため……ってのはどうだ？」

「……〈戦争結界〉は？」

「別にあれがなきゃ戦えないわけじゃない。分かりやすいゴールがなくなるだけだ」

「……だから最悪か」

「ああ、講和会議が泥沼《どろぬま》の戦争状態のスタートになる。ちょうど、厄介《やっかい》なカルディナはグランバロアと揉《も》めて動けなくなってるしな」

「ありそうだ……」

このような会話は、皇国の〈マスター〉の間ではそこかしこで幾度も交《か》わされていた。

彼らは護衛であり、講和会議の内容を知らず、それゆえに「ああではないか」「こうではないか」と議論という名の想像を交わす。

しかし強《し》いて述べるならば……彼らの想像は現実とはまるで異なる。

現実の皇王のプランは彼らの想像よりも遥《はる》かに平和的に、

――あるいは想像を絶する悪辣《あくらつ》さで進行しているのだから。

◆◆◆

■旧ルニングス公爵邸

旧ルニングス公爵邸。主であったルニングス公爵とその妻子がかつて暮らしていた大邸《だいてい》宅《たく》だが、今は街と同じように無人だ。

【グローリア】の襲撃で耕作地の視察中だった公爵が死に、妻子も地下に造っていたシェルターの中で死んでいた。シェルター程度では《絶死結界》は防げなかったのである。

そんな無人の公爵邸に、一年ぶりにとある音が響《ひび》いていた。

それは一階の奥《おく》まった場所に造られた施設《しせつ》……大浴場から聞こえている。

即《すなわ》ち、大浴場から滴《したた》る水音である。

「やっぱりどこでもお風呂《ふろ》はいいものですわ～」

大浴場に浸《つ》かって足を伸《の》ばしながら、クラウディアは心地好《ここちよ》さそうにそう言った。

彼女はつい先ほど、自分で大浴場の清掃《せいそう》を行い、給湯のマジックアイテムを調整し、温水を大浴場に満たして入浴の準備を整えていた。

そうして今はリラックス入浴中の彼女は、浴場の入り口に声をかけた。

「べヘモットとレヴィも入りませんことー？」

『Ｎｏ《やだ》』

「遠慮《えんりょ》いたします」

そこに立っていたのは、【獣王】べヘモットを抱《だ》いたレヴィアタンだった。

護衛としての務めを果たすように、彼女達《かのじょたち》はクラウディアの入浴を見守っている。

「こちらだけ裸《はだか》だと落ちつかないのですけど」

「そもそも、どうして入浴しているのですか？」

「え？　だって、明日は講和会議ですし、アルティミアに会うのだから身綺麗《みぎれい》にしなくてはいけないでしょう？」

「……死体の転がっていた浴場で、ですか？」

そう言って、レヴィアタンは浴場の一角を見る。

そこにはうっすらと人型の跡《あと》が残っている。恐らくはかつてここで死んだ者がおり、アンデッドとなる前に腐敗《ふはい》してその痕跡《こんせき》が残ったのだろう。

清掃したところで、消えきらない死の跡。

だが、気持ちよさそうに浴槽《よくそう》に浸かるクラウディアは気にした様子もない。

「それがどうかしましたの？　死体なんて直接浴びることもありますわよ？」

小首を傾《かし》げて、手の指をクルクルと動かす。

その仕草が、槍《やり》を振るうときの指使いであるとベヘモットとレヴィアタンは気づいた。

「昨年の内戦なんて、何度頭から血と臓物を被《かぶ》ったか数え切れませんわよ」

ロールした髪《かみ》を弄《いじ》りながら、彼女は昨年の出来事を思い出して溜め息を吐いた。

昨年の皇国で起きた皇王継承《けいしょう》戦と呼ばれる争い。

それがなぜ起きたのか、原因はある二人の人物に端《たん》を発する。

一人は先代皇王、ザナファルド・ヴォルフガング・ドライフ。

年齢《ねんれい》は八十を超《こ》えた高齢《こうれい》だが、その地位を皇太子に譲《ゆず》っていなかった。

そもそも後継者《こうけいしゃ》である皇太子を決めてすらいない。

皇国には当時、後継者として有力な皇子が二人いた。

側室から生まれた第一皇子、その僅《わず》か後に正室から生まれた第二皇子である。

この二人のどちらを皇王とするかを明言せず、むしろ進んで競《きそ》わせていた。

暗に「勝ち残り、生き残った方を後継者とする」とでも言うかのように。

しかし、その暗闘《あんとう》を通しても二人の王子は死なず、……最初から後継者争いの主軸《しゅじく》ではなかった第三皇子とその妻だけが命を落としていた。

そうして後継者が決まらぬままに、いよいよザナファルド皇王の寿命《じゅみょう》が尽きた。

後継者を決めぬまま没《ぼっ》したザナファルド皇王は、何を考えたかこんな遺言《ゆいごん》を伝えたのだ。

「皇位継承権《けいしょうけん》を持つ者で争え。頂点に立った者を次代の皇王とする」

これまで暗に示唆《しさ》していたことを、遂《つい》に遺言で明言してしまった。

早い話が、「身内同士で殺し合え」ということだ。ザナファルド皇王が正気でそれを述べたのか、それとも老いと病の狂気《きょうき》の中で述べたのかは不明だ。

もっとも、健在だったころのザナファルド皇王を知る者の中では、「正気でも言うだろうな」と考えた者がそれなりの割合を占《し》めたが。

皇位継承権を有する全ての皇族は、皇都の中心である【ドライフ・エンペルスタンド】内の会議室で一堂に会しながら、開示された遺言を聞いた。

これから次期皇王の座を賭《か》けて、皇国最大の内戦が始まると……多くの者が考えた。


結論を言えば、彼らの予想は半ば外れた。

二人の皇子、どちらの派閥《はばつ》の人間も……遺言の開示直後に皆殺《みなごろ》しにされた。


それを為《な》したのは、彼らが意図しなかった相手。既に亡《な》くなっていた第三皇子の子であり、継承権の最も後ろにいた者……クラウディア・L・ドライフによる皆殺し。

その後に起きた皇王継承戦と呼ばれる内戦は……決して皇位継承権が高いと言えなかった現在の皇王が、その座を継承するために起きたもの。

遺言に従って皇王を継承した後に、即位《そくい》を国内の大貴族に認めさせる戦いだった。

反対勢力を一掃《いっそう》するための……反対勢力の方が遥かに多かった戦い。

クラウディアとラインハルトの味方は、親類であるバルバロス辺境伯《へんきょうはく》家。

加えて、数に入れることも難しい少数の文官と軍人。

そして、クラウディア達《たち》の友人であった【獣王】ベヘモットだけだった。

だが、結果として……それで十分だった。

「懐《なつ》かしいですわね」

『WP《がんばつたね》』

「私達はともかく、貴女《あなた》方が生き残れたのは奇跡《きせき》ですね」

「本当ですわ。特に叔父様《おじさま》の古巣……特務兵には何度殺されると思ったことか……」

〈マスター〉が増えるまでは皇国最大戦力と謳《うた》われたドライフ特殊《とくしゅ》任務兵士団。彼らもまた現在の皇王の即位に反対した勢力であり、幾度も暗殺者を放ってきた。

しかしその結果として特務兵は、【獣王】と【無将軍《ゼロ・ジェネラル》】ギフテッド・バルバロス、そしてクラウディア自身の手で文字通り全滅したのであるが。

「その甲斐《かい》あって、お兄様がこの国を整えることはできましたけれど……」

今の皇国は反対勢力を一掃したがために、結果として皇王の下で一枚岩になっている。

反対派貴族の粛清《しゅくせい》によって生じたティアンの人材不足は深刻な問題であったが、平民の優秀《ゆうしゅう》な文官の登用や軍事力としての〈マスター〉の雇用《こよう》でその穴を埋《う》めている。

膿《うみ》を除いた……と言うよりは蜥蜴《とかげ》が手足を捨てて蛇《へび》に、そして龍《りゅう》になるかのように、現皇王の政策で皇国は大きく様変わりした。

そして、あとは王国との併合《へいごう》さえ為れば……という状態から発生したのが前回の戦争だ。

「明日の講和会議に、皇国と王国の……私達とアルティミアの未来がかかっていますわ。明日は護衛、しっかりとお願いいたしますね？」

『ｉｃ《うん、わかった》』

クラウディアは友人に笑顔《えがお》で頼《たの》み込んで、ベヘモットもまたそれに頷いて応《こた》えた。

「……そういえばまだお聞きしていませんが、今回の交渉のゴールは？」

「ええと、少し待っていてくださいな」

質問に、クラウディアはこめかみに手を当てて何かを思い出すように考え込み、

「――着地点は三つ。一つ目は、王国との現在状態での完全終戦。二つ目は、王国の降伏《こうふく》による併合。三つ目は、次回の戦争の勝敗条件設定。優先度はそのまま一、二、三です。最悪でも三つ目はクリアしてください」

まるで別人のような口調でそう言った。

「……と、お兄様が申しておりますわ」

「ええ、分かりました」

クラウディアの言葉に、レヴィアタンは納得《なっとく》して頷いた。

「明日は本当に頼りにしていますわ」

『ＫＫ《まかせて》』

「べヘモットの次にお守りしましょう」

そうして夜は更《ふ》け、時間は過ぎ行く。

◇◇◇

□【聖騎士】レイ・スターリング

日が暮れる頃《ころ》、俺達《おれたち》は国境に最寄《もよ》りの村であるウェルミナ村に到着《とうちゃく》した。

昨晩に護衛メンバーが襲撃《しゅうげき》されるというトラブルはあったものの、出発以降のスケジュールは概《おおむ》ね予定通りと言える。今夜はこの村で休息し、明日の朝……国境に用意された講和会議の会場へと向かうことになるだろう。

夕食が済んだ後、アズライトから呼び出しを受けた。

集まったのは〈デス・ピリオド〉のメンバー、それと扶桑先輩だ。月影先輩《せんぱい》や〈月世の会〉のメンバーは村の周辺を警戒《けいかい》しているらしい。

アズライトの傍《そば》には、彼女が連れて来たティアンの文官三人の姿もある。

「アズライト、急に集めるなんて何かあったのか？」

「集まってもらったのは、明日の講和会議に関してアナタ達……〈マスター〉の意見が聞きたいと思ったからよ」

「俺達の意見？」

「ええ。出発前に条件を詰めはしたけれど、それはあくまで私達ティアンの見方に沿ったものでしかないわ。まだ〈マスター〉を含《ふく》めての思考や方針に対応し切れていない部分もあるかもしれない。その最終調整のため、講和会議の前に確認《かくにん》してほしいの」

「なるほど……」

たしかに、そういうことはあるかもしれない。

しかしそれを言うなら、俺達だって講和会議なんてリアルでは無縁《むえん》だった。

そもそも〈Infinite Dendrogram〉における国家間の協議自体に、リアルのそれとは幾《いく》つかの点で差異がある。

一個人が協議に持ち込めてしまう武力《ステータス》。

嘘《うそ》を見抜《みぬ》く《真偽判定《しんぎ》》をはじめとした多種多様なスキル。

そして最も大きい差異である……【誓約書《せいやくしょ》】の存在。

約束事を守らせるための【契約書《けいやくしょ》】系アイテムの中でも、国家元首かその代理人しか交わせず、破れば国家そのものに甚大な被害を齎《もたら》す【誓約書】。

破るときは国が滅《ほろ》ぶときであり、数百年前にとある国が【誓約書】の取り決めを破った際は巨大な黒い渦《うず》がその国の都を蹂躙《じゅうりん》し、後には何も残らなかったそうだ。それがあるために、国家間の取り決めはリアルのそれと違《ちが》って決して破れないものとなっている。

だからこそ、講和会議では双方《そうほう》の講和条件を突《つ》き詰め、折り合いを見出《みいだ》し、双方が納得する条件で【誓約書】に署名する。

それがゴールであり、後から覆《くつがえ》すことはできない。

「順を追って説明するわ。まず、今回の講和会議で両国が合意すれば、『今後一〇〇年間に亘《わた》るアルター王国とドライフ皇国の戦争行為《こうい》を禁止』する条約が締結《ていけつ》される予定よ」

一〇〇年。こちらが三倍の時間で流れるとはいえ、俺《おれ》がいる間に再び戦争が起きることはなさそうだ。

「戦争行為の範囲《はんい》は？」

「軍の侵攻と領土の不法占拠《せんきょ》、それと両国間での〈戦争結界〉の発動禁止ね。……あまり細かい例まで言及《げんきゅう》するとふとした拍子《ひょうし》に破りかねないからこれが限度になるわ」

「それだと先のギデオンやカルチェラタンで起きたようなテロを防げませんよね？　あれは軍が動いたわけでも占拠したわけでもありませんし」

マリーの言葉にアズライトは頷《うなず》いた。

「ええ。だからそれはこちらからの締結条件で封《ふう》じる予定よ」

「締結条件？」

「会議では条約締結のための条件を協議することになるわ。それで……皇国からは『予め講和のための条件と譲歩《じょうほ》できる内容を列挙して欲《ほ》しい』とも要請《ようせい》されているの」

「それは……直截《ちょくせつ》的だな」

札を並べた上で交渉しようということか。

「そうね。けれど、両方に《真偽判定》持ちがいるなら、ブラフや腹の探《さぐ》り合《あ》いは時間の無駄《むだ》ということでしょう」

たしか、今回アズライトが連れて来た文官三人の内、一人はそういった対人の心理判定に特化したビルドの人物だったな。

それにジョブのスキルだけでなく、〈エンブリオ〉でも相手の思惑《おもわく》を読むのに特化したものが存在するかもしれない。

『それで、こっちが挙げる条件と譲歩はどんな内容になるクマ？』

「まず、譲歩するものは決まっているわ。『旧ルニングス領の放棄《ほうき》』よ」

旧ルニングス領……先の戦争で皇国に占領《せんりょう》された地域だ。

「……手放さない方がまずいといったところね。はっきり言ってしまえば、現在の王国が持っていてもあまり意味はない土地だから」

アズライト曰く、旧ルニングス領は先の【グローリア】襲来で壊滅し、住民の殆《ほとん》どもその命を落とした。

しかもその後、近隣《きんりん》のクレーミルの壊滅や戦争での人的被害もあり、今の王国にはカラになった旧ルニングス領に回せるほどの人間がいない。

本来なら真っ先に領土回復を主張するルニングス公爵家は一人残らず死亡しており、直轄領《ちょっかつりょう》とした王族にとっても必要な土地ではない。

旧ルニングス領は元々王国最大の穀倉地帯であったが、今は手付かずの壊滅状態。それに国家全体が肥沃《ひよく》な土地に恵《めぐ》まれた王国にとって、必須《ひっす》というほどではない。他の土地でも必要量よりも遥かに多くの作物を産出できているのだ。

実効支配している皇国から旧ルニングス領を取り返しても……開墾《かいこん》と復興のために手を回せる状態ではなく、確実に長期間に亘《わた》って持て余すそうだ。

「対して、皇国にとっての旧ルニングス領は何よりも必須の土地よ。こちらが得ている情報では、原因は不明だけれど皇国全土で農耕用の土壌《どじょう》の枯渇《こかつ》が進んでいるそうだから。飢《き》
「いいのか？」

餓《が》状態にある皇国としては、土壌が生きている旧ルニングス領を手放せない。取り上げようとすれば、そもそも講和が成立しないでしょうし、きっと手段も選ばなくなるわ」

『確定した譲歩から何を条件として要求するかが問題……そういうことクマ』

兄は納得したように頷き、アズライトもその答えを口にし始める。

「先ほど問われたように、最大の問題は皇国側の〈マスター〉によるテロよ」

先月、ギデオンでフランクリンが起こした事件。今月、カルチェラタンで【魔将軍】が起こした事件。どちらも最悪の結果を免《まぬが》れることは出来たが、二つの街がなくなっていても全くおかしくない恐《おそ》ろしい事件だった。

「既に二度も起きているもの。今度は【獣王】が王都でテロ……などということになっては取り返しがつかないわ」

『……………』

テロとは致命的《ちめいてき》な先制攻撃《こうげき》だ。

しかも犯人を倒して王国で指名手配しても、皇国で指名手配されていなければいくらでも復活してまたやって来るだろう。

事実、フランクリンも【魔将軍】も〝監獄《かんごく》〟には送られていない。

「だから、まずはそこを潰《つぶ》すわ」

「それはつまり……」

「王国が提示する第一の条件は——『両国の指名手配の共通化』よ」

「……なるほど」

今後、皇国の〈マスター〉が王国内で犯罪を起こして指名手配された場合、皇国でも指名手配しなければならないというルールを作る。

そうすれば、今後はフランクリンや【魔将軍】がやったようなテロを抑止《よくし》できる。

「逆に向こうが罪を捏造《ねつぞう》し、お兄さんや扶桑女史を指名手配することを防ぐための条件も盛り込む必要はあるでしょうね」

そういえば、俺がトルネ村の事件に関《かか》わっていたころ、兄がとある事件の容疑者として逮捕《たいほ》されたのだったか。あれは兄に罪を被《かぶ》せようとした他の〈超級〉の仕業だったらしいが、同じことを国家ぐるみでしてこないとも限らない。

ルークの意見を文官の一人が書きとめている。

「そうね。他には何かあるかしら」

「これだと双方向《そうほうこう》の取り決めなのでイーブンな条件です。既に相手が実効支配しているとはいえ、国土を手放すのだからもっとこちらに有利な条件を盛り込めないでしょうか?」

先輩《せんぱい》の言葉はもっともだ。

それに相手の動きを抑《おさ》える意味でもまだ甘《あま》い気がする。

「ええ。候補はいくつかあるのだけど、それを詰めるためにも意見を聞きたいのよ」

アズライトがそう言うと、文官達が【書記《セクレタリー》】のスキルで印刷した冊子を俺達に手渡《てわた》してくる。冊子には王国が提示する条件の候補が羅列《られつ》されている。

「ふぅん？　この中なら賠償金《ばいしょうきん》の要求がよさそうやねー。例えば『戦争で死んだ兵士の遺族当て』～って名目がええんちゃう？」

冊子が配られてすぐに、一覧を軽く眺《なが》めた扶桑先輩《せんぱい》がそう言った。

「その理由は？」

「皇国は金で〈マスター〉を雇《やと》って、あんだけ勢力を拡大させたんやろ？　せやったら、その軍資金を削《けず》りにかかればええやん。賠償金を払《はら》うほど、雇える〈マスター〉が減るってことやからね。今後の牽制《けんせい》にはちょうどええんちゃうかな」

一理ある。ギデオンでの事件の前、ユーゴーからも皇国の財政は戦争で大打撃《だいだげき》を受けたとは聞いていた。

ならば、さらに財政に負担をかければ皇国も踏み込み辛《づら》くなるはずだが……。

「ですが、条約が締結されれば戦争行為は禁止されます。加えて、第一の条件で皇国に所属している〈マスター〉も手を出せなくなりますが……」

俺も先輩と同意見だ。軍資金を削っても講和条約で意味がなくなるのでは？

「ビーちゃんは純真やねー。そんなんは皇国に所属してないフリーの奴《やつ》でも大金で雇ってやらせたらええやん。腕《うで》に自信があってテロへの呵責《かしやく》もない〈超級〉や準〈超級〉なら金額次第《しだい》で受けるやろ。あるいは所属してる奴に〝監獄〟逝《い》き覚悟《かくご》でやらせたり？　どっちにしても雇う額は今よりも跳《は》ね上《あ》がるやろーから金銭削るのは有用やって」

その手があったか……。

アズライトも俺以上に驚《おどろ》き、「そんな手が……」と口に出して戦慄《せんりつ》している。

ティアンから見た〈マスター〉の〝監獄〟送りは、俺達が考える以上に重い。

例外は軽犯罪で入所したハンニャさんくらいもので、他は重篤《じゆうとく》な犯罪で外部への復帰がまず不可能と考えれば死刑《しけい》と同義だ。このあたりも、アズライト自身が言っていたティアンと〈マスター〉の見方の違いと言える。

第一の条件には微修正《びしゆうせい》が加えられることになるだろう。

『流石《さすが》は金に汚《きたな》い悪辣雌狐《あくらつめぎつね》クマー』

「せやろー？　弾代にも困窮《こんきゆう》してポップコーン手売りするクマも見習ったらええよー」

「『…………』」

……無駄に緊迫《きんぱく》した空気にしないでもらえるかな。

その後も話したが、王国側の条件は最初のものと扶桑先輩が挙げたものになった。

『しかし、こっちが複数の条件を出すように、あっちも旧ルニングス領以外の条件を出してくる可能性は高いクマ』

「そうね。私を皇王と婚姻《こんいん》させて、王国を併合しよう……というケースも考えられるわ」

「……王国をそのまま取り込む、か」

「元々、そういう話はあったそうだから」

「え？」

「戦争前の王国と皇国は友好国だったもの。私は皇国に留学していたし、当時の第一皇子の第一子だったハロン皇子も王国に留学していたわ」

「そういえば、前にも皇国に留学していたことや、皇国に友人がいるとは聞いていたな」

「……ええ。その友人が、明日の交渉《こうしょう》相手のクラウディアよ」

「それは……」

かつての友人と、今度は国家を背負っての交渉の場で向かい合うことになるのか。

「あるいは向こうも、私を相手に交渉するからこそクラウディアを選んだのかもしれないわね……。話を戻《もど》すけれど、当時は本当に両国の関係は良好だったから、婚姻での同盟……ひいては併合も考えられてはいたそうなの」

「…………」

「と言っても、お父様や相談役の【大賢者《アーチ・ワイズマン》】様といった一握《ひとにぎ》りの上層部の間でのみ話されていたことらしいわ。私も先日、二人の遺した記録を見て知ったことだから」

話が本決まりになるまでは周知をしていなかったってことか。

「そないに仲良ぉしてたのに今は戦争。ほんま因果なもんやねぇ」

「……そうね」

『それで、向こうが婚姻や併合を申し出てきたらどうするクマ？』

「その類の条件は呑《の》めないわ」

兄の問いにアズライトは即座《そくざ》にそう答えた。

「国民感情からしても、受け入れられない。それに皇国は軍事力こそ増大しているけれど、国力は疲弊《ひへい》しているもの。一つになっても王国側の負担が増大するだけよ」

軍事力という点で見れば、皇国は多数の〈マスター〉を抱《かか》え、〝物理最強〟の【獣王】をはじめとした〈超級〉を五人抱え込んでいる。

しかし飢饉《ききん》によって国民は飢餓に見舞《みま》われ、戦争による出費で国庫は疲弊し、さらに皇王に就《つ》く際の内戦で領土の統治者も不足している。

マイナス要素が多く、併合しても王国には何も良い点がない。

「そもそも王国は皇国の国土も資源も、技術さえも欲《ほっ》していない。併合にしろ、戦争にしろ、王国には得るものが何もないのよ……」

王国は国を拡大する意思がない。

土地にしても旧ルニングス領をそのまま手放しても惜《お》しくないほどだ。

食糧資源がない皇国にも鉱物資源はあるらしいが、それとて工業国家でない王国がそこまで欲するものではない。

機械技術にしても元より発展していないし、……先日のカルチェラタンで見つかった〈遺跡《いせき》〉から新規に発展させることすらできてしまう。

本当に戦争や併合をする意味がない。

始まってしまった時点で、王国からすれば負けのようなものだ。

「むしろ……失うだけだった」

俯《うつむ》きながら、彼女はそう言った。

「アズライト……」

先の戦争で、彼女は多くの民を、師を、そして父を亡くしている。

どれほどの感情がその言葉に籠《こ》められているのか、俺達では計り知れないものだ。

「だから、終わらせましょう」

それでも彼女は顔を上げて、俺達を見る。

「この条件と譲歩で、講和会議に提出するわ。旧ルニングス領放棄を対価とした指名手配条約の締結と賠償金の請求《せいきゅう》。こちらに多少の不利はあっても、戦争を終結させる」

アズライトは俺達を見回す。

「けれど……昨晩に襲撃があったように、講和会議で何かのトラブル……あるいは皇国の罠《わな》があるかもしれない。もしもそうであったときは……」

「任せろ」

そんな彼女に、俺は応える。

「もしも、皇国が牙《きば》を剥《む》くなら俺達がお前と王国を守る」

「レイ……」

「〈マスター〉は王国に……協力してもいいんだろ?」

いつかの問いを確認するように、俺はアズライトにそう言った。

それに対し、アズライトも応える。

「……ええ!」

ならば、話は決まりだ。

何があろうと、何が待ち受けようと。
俺達は俺達の全力で、アズライトの望む可能性を掴《つか》み取《と》る。

かくして、講和会議の前夜は終わる。
明くる日の俺達が赴《おもむ》くは、数多《あまた》の思惑と〝最強〟が待ち受ける激動の講和会議。
目指すは、講和条約の締結と講和会議の何事もない終了《しゅうりょう》。
クエスト、スタート。

第六話　講和会議

□【聖騎士《パラディン》】レイ・スターリング

「フハハハハハハハッ！　待っていたぞ！　〝不屈《ふくつ》〟ゥ‼」

講和会議の会場についた俺達を迎《むか》えたのは、聞き覚えのある声と聞き覚えのないテンションで放たれた大笑《たいしょう》だった。

その声の主は講和会議の会場へと続く道に仁王《におう》立ちした赤髪の偉丈夫《いじょうふ》、……【魔将軍《ヘル・ジェネラル》】ローガン・ゴッドハルトだ。

「フフフ、見たところ貴様のレベルは下級職二つ分程度しかアップしていない上に、装備の更新《こうしん》すらろくに行っていないようだな！　だが、俺は違うぞ！　俺は生まれ変わり、あの日とは別物と言っていいほどにパワーアップしたのだ！」

「…………………」

「……む？　だが〈エンブリオ〉の衣装が替わっているな！　さては上級に進化したか！

だが、その程度のパワーアップではこの俺に勝てんぞ！」

……こいつ、意外と目敏《めざと》いな。

奴が言うようにネメシスは進化して身に纏《まと》う衣服が少し変わった。

しかし外見の変化はそうして服のボリュームが増えた程度であり、本人の容姿は全く変わっていない。そのことをネメシス自身は少し悩《なや》ましげにしていた覚えがある。

「貴様とフランクリンのせいで被った汚名《おめい》を晴らす日を待ち続けていた！　さあ！　リベンジマッチだ！　ここで貴様を倒《たお》して今度こそ俺の実力を証明して……」

『stfu《だまれ》』

「立場とＴＰＯを弁《わきま》えなさい」

俺を指差した【魔将軍】がさらに言葉を述べようとしたところ、背後から近づいた何者かがその首を掴んだ。

「…………！」

【魔将軍】の首は万力で絞《し》め付《つ》けられるように窄《すぼ》み、声も出せない状態になっている。

それを為したのは……かつてギデオンで兄と再会したときにも見かけた女性だった。

左手で【魔将軍】の首を絞めながら、右手であのヤマアラシを抱いている。

……兄から既《すで》に聞いている。彼女達こそが【獣王《キング・オブ・ビースト》】べヘモットと、そのメイデンであるレヴィアタンだ。

「……そうと知ってから見た今ならはっきりと分かるな。あれは同類だ」

俺の隣《となり》に立つネメシスはそう言ってレヴィアタンを見た。

扶桑《ふそう》先輩のカグヤと同様に、〈超級《スペリオル》エンブリオ〉にまで到達《とうたつ》したメイデン。

最初に見たときは恐らく、自らの正体を隠蔽《いんぺい》する類の装備かスキルでも使っていたのだろうが、今の彼女《かのじょ》から伝わってくる威圧《いあつ》感は、あの時とはまるで違う。

カグヤがこちらを圧倒《あっとう》する巨大《きょだい》な月の如き存在だとすれば、レヴィアタンは天の星すら砕《くだ》くのではないかと思えるほどの暴力の化身《けしん》。

それがギリギリのところで大人しくしている……そんな印象だ。

緊張《きんちょう》のせいか、手のひらの内側にジットリと汗《あせ》が滲《にじ》む。

……これが〈Infinite Dendrogram〉における三人の最強の一人、〝物理最強〟、か。

「…………!!」

と、【魔将軍】がタップするようにレヴィアタンの手を叩《たた》いている。

その顔は紫色《むらさきいろ》で、チアノーゼを起こしかけていた。

「ああ。もう限界ですか。思ったよりも筋肉が脆弱《ぜいじゃく》ですね」

そう言って、彼女は【魔将軍】の首から手を放した。地面に落とされた【魔将軍】はぜえぜえと息を切らせながら、レヴィアタンとその腕の中の【獣王】を睨《にら》む。

「貴様ら……！」

「あなたは護衛としてここにいるのです。個人的な雪辱戦《せつじょくせん》なら、講和会議とは無縁の場所ですればいいでしょう」

「何だとッ⁉」

その言葉に【魔将軍】が青筋を立てて怒《いか》り、自らの剣《けん》を《瞬間装備《しゅんかん》》したとき。

「それ以上ＴＰＯを弁えず囀《さえず》るなら――次はキチンと首を摘《つ》まみ落としますが？」

コマ落としのような速さで、再びレヴィアタンの手が【魔将軍】の首を掴んでいた。

その細い指が花を摘むように【魔将軍】の首を千切れることは、疑いようがなかった。

「ご理解いただけましたか？」

その最終確認に、【魔将軍】は頷くしかなかった。

「………‼　……クソッ！」

【魔将軍】はそのままこちらを振《ふ》り返《かえ》ることすらなく、どこかへと去っていった。

俺が知る限り、【魔将軍】は召喚《しょうかん》による戦法が主体の〈マスター〉であり、クロスレンジの実力は高くない。

それでも、〈超級〉同士でもあれほど明確に差が出てしまっていた。それは【魔将軍】

が低いと言うよりは……【獣王】が高すぎるのだと明確に察せられてしまう。

「お見苦しいところをお見せしました。ようこそ、王国の皆様方《みなさまがた》。クラウディア殿下《でんか》から皆様の出迎《でむか》えを任せられましたレヴィアタン、それに私の〈マスター〉であるベヘモットです」

そうして、レヴィアタンは俺達に向き直って頭を下げた。

「講和会議まではあと二時間。お部屋を用意してありますので、そちらで会議の開始をお待ちください。今からご案内いたします」

「……ええ、お願いするわ」

皇国最大戦力の出迎えと案内に、アズライトにも少しの緊張が見られる。

王国側にプレッシャーをかけているのか、それとも別の理由があるのか。

「ところで、【兎神《クロノ》】はどこにいるかなー？」

「存じ上げません」

トムさんがレヴィアタンにそう尋《たず》ねたが、彼女は素っ気無くそう言い返しただけだった。

【恐らく、【獣王】が出迎えと案内をしているのは【兎神】を警戒しているからクマ】

【え？】

【事前の闇討《やみう》ちならともかく、ここで護衛を襲《おそ》いだしたら収拾《しゅうしゅう》がつかないクマ。皇国だっ

て講和条約の締結までは進めたいはずクマ】

……なるほど。トラブルを起こしそうな【魔将軍】を脅《おど》して排《はい》したのも同じことか。

そうなると、皇国も講和会議は円滑《えんかつ》に進めるつもりなのか？

【……あるいは、本命の罠に誘《さそ》い込む前に警戒されても困るって話かもしれないがな】

……そうでないことを祈《いの》るよ。

昨晩の相談のように、月影《つきかげ》先輩と〈月世《げっせい》の会〉のメンバー、それと本人の希望でトムさんが会場周辺の警戒に出向き、残りの面子はアズライトに同行だ。

講和会議の開催《かいさい》中も、この面子はアズライトや文官達の傍で護衛をすることになる。

俺達は【獣王】とレヴィアタンに先導されて、講和会議の会場内を歩いていく。

講和会議の会場は、皇国がこの会議を打診《だしん》してから作成したものだ。

しかし、リアルの仮設の建築物とは違い、かなりしっかりとした議場に見える。

アズライトによれば、皇国の皇都で見た議場にそっくりらしい。

兄の推察では、『恐らくは皇国側に建設を得手とする〈エンブリオ〉がいて、既存《きそん》の建築物、あるいはその図面から構造をコピーして作成したのだろう』ということだった。

モンスターを作製するフランクリンがいるのだから、建築物でそれができる〈マスター〉

も中にはいる。皇国の〈マスター〉の数は王国よりも多く、それはオンリーワンできることが多いことも意味している。

〈超級〉の数で並んだとはいえ、戦争に至ればやはり王国は不利になるだろう。

「こちらで開始時間までお待ちください」

レヴィアタンに案内された部屋は、まるで写真で見た高級ホテルのスイートルームのようだった。ＶＩＰを待たせるための貴賓室《きひんしつ》、ということだろう。

レヴィアタンは俺達を部屋に通すと、背を向けてそのまま去っていった。

去り際に【獣王】がジッと兄を見ていたが……結局無言のままだった。

「……マリー、部屋の中に罠はあるか？」

「んー、ないです。罠も盗聴器《とうちょうき》も……不自然なほど何も仕掛《しか》けられてないですねー」

隠《かく》れること、そして隠したものを見つけることに特化した隠密《おんみつ》系統超級職であるマリーがそう言うのなら、本当に何も仕掛けられていないのだろう。

「罠なんてあらへんでも、外からぎょーさん必殺スキル撃《う》ち込んだらお陀仏やけどなー」

「…………」

「そんな顔せんでも大丈夫《だいじょうぶ》やってー。ちゃんと外でうちの信者が見張っとるから」

そう言って扶桑先輩はケラケラと笑っている。

「まー、向こうの方が数は多いし、信者だけやったらあかんかもしれへんけど。数だけならうちがどうとでもできるから安心しときー」

「…………？」

カグヤの《月面除算結界》の効果は多人数対多人数の戦闘《せんとう》で極《きわ》めて有効だから、そのことを言っているのだろうか？

『それでルーク、連中の顔を見ていて気づいたことはあるクマ？』

「【魔将軍】はレイさんへ、【獣王】はお兄さんへ戦意を向けていました。けれど、それ以上はまだ分かりません。少なくとも【魔将軍】には企《くわだ》てはなさそうです」

『ま、これまでの因縁《いんねん》を考えれば、皇国に罠がなくてもありそうな反応ではあるクマ』

たしかに。

『で、レイ。《看破》で見えたクマ？』

通常、レベルが高い相手のステータスは《看破》で見え辛くなる。

俺は【斥候《スカウト》】のスキルレベルキャップであるレベル五まで取得しているが、それでも俺のレベルよりも遥《はる》かに高い相手ならばレジストされやすいはずだ。

それこそ《隠蔽》を最低レベルでも持っていれば、ほとんど見えなくなるだろう。

しかし、今回は二人とも簡単に見えてしまった。どちらもまるで隠していない。

「ああ。……なんか【魔将軍】はレベルが五〇〇くらいしかなかったけど」

『お前に負けた後に振り直し中ってところクマ？　……タイミングの悪い奴クマ』

兄は少し気の毒そうにそう言って、なぜか扶桑先輩を見た。

『【獣王】はどうだったクマ？　ギデオンにいた頃と違って、《隠蔽》の装備も着けてなかったみたいだが』

「ああ、それも見た。けど……」

ある意味で、【獣王】の結果は【魔将軍】よりもおかしい。

ベヘモット
職業：【獣王】
レベル：一一五六（合計レベル：一六五六）
HP：一〇八〇六〇
MP：三三五〇
SP：四八九八〇
STR：一〇〇五〇
AGI：一五三一五

END：九九八〇
DEX：一五〇二
LUC：一二五

レベルは、凄《すさ》まじい。俺が知る限りトップクラスだった兄と伍《ご》するほどだ。

だが、ステータスは違う。STRに特化した兄よりも満遍《まんべん》なく高いステータスではあるものの、その合計値では圧倒的《あっとうてき》に劣《おと》っている。

これは勘《かん》だが、恐らくは〈エンブリオ〉によるステータス補正も殆ど入っていないステータスだ。〝物理最強〟と呼ばれるには余りに足りない。

いっそ、かつてのマリーのように偽《いつわ》りのステータスを見せられているのではと思ったほどだけど……。

「【獣王】の怖《こわ》さは、レベルや本人のステータスじゃないんだろ？」

『ああ。【獣王】がやばいのは、あのレヴィアタンがいるからこそだ』

「……ガードナー、獣戦士理論」

以前に先輩から聞き、そして講和会議に備えて教わった最強のセオリー。

かつては〈Infinite Dendrogram〉で最強のビルドと謳《うた》われ、【獣王】ベヘモットの誕生で潰《つい》えたもの。〝物理最強〟たる由縁《ゆえん》。

『ここに着く前にも言ったが、もしも戦闘になったらあいつらとは俺がやる。……少なくとも今は俺しか対処できない。これが夜なら雌狐《めぎつね》の切り札を使うって手もあるがな』

「…………？」

夜……とはたしかカグヤの必殺スキルの発動条件か？

時間帯次第では、扶桑先輩があの【獣王】に対抗《たいこう》できる？

「会長の必殺スキルの詳細《しょうさい》は〈月世の会〉のデータベースにもなかったのですが……」

「あはは、ビーちゃん。あるわけあらへんわー。トップシークレットやしー。とっておきの必勝法。……使って負けたのはそこのクマくらいやからなー。このリアルチートー」

『お前が言えた義理じゃないクマ』

そういえば、以前フィガロさんが扶桑先輩にデスペナルティされたことがあるのだったか。その後に兄が扶桑先輩と戦い、撃破《げきは》したとも聞いている。

『ま、あれとやる上で最良のパターンは……レイレイさんがここにいることだったクマ』

「……いや、最悪やろ。巻添《まきぞ》えで殺されたくないんやけど」

兄がレイレイさんの話題を出すと、扶桑先輩が心底嫌《いや》そうな顔をしていた。

レイレイさんは一応〈デス・ピリオド〉のメンバーになってくれたものの、今回も予定が合わなくて参加していない。

加えて、俺は彼女の戦闘スタイルもビルドも何も知らない。強《し》いて言えば一服盛るのが趣味《しゅみ》というくらいなものだ。

「なぁ、兄貴。レイレイさんって、そんなにすごいのか？」

『……〈三巨頭《俺達》〉が王国の〈超級〉で戦いたくない相手を一人挙げろと言われれば、全員がレイレイさんを挙げるくらいにはヤバイクマ。すごいじゃなくて、強いでもなくて、ヤバイだ』

……どれだけだよ。

『それ以上は本人から聞くか、自分で食《く》らうかして確かめてくれクマ』

「……後者は御免被《ごめんこうむ》りたい」

話を聞く限り、絶対にろくでもないことになりそうだから。

貴賓室に通されてから一時間が経《た》ち、講和会議の開始まで残り一時間ほど。

アズライトと文官達《たち》は準備や段取りの確認《かくにん》に余念がない。

また、王国とも通信して何か緊急《きんきゅう》の要件がないかの確認もしている。

そんな折、貴賓室のドアが外からノックされた。

「……一人、ですね」

マリーがドアの周囲を視《み》て、そう言った。

一人ということは【獣王】とレヴィアタンではないだろうが、誰《だれ》なのだろう。

「入ってもよろしいかしら？」

それは聞き覚えのない声だったが、アズライトはそうではないらしい。

少し驚いた表情を浮《う》かべた後、「構わないわ」と返答した。

「失礼いたしますわ」

そうして入ってきたのは、金色の髪《かみ》をロールにした如何《いか》にもお姫様《ひめさま》といった容姿の少女だった。年齢《ねんれい》はきっとアズライトと同程度だろう。

「アルティミア！　お久しぶりですわね！」

「そうね……クラウディア」

アズライトの返答に、今度は俺達が驚いた。

クラウディア殿下、それは今回の講和会議における交渉相手の名前だったからだ。

そんな人物がたった一人で王国側に赴いてくるのは、驚くべきことだった。

ただ、アズライトの方はそんな彼女に対し、椅子《いす》から立ちあがり、握手《あくしゅ》で応じたが、

「本当に……お久しぶり！」

「きゃっ……⁉」

クラウディア殿下は、アズライトへと急に抱《だ》きついたのだ。

突然《とつぜん》の行動に、俺達がどうすべきかと一瞬《いっしゅん》考えたが……。

「もう、もうもうもう！　本当にお久しぶりですわー！　アナタが王国に帰ってから、お手紙でしかやりとりできなくて……！　戦争からはそれもできなくなりましたし……」

「……抱きつき癖《ぐせ》は昔から治ってないのね、クラウディア」

まるで子供のように、クラウディア殿下は目に涙《なみだ》を溜《た》めてアズライトに抱きついていた。

アズライトの方もそんな彼女に対して慣れた様子で、小さな子供にそうするように優《やさ》しく背中を叩いていた。

二人の間には〈マスター《俺達》〉の知らない時間が流れているようだった。

「……あ！　ご、ごめんあそばせ！」

っと、クラウディア殿下はパッとアズライトから離れた。

「講和会議の前に、アルティミアに挨拶《あいさつ》をしようと思ってきたのですけど……。いざアルティミアの顔を見たら、感極《かんきわ》まってしまって……」

彼女は恥《は》ずかしそうに顔を赤らめながらそう言った。

「構わないわ。私も、親友のアナタと再会出来たことは素直《すなお》に嬉《うれ》しいと思っているから」

「アルティミア……あ、ありがとうですわ」

アズライトの言葉に、彼女は心から嬉しそうな笑顔《えがお》でそう礼を言った。

「それはそれとして、無用心ではないかしら。今回の講和会議の全件代理者であり、皇王を除けば唯一《ゆいいつ》の皇族であるアナタが一人でここに来るなんて」

「あら、心配は要《い》りませんわ！」

クラウディア殿下はそう言って、

「だって、きっと皇国と王国の願いは一緒《いっしょ》ですもの。この講和会議で事を荒立《あらだ》てるなんてあるはずありませんわ！」

えっへんと胸を張ったその発言に、反応に困るような空気が室内に流れた。

一昨晩に【兎神】が、つい先ほどに【魔将軍】が事を荒立てたばかりなので、面と向かってそう言われれば誰しも苦笑《くしょう》したくなってしまう。

「…………？」

だが、ルークだけは……クラウディア殿下の顔を凝視《ぎょうし》して冷や汗を流していた。

「ともあれ！　今はご挨拶だけにいたしますわ！　私的な話の続きは会議の後といたしましょう！　また後で、ですわ！」

そう言い残して、クラウディア殿下は嵐《あらし》のように去っていった。室内のほとんどの人間

が何とも言えない顔でその背を見送る中、俺《おれ》はルークに近づき、小声で話しかけた。

「ルーク。何か変わったことでもあったのか？」

「……いえ。何と言えばいいのでしょうか」

「何か、彼女の発言に嘘《うそ》があったのか？」

「ありません。彼女は嘘偽《いつわ》りなくああ言っていました。それは他の人の《真偽《しんぎ》判定》に反応がないことからも確かでしょう。……ですが」

ルークは、頬《ほお》に流れた汗を拭《ぬぐ》いながらこう言った。

「僕《ぼく》には時折、彼女が人間に見えませんでした」

「……それは、どういう？」

「表面は見たままなのに、内面がまるで見えません。あんな人間は、見たことないです」

「…………」

ルークは、どういう訳か人間の思考や人格を読み解くのに秀《ひい》でている。

そのルークがこうまで言う相手であるクラウディア殿下に……そして彼女とアズライトが交渉することになる講和会議に、少しの悪寒《おかん》を覚えた。

◇

それからの一時間は何事も起きず、講和会議も時間通りに始まった。

アズライトとクラウディア殿下が先ほどの私的な挨拶でなく、講和会議開催の公的な挨拶を行い、スタートする。

――その直後、講和会議の開始直後に、俺達の抱いた悪寒は的中した。

「交渉において、まずは双方《そうほう》の望む着地点を提示いたしましょう。折り合いをつけるにしても、お互《たが》いの求めるところがどこかを知らなければ終わらせられませんわ」

それはクラウディア殿下の呼びかけで、両国が用意した資料を相手に渡《わた》し、お互いの条件と譲歩《じょうほ》が提示された瞬間だった。

「…………！」

言葉が漏《も》れるのを、辛《かろ》うじて堪《こら》えた。

それは、そうだろう。お互いの提示したものを見れば、そう思うのが当然だ。

王国側の第一の条件は昨晩も確認したように、今後の皇国の〈マスター〉によるテロを防止するための『指名手配の共通化』。

昨晩の相談による修正を加えて、補則として冤罪《えんざい》の防止や条約締結《ていけつ》以降に相手国を狙《ねら》った依頼《いらい》の禁止についても言及《げんきゅう》している。

対して、皇国側の譲歩にも――『王国と皇国の指名手配の統一化』と書かれている。

まるで王国が要求として挙げることが分かっていたかのように、
しかも、それだけではない。

王国側の第二の条件は、『侵略《しんりゃく》によって発生した戦死者遺族への賠償金《ばいしょうきん》の支払《しはら》い』。

皇国側の第二の譲歩は、『王国側の戦争遺族に対する弔慰金《ちょういきん》の支払い』。

王国側の第一の譲歩は、『旧ルニングス領の放棄《ほうき》』。

皇国側の第一の条件は、『旧ルニングス領の獲得《かくとく》』。

まるで、鏡写し。摺《す》り合《あ》わせるまでもなく、お互いの条件と譲歩がこれ以上ないほどに噛《か》み合い過ぎている。

「…………!!」

王国の条件が漏れていたのか？

ありえない。昨晩、道中で最終調整したばかりであるし……今回の護衛依頼には守秘義務の条文を含《ふく》む契約書《けいやくしょ》も使われていた。王国から漏れる可能性はない。

ならば、何者かが潜《もぐ》り込んでいた？

それも、ありえない。マリーや月影先輩《せんぱい》が見張る中、忍《しの》び込んで情報を盗《ぬす》むのは至難だ。

だとすれば、残る可能性は……。皇国側は純粋な思考の結果、こちらの条件と譲歩を読み切っていたということだ。

「良かった！　やっぱり両国の願いは一緒ですわ！　摺り合わせるまでもありませんでしたわね！」

クラウディア殿下はニコニコと笑っているが、王国側の心境はそれどころではない。

文官達は想定外の事態に対し、目に見えて狼狽《ろうばい》している。

だが、アズライトは違《ちが》った。

「ねぇ、クラウディア」

「何かしら？」

「アナタの言うとおり、両国の願いは多くの面で一致《いっち》しているわ。けれど……」

アズライトはそう言って、皇国側の資料の一点を指差した。

「一箇所だけ、異なる」

アズライトが指差した先には――唯一、鏡写しでなかった一点。

そこには……皇国側の第二の条件があった。

第二の条件として書かれていた内容は――『〈マスター〉の指名手配の解除』。

それが、皇国の挙げた第二の条件だった。より正確には、『今回の講和条約成立までの期間に、王国と皇国で指名手配された〈マスター〉の指名手配解除』と記されている。

「…………？」

それは、前日の俺達の話し合いでは考慮《こうりょ》にすら上がらなかったことだ。てっきり王国の併合《へいごう》や、アズライトとの婚姻《こんいん》に関連した条件が盛り込まれると思っていたが……。

「……この条件にした理由を聞いてもいいかしら」

「簡単な話ですわ。王国と皇国で指名手配の統一がなされた場合、我《わ》が国《くに》の〈超級〉は二人も欠けることになりますわ。今後、王国と戦争する気はありませんけれど、カルディナをはじめとした他国の動きもありますもの。あれらの国に対し、〈超級〉という戦力を減らすことは、皇国にとって防衛力の重大な欠如《けつじょ》に繋《つな》がりますわ」

皇国がそれを求める理由は理解できた。この条件は王国で指名手配された皇国の〈マスター〉の、皇国で指名手配された王国の〈マスター〉の罪を免除《めんじょ》するということだ。

つまり、フランクリンや【魔将軍】の罪がなかったことになる。

誰の《真偽判定》も発動した様子がなく、ルークからもそれが嘘であるという報《しら》せがない以上、クラウディア殿下は本心から王国との戦争のためではなく、他国への備えとしてあの二人を欲しているのだろう。

……しかしそもそも、あの二人が指名手配になったのはテロを仕掛けてきたからではないかという思いが強く、憤《いきどお》りは感じる。

「………………」

アズライトもそれは同様であるだろう。

だが、条件としては併合や婚姻より余程《よほど》軽いのも事実だ。

講和条約が成らなかった場合も、あの二人は野放しになるのだから。今後のテロの予防を思えば、ここで罪を免除するというのも仕方ないことかもしれないが……。

『……待った』

しかし、俺やアズライトがそうして悩んでいると、俺の隣にいた兄が発言した。

講和会議が始まってからクラウディア殿下の後方にいる【獣王】とレヴィアタンを注視しているだけだったが、なぜ今発言したのだろうか。

「なんですの？　護衛の方は講和会議の最中に発言しないでほしいのですけど」

クラウディア殿下は困ったような、むくれたような、少しだけ子供らしい表情で非難したが、兄はそれには構わなかった。

『悪いが、ここでノーコメントはできないな。……姫《ひめ》さん、もしも気づいてないなら、その指名手配の解除は絶対にやめておけ』

「気づいて、ない？」

『条約締結までに指名手配になった〈マスター〉の指名手配解除だが』

兄は着ぐるみの内側で苦い顔をしながら、資料の第二条件を指差した。

『成立した場合、俺が〝監獄《かんごく》〟に送った【犯罪王《ゼクス》】や、〈超級殺し〉が倒した【疫病王《キャンディ》】も……指名手配が解けて王国のセーブポイントを使えるようになるぞ』

「……!?」

言われて、気づく。

そうだ。〈マスター〉が〝監獄〟に送られるのは、指名手配によって既存のセーブポイントが使用できなくなり、〝監獄〟にしか行き場がなくなるからだ。

もしも、〝監獄〟に入った後で罪が免除されて、外のセーブポイントが使えるようになったら……〝監獄〟の犯罪者はどうなる？

外に、出られるようになるのか？

実現したケースは未《いま》だないだろうが、その恐《おそ》れがある時点でこの条件はとんだ地雷《じらい》だ。

見れば、マリーも苦虫を噛み潰《つぶ》したような顔をしている。【疫病王】がそれほどの相手ということだろう。兄の必死さから【犯罪王】の恐ろしさも感じ取れる。

そうして、第二の条件に隠された危険性に気づいた俺達に対し、彼女は……。

「それはたしかに危ないですわね！　分かりましたわ！　では条件を変更《へんこう》しましょう！」

あっさりと、条件を撤回《てっかい》した。

「でしたら皇国に在籍《ざいせき》している〈超級〉の指名手配だけで結構ですわ。王国で事件を起こしてしまった方達ですけれど、皇国にはまだ必要な人材ですもの」

クラウディア殿下はそう言って条件を修正した。その後ろでは、『皇国にはまだ必要な人材』という発言に対して【魔将軍】が胸を張っている。

「この場でそんなにあっさりと変えてしまってもいいのかしら？」

「構いませんわ。裁量権は預かっておりますもの。この場で条件の穴を埋《う》めるくらいは余《よ》裕《ゆう》ですわ！」

そう言って、今度はクラウディア殿下が胸を張った。

【最初から織り込み済みの穴だった可能性もあるがな】

【なるほど……】

兄から【テレパシーカフス】で伝わってきた言葉に、納得《なっとく》する。

最初に大きな要求をして相手に拒否《きょひ》させ、その後にスケールダウンした要求を提示して呑《の》ませる。交渉《こうしょう》ではベーシックなテクニックであり、素人《しろうと》でも聞いたことはあるものだ。

現に、多少の心理的障害があったフランクリンと【魔将軍】の指名手配解除も、今はすんなりと通りかけている。

見れば、第二の条件を通す代わりに新たな譲歩を引き出す流れになっているので、その折り合いがつけば講和条約はなるだろう。

終わってみれば、王国としては最初から受け入れる準備ができていた旧ルニングス領の放棄だけで事が済み、極めて平和的な流れだ。

皇国との戦争の危機も、テロの危険も、これで遠いものとなるだろう。

……だが、何かを見落としている気がする。


結局、皇国の第二の条件を通す代わりに、賠償金の増加や資源の譲渡《じょうと》が皇国の新たな譲歩として追加された。

それと皇国の第二条件以外は、補則も含めて王国が提示した条件で了承《りょうしょう》されている。

元より一致点《いっちてん》が多かったため、詰《つ》めるまでに掛《か》かった会議の時間は精々二時間程度であり、国家間の戦争終結の協議としては短いものであっただろう。

最終的には、次のような講和条約となった。

○講和条約
アルター王国とドライフ皇国の二国間で、今後百年に亘《わた》る戦争行為《こうい》を禁ずる。
戦争行為には、下記のものが挙げられる。
①講和条約締結後の相手国を対象とした〈戦争結界〉の起動。
②講和条約締結後の相手国への軍の侵攻《しんこう》。
③講和条約締結後の相手国領土の不法占拠《せんきょ》。
④講和条約締結後の〈マスター〉への相手国を対象とした武力攻撃《こうげき》、要人誘拐依頼《ゆうかいいらい》。
又《また》は、国家に所属する〈マスター〉を誘導《ゆうどう》しての武力攻撃、要人誘拐《ゆうかい》。

○講和条件
条約締結に伴《ともな》い、アルター王国とドライフ皇国は下記の行為を実行する。
①アルター王国は旧ルニングス領の領土権利をドライフ皇国に譲渡する。
②講和条約締結後、両国の間で指名手配を共通化する。
（④の条件に該当《がいとう》する者は、指名手配解除まで共通化を免除）
③ドライフ皇国は、一週間以内に付記された賠償金と資源の譲渡を行う。

④　講和条約締結後、一週間以内にアルター王国は次の二名の指名手配を解除する。
【大教授《ギガ・プロフェッサー》】Mr.フランクリン
【魔将軍】ローガン・ゴッドハルト

テロをする余地は可能な限り潰《つぶ》してある。この内容の【誓約書《せいやくしょ》】に両国の国家元首かその代理人が署名すれば、講和条約は締結される。

王国の場合は国王代理である第一王女のアズライトが、皇国の場合は皇王から全権代理人として派遣《はけん》されたクラウディア殿下がそれに該当する。

「できましたわ♪」

まずクラウディア殿下が【誓約書】に『クラウディア・L・ドライフ』とサインし、【誓約書】がアズライトに渡される。

アズライトは交渉内容と相違《そうい》ないかを確認しているが、見た限り内容に間違《まちが》いはない。

「もう！　そんなに熱心に調べなくても、【誓約書】に細工なんてしていませんわ！」

クラウディア殿下がそう発言し、それに誰の《真偽判定》も発動しなかったらしく、アズライトは少し安心したように息を吐《は》いた。

「……そのようね」

アズライトが筆をとる。このまま何事もなく署名が終わり、条約は締結されるだろう。

しかしやはり……署名しようとするその姿に、なぜか強い悪寒と危機感を抱く。

何だ、何を……見落としている……？

『レイ？』

俺の中の危機感の正体が分からないまま、アズライトは筆先を【誓約書】につけて――。

「……あ」

そのとき、俺の視界に【魔将軍】が入った。

同時に、以前にマリーと交《か》わしたある会話がフラッシュバックする。

その瞬間――。


「……待った!!」

それを思い出した瞬間……俺は発作的《ほっさてき》にそう叫《さけ》んでいた。

署名をしようとしていたアズライトはその筆を止め、驚《おどろ》いたように俺を見る。

会場中の視線も、俺に集まる。それらのほとんどは疑問によるものだったが……。

クラウディア殿下の視線だけは……機械のような冷たさを放っていた。

「……急に叫ばれると困ってしまいますわ。これは講和の成る瞬間、歴史の一ページですのに。そのように冷水を浴びせられるとは思いませんでしたわ。兄弟揃《そろ》って何なんですの？」

「レイ……？」

クラウディア殿下は煙《けむ》たそうに、アズライトは心配そうに俺を見る。

だが、それでも……気づいてしまったら、叫ばずにはいられない。

【魔将軍】を見た瞬間、それを決闘《けっとう》で倒《たお》した人物のことに気づいた。

かつて、マリーはその人物のことをこう語っていた。

――ちなみにこの〝四海封滅《ふうめつ》〟ですが、グランバロアの国宝を盗んで国外逃亡《とうぼう》してますね。むしろ今はそっちの方で有名な指名手配犯です。

【魔将軍】を倒した人物、現在の皇国の決闘一位。

国際指名手配の――【盗賊王《キング・オブ・バンディッド》】。

「何で……」

「？」

「何で皇国の第二の条件に、【盗賊王】が入っていないんだ?」

何で指名手配を解除する皇国の〈超級《スペリオル》〉の中に、【盗賊王】の名前がないのか。

そもそも、ついさっき……クラウディア殿下自身が言っていたことだ。

『我が国の〈超級〉は二人も欠けることになりますもの』、と。

最初から……、国際指名手配であり、王国でも指名手配されているはずの【盗賊王】が数に入っていなかった。そのことに対して、《真偽判定》が発動することもなかった。

「…………」

俺の言葉に、クラウディア殿下《でんか》――クラウディアの視線は更《さら》に冷たさを増し、アズライトは気づいたように【誓約書】を確認する。

「あら。たしかにありませんわね。ほら、あの方は王国で事件を起こしていませんから」

「違う、だろ?」

その中に、【盗賊王】の名前がないのは、忘れていたからではない。

「講和条件が完璧《かんぺき》に読み切られていた時点で、気づくべきだった」

その衝撃《しょうげき》そのものに呑まれていたためか。

あるいはそれすらも策謀《さくぼう》の内だったのか。

「読み切られていたら、逆手に取られるってことを」

「何をおっしゃりたいのかしら？」

クラウディアは小首を傾《かし》げているが、しかしそれはきっと本音ではない。

俺が何を言いたいかなど、きっともう分かっている。

「王国の第一の条件で、講和条約締結後の依頼に関しては言及している。だけど……」

そこに最大の盲点《もうてん》が……読みきられていたからこそ存在する穴がある。

「講和条約の締結前に依頼されていた場合は……別だ」


講和条約で禁止されているのは、条約締結後の依頼。

予《あらかじ》め依頼しておき、条約締結後に依頼が実行されることに関しては……言及がない。

「こっちの考えを読み切っていたのなら、あるいはその場で誘導する自信があったのなら、事前にテロを依頼しておくことはできる」

「けれどレイ。それでも、皇国による攻撃。講和条約そのものに抵触《ていしょく》する恐れも……」

「ない」

アズライトの言うとおり、たしかに講和条約の中には『国家に所属する〈マスター〉を誘導しての武力攻撃、要人誘拐』という一文もある。

依頼そのものが講和条約の前であっても、こちらに抵触する恐れはあるだろう。

だから……。

「だから、【盗賊王】の名前がそこにない」

「…………」

「――【盗賊王】が、既《すで》に皇国に所属しないフリーの〈マスター〉になっているからだ」

だからさっきの発言でも、今も、【盗賊王】について言及されなかった。

既にフリーである【盗賊王】も絡《から》めて皇国の防衛力が……などと言えば、《真偽判定》に掛かる恐れがあったからだ。

「事前に受けた依頼だから、そして皇国に所属していないから講和条約に違反《いはん》しない。だから、講和条約の締結後に【盗賊王】が王国で何をしようと……【誓約書】のペナルティは皇国に発生しない」

無論、皇国側が王国の思惑《おもわく》を読み切れない可能性はあっただろう。

全く別の、あるいはこの欠点を埋めた条約になる可能性もあっただろう。

そのときは依頼の停止命令を出せばいいだけだ。攻撃命令ではなく、攻撃を停止する命令ならば、条約に引っかかることもないだろうから。

「ここからが、最大の問題だ」

そう、【盗賊王】が動けることはあくまで前置き。

王国にとって最大の問題は、講和条約そのものにある。

「あのフランクリンの事件のように……【盗賊王】によって誰かが皇国に連れ去られたとしても、取《と》り戻《もど》せない」

もしも誰かを奪《うば》われれば、取り戻せない。

あるいは、極《きわ》めて不利な交渉を強いられることになる。

「条約が結ばれていれば……それに対する報復活動の一切《いっさい》を封じられる」

「あ……」

その問題に気づいたのか、アズライトが声をあげる。

戦争を再開することはできない。

取り戻すために、皇国へと〈マスター〉を派遣することもできない。

講和条約によって、皇国を攻撃すれば王国にペナルティが生じるのだから。

平和のための講和条約で、逆にその動きを封じられる。

ある意味で、降伏《こうふく》や併合よりも条件がいい。一つの国になればその内に反抗《はんこう》勢力を抱《かか》え込むが、講和条約という鎖《くさり》で縛《しば》られた敵対国家ならばその牙《きば》は決して皇国に届かない。

今なら、会議の開始前に、クラウディアがアズライトに挨拶しに来た理由も分かる。

――だって、きっと皇国と王国の願いは一緒ですもの。

――この講和会議で事を荒立てるなんてあるはずありませんわ！

あの発言に嘘がないと、《真偽判定》で知らせるためだ。

ああ、それはそうだろう。両国の願い……穏便《おんびん》な講和条約の締結は一致している。

事を荒立てずに、講和会議を終わらせたいとも考えている。

この講和会議にも罠《わな》など何もない。

なぜなら、皇国の罠は講和条約が結ばれてから効果を発揮するからだ。

表面上はひどく平和的で――何よりも悪辣《あくらつ》な策だ。

「……それが真実である証拠《しょうこ》はありますの？」

「証拠は、ない」

これは俺が彼女《かのじょ》の発言と、【誓約書】に記載《きさい》された条件の盲点から考えたこと。

できるというだけで、証拠などあるはずもない。

だから……。

「俺の推測が間違っているなら、ここで『何もかも間違っている』と明言してくれ」

嘘があれば、《真偽判定》によってそれと分かるから。

「そこに偽りがなければ、俺は勝手な妄想《もうそう》で講和会議を乱したバカとして〝監獄〟にだって入ってやる」

もしもこの懸念《けねん》が妄想に過ぎないのであれば、そうなっても惜《お》しくはない。

俺の言葉に対しての、クラウディアの返答は……。


「――全部正解ですわ」

全肯定《こうてい》であった。


「クラウディア、アナタは……！」

「……フランクリンから、『土壇場《どたんば》で恐ろしく頭の巡《めぐ》りがいい』とは聞いておりましたけど。まさかそんな些細《ささい》な点から気づかれるとは思いませんでしたわ。お兄様の立てた計略、見破るなんて大したものですのね」

「……そうでも、ないさ」

恐らく、普段《ふだん》なら兄やルークでも気づけただろう。

だが、兄は【獣王】の一挙手一投足に気を配っていたし、ルークは内面が見えないと言っていたクラウディアに集中していた。二人とも条約そのものの欠点にまで注意を回す余裕がなかっただけ。その状況《じょうきょう》で、俺が偶然《ぐうぜん》にも気づいただけだ。

現に今も、兄は無言のまま注視している。

既にこの場の状況が――講和会議ではなくなりかけているからだ。

「講和が成れば、被害《ひがい》の合計は最も少なかったですのに……仕方ありませんわね」

クラウディアはそう嘆息《たんそく》して、

「ならばあなたをきっかけに、私が引《ひ》き鉄《がね》を引いて、事態を動かしますわ」

いつかのフランクリンのように何かのスイッチを取り出し、

「本来なら講和条約が成った報せで動く手筈《てはず》でしたけど――プランBに変更ですわ」

――何かの始まりを、あるいは終わりを告げるようにそれを押《お》し込んだ。

閑話　王都襲撃

■？？？

部屋の片隅《かたすみ》に置いてあった機械から、電子音が鳴った。

その音を一人の女性……【盗賊王《キング・オブ・バンディット》】ゼタが聞いている。

「…………」

その機械は彼女が皇王から預かっていたものだ。対《つい》になるスイッチが押されると、押されたスイッチに応じて二種類の電子音のどちらかが鳴る。それだけのシンプルな機械。

長距離《ちょうきょり》作動と妨害《ぼうがい》対策に比重を置いた、それしかできないもの。

しかし機械の用途《ようと》を思えば、ただ鳴るだけでいい。

なぜなら、これは王国との交渉決裂《こうしょうけつれつ》か作戦中止を報せるだけの機械。

そして今鳴ったのは……交渉決裂を告げる音。

平和的かつ悪辣だったプランAから、より強硬《きょうこう》なプランBへの移行を告げるもの。

「残念。これが鳴ったということは、私の要望は通らなかったのでしょう」

皇国の挙げた第二条件の初期案は、ゼタが希望したものだ。

〝監獄〟に囚《とら》われた〈ＩＦ〉のオーナーであるゼクス・ヴュルフェル（とついでにガーベラ）の解放を目論《もくろ》んでのもの。

しかし王国に拒否された時や今回のように交渉が決裂《けつれつ》した時には、叶《かな》わなくても構わないと告げていたこと。もしも叶っていれば対カルディナ工作でも協力する予定だったが、駄目《だめ》ならばそれでいいとゼタは考える。脱獄《だつごく》もゼクスならば自力でやるだろう。

ならば後は、既に対価を受け取っている王国への仕事を……彼女の皇国での最初で最後の仕事を果たすのみ。

「結構、そして決行。私の仕事を果たしましょう」

ゼタはそう言って、【ジュエル】を取り出し……それを砕《くだ》いた。

砕けた【ジュエル】からは光の塵《ちり》が立ちのぼり……人の形をとる。

それは一人だけではなく、四人の人影《ひとかげ》だった。

「実証。その力を実戦で見せてもらいます」

この王都まで【ジュエル】に入れて密《ひそ》かに運び込んだ者達《たち》に、ゼタはそう告げる。

「期待。すべきことは既に告げたとおり。あとはあなた達と……あなた達を手がけたラ・

クリマの技量に期待します」

その言葉に、四人の内の三人が笑う。

己《おのれ》の力を試《ため》せる機会に、ただ笑う。

だが、一人だけ笑わず……窓の外から見える巨大《きょだい》な王城に茫洋《ぼうよう》とした視線を向けていた。

「——そこにいるのか？」

虚《うつ》ろな目で……しかしその奥《おく》に強い意志を燃やしながら。

◇◇◇

□王都アルテア・王城・薔薇園《ばらえん》

王都アルテアの中心に聳《そび》え立《た》つ王城は、建国王である初代アズライトの治世の頃《ころ》に建てられたものが今でも使われている。

当時の建国王の仲間だった大工系統超級職【大棟梁《グレイト・チーフ・カーペンター》】の手がけたものであり、内部には幾《いく》つもの仕掛《しか》けが施《ほどこ》されている。

それらの仕掛けは防犯のための仕掛けだけではなく、居住のための仕掛けも多い。

その中で最も見栄《みば》えの良いものは、屋内の中庭にある薔薇園だろう。

城の外面に当てられた日の光を反射させて屋内に届け、城の中心部付近にありながら外と変わらない明るさと温かさをもった薔薇園を生み出している。建国王の時代から、王族はこの薔薇園で親しい者とお茶会をするのが慣《なら》わしになっている。

そんな薔薇園も先王であるエルドル・ゼオ・アルターの死後は手入れの庭師以外には訪《おとず》れる者も少なかったが、今日この日は王族の希望で久しぶりにお茶会が開かれている。

そのお茶会の面子は奇妙《きみよう》なものだった。

「おぉー。ツァンのもってきたおちゃはふしぎなあじわいなのじゃー」

「はい。黄河《こうが》の茶ですが、まだ未開封《みかいふう》のものがあったので丁度良いと思いまして」

白磁のティーカップに入れられた黄河茶を飲んでそんな感想を漏らすのは、お茶会の主《しゅ》催者《さいしゃ》である王国の第二王女であるエリザベート。

そんな彼女と同じテーブルにつき、微笑《びしょう》しながら彼女に応じたのが黄河の第三皇子であるツァンロン。

この日のお茶会は、エリザベートが己の婚約者《こんやくしゃ》であるツァンロンを招いて開いたものだ。

そして参加者はこの二人だけではない。

「……なーんでこのポップコーンがお茶会に並んでんダ？」

首を傾げながらポップコーンを食べているのは、ツァンロンの護衛である〈超級〉、【尸解仙《マスター・キョンシー》】迅羽《じんう》（TPOを弁《わきま》えてテナガ・アシナガは外している）。

「あのね！　おととい、まちであったクマさんにもらったの！」

笑顔《えがお》でそう言ったのは、ポップコーンを持ち込んだ張本人。

近衛騎士団《きしだん》副団長リリアーナ・グランドリアの妹のミリアーヌである。

彼女は度々《たびたび》こっそりと王城に忍び込んで遊んでいた。今日も忍び込んだところ、友人であるエリザベートに見つかり、折角《せっかく》だからとお茶会に誘《さそ》われたのである。

ポップコーンはお誘いのお礼にと彼女が提供したものだ。

「ちゃんとアイテムボックスにいれてたよ！」

なお、姉であるリリアーナはこのお茶会の警護を任されていたが、『何であの子が……』と自分の妹の存在にひどく驚いており、何かしでかさないかとハラハラしていた。

なお、城の警備はちゃんと機能していたと言及しておく。

ともあれ、こうして子供ばかりの平均年齢《ねんれい》の低いお茶会が開かれているが……参加者はあと二人いる。正確には、一人と一体と言うべきだが。

「……おいしいわ。これはシュウのお菓子《かし》かしら」

『ドー』

そう言ったのはエリザベートの妹であり、王国の第三王女……テレジアだった。

彼女は椅子《いす》ではなく、巨大なハムスター……ドーの上に座《すわ》っている。

テレジアもまた、エリザベートにお茶会へと誘われていた。

「テレジア！　ツァンのもってきてくれたおちゃも飲んでみるのじゃ！」

「ええ。ありがとう、エリザベートねえさま。いただくわ」

そうして姉妹で仲良く、並んでお茶を飲んでいる。

あるいは……テレジアを誘うことこそが、このお茶会の本題であったのかもしれない。

楽しそうにお茶会をするエリザベート達を見て、リリアーナは一昨日のことを思い出す。

アルティミアの講和会議への出発を翌日に控《ひか》えたその日、エリザベートはアルティミアに『ツァンロンに嫁《とつ》ぐ』と告げていた。

（…………エリザベート殿下）

あのギデオンでの愛闘祭から、彼女が考え続けた結論だった。

（きっとこれは……エリザベート様にとって王国での最後のお茶会になるのでしょう）

今日の講和会議が成れば、明日にもツァンロンの帰国に合わせてエリザベートは黄河に輿入《こしい》れする。

講和が成っても未だ時代は動乱の渦中《かちゅう》であり、それは変わらない。

黄河に嫁げば、王国に帰ってくるのは難しい。

だからこそ、妹であるテレジアを誘い、お茶会を開いたのだ。

いつまで生きられるか分からない病弱な妹と、最後のお茶会をするために。

己が嫁ぐ婚約者の姿を妹に見せるために。

彼《かれ》と楽しく過ごす姿を見せて、『自分は大丈夫《だいじょうぶ》』だと教えるために。

エリザベートの心を思い、リリアーナは眼元《めもと》に涙《なみだ》が滲《にじ》んだ。

『ドー、ドー』

そんな時、どこかわざとらしい……具体的に言えば『本当は流暢《りゅうちょう》に喋《しゃべ》れるのに無理やり動物の鳴《な》き真似《まね》をしているかのような声』でドーは鳴いた。

「ドー？　……ああ、そうなのね」

「テレジア？　どうしたのじゃ？」

「……そろそろお薬の時間なのだけど、お部屋に忘れてきてしまったようなの。少し取りに行ってくるわ」

「メイドに取りに行ってもらえばいいんじゃねーカ？」

「大事な薬だから、わたしがカギをかけてしまっているのよ。すぐにもどるわ」

テレジアがそう言うと、彼女を乗せたドーは四足で立ち、トコトコと薔薇園の外へと歩いていった。その背を見送りながら、迅羽が呟《つぶや》く。

「……なぁ、ずっと気になっていたけどサ。何で病弱な王女のペットがハムスター……ネズミなんだヨ？　おかしいだロ」

病人にとって、ネズミ系小動物は病原菌《びょうげんきん》のキャリアになりうる危険な存在だ。

まして、ドーはネズミ系大動物と言ってもいいサイズである。

「そもそも、誰《だれ》が連れて来たんダ？　ペットとして献上《けんじょう》するにもうちょっと何かあるだロ。お前のドラゴンみたいニ」

エリザベートはフランクリンの事件の後、ギデオン伯爵《はくしゃく》から護衛用にと純竜《じゅんりゅう》を一匹献《けん》上《じょう》されている。……脱走《だっそう》に使った前科により、今では護衛の騎士《きし》が持ち回りで管理することになっていたが。

「だれがつれてきたのかはわらわもしらぬ。いつのまにかテレジアのそばにいたのじゃ」

「……何？」

エリザベートの答えは、迅羽の疑問を更に深めた。

「……王城にいたテレジア殿下の傍《そば》に、モンスターが忍《しの》び込んだということですか？」

「ちちうえは、『テレジアならそういうこともあるだろう。……きっとあの子を守るためにいるのだ』とおっしゃって、そのままテレジアのペットにしたのじゃ」

ツァンロンの放った質問への答えについて、迅羽とツァンロンは考え込む。

先王の『テレジアならそういうこともあるだろう』という言葉が意味することを考え
……しかし答えは出なかった。

謎《なぞ》に直面した、どこか緊迫《きんぱく》とした空気が黄河の二人の間に流れ……。

「でも、ドーちゃんかわいいよね！」

そんな空気は、疑問を欠片《かけら》も持たないミリアーヌの一言で緩《ゆる》んだ。

「うむ」

「……まぁ、子供らが好きそうな見た目ではあるナ」

「迅羽さまも子供なのでは？」

疑問はひとまず棚《たな》に上げて、彼女達《かのじょたち》はお茶会を再開した。


テレジアが席を立ってから数分後、リリアーナに声を掛ける者がいた。

それは彼女同様に警護を担当している近衛騎士団の一員、リンドス卿《きょう》だった。

「グランドリア卿」

「リンドス卿、どうなさいましたか？」

「正門の方でトラブルだ。許可なく城に入ろうとする者が現れたらしい」

「え？　けれど、それなら確認《かくにん》を取った上で退去させればよいのでは？」

「その人物が問題だ。門衛の話では正門に現れたのは……」

リンドス卿はある人物の名を挙げ、リリアーナはそれに驚いた。

「え⁉　ご本人、ですか？」

「確認が必要だ。我々の中でも、貴公は数年前に行われたあの戦いを見ている」

その言葉にリリアーナは納得し、正門に確認に出向く必要があると知った。

「エリザベート殿下、ツァンロン殿下。暫《しば》し、警備を交代させていただきます」

「わかったのじゃー」

「リンドス卿、薔薇園の警護をお願いします。迅羽さんも、何かあればお願いします」

「承知した」

「ま、俺《おれ》はツァンの護衛ダ。セットでエリザベートとあんたの妹くらいは守ってやるサ」

「……ありがとうございます。ミリアーヌ、迷惑《めいわく》を掛けては駄目よ？」

「わかったー！」

そうしてリリアーナは薔薇園を出て正門へと向かった。

そこに訪れている者の正体など、察せられるはずもないままに……。

◇

屋内から正門が見える廊下《ろうか》についたリリアーナが眼下に見たものは、どこか困った様子の門衛達と……それに向かい合う三人の男だった。

三人はいずれも魔法職《まほう》が着るようなローブを着込み、フードを目深《まぶか》に被《かぶ》っている。

格好としては不審者《ふしんしゃ》としか言いようがない。

しかし、その中でもひときわ目を引いたのは、先頭に立つ老人だった。

赤色のローブを身に纏《まと》い、髭《ひげ》を伸《の》ばした……如何《いか》にも熟練の魔法職といった風情《ふぜい》の男性。

後ろの二人とは纏うオーラが明らかに違《ちが》うその人物は……。

「あの方は……本当に？」

リリアーナは、その顔を知っていた。

四年前、王国の重鎮《じゅうちん》であった【大賢者】と魔法の腕《うで》を競《きそ》い合った人物だからだ。

「フュエル……ラズバーン師」

【炎王《キング・オブ・ブレイズ》】フュエル・ラズバーン。

アズライトが捜《さが》していた有力ティアンの一人であり、火属性魔法の大家。

そして行方《ゆくえ》不明になっていたはずの人物だ。

そのことはリリアーナも既に聞いていたが、その彼がどうしてこの王都……それも王城の前に姿を現したのかと疑問を覚えた。

「あの、フュエル・ラズバーン様？　どのようなご用件でしょうか……？」

ラズバーンの顔を知っていたらしい門衛が、そう尋《たず》ねた。

だが、ラズバーンは彼の方を見ておらず、その口をモゴモゴと動かし……。

「……どこだ？」

「え？」

「【大賢者】は……どこだ？」

門衛も、そしてリリアーナも、彼が何を言っているのか理解できなかった。

なぜなら、彼が捜す【大賢者】は、先の戦争で死んでいる。

そのことは、国中に周知されているはずなのだ。

「あの、【大賢者】様は……」

「奴《やつ》は、ここにいるはずだ。いないのならば……来るはず。……狼煙《のろし》が、いるのか？」

話しかけた門衛がラズバーンにそのことを述べようとしたが、彼はその声が聞こえないかのように呟くだけだ。

門衛は横に立つ同僚《どうりょう》に視線を送るが、同僚もどう対応していいか悩《なや》んでいた。

だから、最も正しい対応を知っていたのは……上から見ていたリリアーナだけだった。

「──避《よ》けなさい!!」

リリアーナの声に門衛達が反応するよりも早く、

「狼煙を……上げよう」


ラズバーンの背中から、二本の腕が生えた。


直後に、【炎王】フュエル・ラズバーンは更なる変貌《へんぼう》を遂《と》げる。

皮膚《ひふ》の内側から肉がせり上がり、体積は膨《ふく》らみ、そのシルエットが大きく変わっていく。

歪《いびつ》な両腕《りょううで》を背から生やし、老人とは思えぬ……人間とは思えぬ体躯《たいく》へと巨大化《きょだいか》。

皮膚は燃える炎のような赤へと変色する。

そして彼は門衛に──その背後の城門に、四本の腕を向けながらこう唱えるのだ。

『──《クリムゾン・スフィア》』

瞬間《しゅんかん》、四発の巨大火球がラズバーンであったモノの手から放たれた。

火球は瞬《また》く間《ま》に二人の門衛を呑《の》み込んで蒸発させながら、城門へと直撃《ちょくげき》する。

火球は通常の《クリムゾン・スフィア》を遥《はる》かに上回る威力《いりょく》を発揮し、魔法で保護された城門をバターのように焼き溶《と》かして消滅《しょうめつ》させた。

轟音《ごうおん》が響《ひび》き、黒煙《こくえん》が上がり、城門での異常が城内に……王都に伝わる。

『出てこォい!!　【大賢者】ッ!!』

それは正しく狼煙であっただろう。ラズバーンであったモノが、己の捜す相手を呼び寄せるために行った蛮行《ばんこう》である。

だが、異常はラズバーンだけに留《とど》まらない。

ラズバーンについて城門前に姿を現した男達も、その姿を変貌させる。

一人は蜘蛛《くも》と人を混ぜたような姿に。

一人は蝙蝠《こうもり》と人を混ぜたような姿に。

いずれも人ではありえない姿に変貌してしまった。

「何なの……あれは!!」

リリアーナの叫びはきっと、その姿を目にしたものの共通の思いであっただろう。

だが、彼女には分からない。

それが、どれほどにおぞましいものであるかは分かっても。

それが一人の人間の――一つの〈超級エンブリオ〉の手によるものだとは、分からない。

■？？？

◆◆◆

【真像改竄《かいざん》　イデア】という〈超級エンブリオ〉が存在する。

寄生虫に似た姿のレギオンであり、生物の体に潜《もぐ》り込んで宿主を改造する力があった。

容姿を美しくすることも、健康体にすることも、新たな技能を身につけることもできる。

人間に、人間以外の力を付け加えることもできる。

人間を、人間ではなくすることもできる。

ラズバーンのように種族が未《いま》だ人間範疇《はんちゅう》生物である者もいたが、彼らを一見して人間だと分かる者はいない。分類こそ人であっても、彼らは既に人ではない。

肉体改造によって元の体を遥かに上回る力を与《あた》えられたモノや脳改造で意思を制御《せいぎょ》されたもの、あるいはその両方。

【真像改竄　イデア】の〈マスター〉……〝改造人源《エラー・ソース》〟ラ・クリマによって改造を施された者達。

〈超級エンブリオ〉の被《ひ》験者《けんしゃ》にして、〈超級エンブリオ〉の端末《たんまつ》。

即《すなわ》ち――改人《イデア》である。

貴族街の一角から、改人達を感情の見えぬ目で見つめる者がいた。

それは、改人達を【ジュエル】から解き放ち、王城へと向かわせた張本人。まるで墳墓《ふんぼ》の奥から這《は》い出《で》てきたように全身を包帯で包んだ人物――【盗賊王】ゼタである。

「上々。超級職素体の実践《じっせん》投入は初めてですが、精神に錯乱《さくらん》が見られるものの身体状態は良好。敵味方の識別も生きています。後ほど、ラ・クリマにデータを送りましょう」

ゼタは改人達が城内の衛兵相手に引き起こしている惨状《さんじょう》を気に留める様子もなく、淡々《たんたん》とそう呟いた。

「始動。王城への【イグニス・イデア】、【アラーネア・イデア】、【ウェスペルティリオー・イデア】の侵入《しんにゅう》を確認」

彼女が解き放った改人達は、刺客《しかく》だ。単独行動する彼女に対し、〈IF〉のメンバーであるラ・クリマが預けていた改人。それらを今回のテロで戦闘員《せんとういん》として運用した。

後に〈IF〉で運用するためのテストでもあるし、今は素体に秀《ひい》でた天地で活動するラ・クリマのためのデータ集めでもあるし、今回彼女が皇王から請《う》け負《お》った仕事を果たすための道具でもある。

「良好。ティアンでも超級職がベースならば、準〈超級〉以上には引き上げられている」

預けられていた改人の中でも最強格である【炎王】フュエル・ラズバーン……コードネーム【イグニス・イデア】は、四本の手で周囲に火を放ちながら城内へと押し入《い》っている。

そして開いた城門からは二人の改人……蜘蛛の姿をした【アラーネア・イデア】と蝙蝠の姿をした【ウェスペルティリオー・イデア】が乗り込んでゆく。

「同時進行。城下への【レジーナ・アピス・イデア】、及《およ》び【アピス・イデア】の攻撃《こうげき》行動を確認」

そう呟くゼタの後方……王都アルテアの街並みからは黒煙と悲鳴が上がり始めている。

城下の〈マスター〉の動きを制するために、混乱を引き起こす目的でそちらにも超級職素体の改人を一体、それに配下として上級職素体の改人を大量に投入している。

先日の【兎神】の襲撃と講和会議の護衛で大きく戦力を減じた王都の〈マスター〉では、それらへの対抗《たいこう》は難しいとゼタは踏《ふ》んでいる。

「行動。既に指令は下っている。タイミングは変わったけれど、私の仕事は変わらない」

ゼタ——皇王から最終テロの依頼《いらい》を受けた〈超級《スペリオル》〉はそう言って、

「目的。王城へと侵入し、盗《ぬす》むべきものを盗み、消すべきものを消す。それだけ」

貴族街の邸宅《ていたく》の上を次々に跳躍《ちょうやく》し、自らもまた混乱する王城への侵入を果たした。

そうして、講和会議をトリガーとした皇国の毒牙《どくが》が動き出す。
奪うべきものを奪い、殺すべきものを殺すために。

□■国境地帯・議場

クラウディアがスイッチを押した瞬間に、状況は大きく動いた。

クラウディアが言った『引き鉄』という言葉が文字通りにそうであったかのように。

レヴィアタンが動いた。

べヘモットを置いてアルティミアへと跳《と》んだ彼女の手には小さな刃物《はもの》。

刃渡《はわた》りはとても短く、殺傷能力はなさそうだが……表面が液体に塗《まみ》れた刃《は》。

それを――アルティミアへと投擲《とうてき》する。

「！」

何らかの毒物が塗布《とふ》された刃を、アルティミアは腰《こし》の剣《けん》――【元始聖剣《せいけん》　アルター】を抜《ぬ》いて切《き》り払《はら》う。

しかし、アルティミアが剣を振《ふ》った直後、至近距離《しきんきょり》にレヴィアタン自身が近づいていた。

「確保、ッ！」

「――木断」

肉薄《にくはく》するレヴィアタンに、横合いからシュウの上段蹴《げ》りが突《つ》き刺《さ》さる。

既《すで》に【熊神衣《ゆうしんい》　キムンカムイ】へと装備を変形させていたがゆえ、初撃限定の光学迷彩《めいさい》と気配遮断《しゃだん》が効果を発揮。不可視の一撃《いちげき》がレヴィアタンの頸椎《けいつい》にめり込んだ。

彼女達がいつ動いても対応できるように構えていたシュウの一撃は狙《ねら》い通りの位置に当たり、最大の効率でその威力を発揮する。

「ッ！」

かつて伝説級に相当するモンスターを一撃で破壊《はかい》したその蹴りに、さしものレヴィアタンでも踏ん張《ば》れず、砲弾《ほうだん》の如き勢いで弾《はじ》き飛《と》ばされ……激突《げきとつ》した壁《かべ》に穴を空ける。

だがしかし――直撃を受けたその首は千切れても、折れてもいない。

レヴィアタンは吹《ふ》き飛ばされた先ですぐに起き上がっている。

追撃《ついげき》でマリーから放たれていた貫通誘導弾《かんつうゆうどうだん》を、両腕を振るって木《こ》っ端微塵《ぱみじん》に粉砕《ふんさい》する。

そこまでの攻防《こうぼう》に要した時間は五秒足らず。

その場にいた他の護衛の多くには、動揺《どうよう》が見られた。

何より、唐突《とうとつ》に講和会議の全権代理人を襲撃したレヴィアタンの凶行《きょうこう》に、皇国側の他の護衛からも驚愕《きょうがく》と動揺が見える。

その様子にシュウは、『皇国側もベヘモットとレヴィアタン以外はこの段取りを聞かされていなかったのだろう』と理解した。

全権代理人であるクラウディアと、皇王の側近中の側近である【獣王】以外に、この場で講和会議の策謀《さくぼう》の全容を知る者は……皇国側にもいなかったのだ。

「やっぱり駄目でしたわね」

自らが指示した凶行の阻止《そし》を、むしろ当然という風にクラウディアはそう言った。

「殺していいのなら、余計な手間を掛《か》けてしくじることもありませんでしたが」

「他がどれだけ死んでも、アルティミアは生きて確保。これは厳守ですわ」

「……それだと私には向きませんね。やはりベヘモットにお願いします」

『KK《いいよ》』

凶行で緊迫した空気の中でどこか和《なご》やかに、……けれど内容は王国の国家元首代理であるアルティミアの誘拐《ゆうかい》を狙っていることを、隠《かく》しもせずに述べている。

「クラウディア！　アナタは、どういうつもりで……！　さっきのスイッチは……！」

「これで講和会議はお終《しま》い、ということですわ」

何でもないことのようにクラウディアはそう言った。

「さっきそこの彼……名前はレイで合っていますわよね？　レイがこちらの思惑《おもわく》を読み解いてくれたでしょう？　ああも詳《つまび》らかに手の内を晒《さら》されては、この場での講和など不可能で、今後もこちらが望む講和の目はなくなりましたわ」

どれほどに表面上は穏《おだ》やかな講和条件であっても、皇国は罠を仕掛けてくる。

ゆえに今後の講和では今よりも遥かに警戒《けいかい》し、今回のような罠は不可能だろう。

「ですが、皇国が戦争を起こしたくないのは事実。それは最後の手段ですもの。ですので戦争前に王国という国を潰《つぶ》しますわ」

「……どうやってだ？」

王国を潰すと気負いなく言ったクラウディアに対し、レイが問《と》い質《ただ》す。

「まず、第二王女と第三王女の確保又《また》は殺害。この場でアルティミアを確保します」

「ッ!?」

「さっきのスイッチで、あなたが指摘《してき》した【盗賊王】ゼタが彼女の本来の仲間と一緒《いっしょ》に王都を襲撃しているはずですわ」

事も無げに放たれた『王女達の確保又は殺害』、そして『王都襲撃』という衝撃的《しょうげきてき》な言葉に、動揺が走る。文官は通信魔法で王都と連絡《れんらく》を取ろうとしているし、マリーなどは外へ出ようとしていた。

レイもまた咄嗟《とっさ》に王都の方角を向きかけて、

「動くな」

それらの動きを、シュウが一言で制した。

今はここを動くな、と。

ここもまた、王都襲撃に匹敵《ひってき》するか……凌駕《りょうが》するほどの最前線なのだ、と。

あるいは、目を逸《そ》らした瞬間に殺されかねない相手……【獣王】がいるからか。

既に戦闘《せんとう》態勢に入っている【破壊王《シュウ》】は、最大の緊張《きんちょう》と共にあった。

「……私達がいなくなっただけで、王国が潰れると本気で思っているの？」

王都襲撃と……その目的にされているであろう妹達を思いながら、しかし国家を預かる者としての責任でその場から動かず、アルティミアはクラウディアに問い質した。

「思いますわよ？　だって、王国が王国であるのは、建国王の子孫であるアルティミア達……王族が残っているからですもの」

そう言って、クラウディアはアルティミアを指差す。

「今、王国がまとまっているのはアルティミアがいるからですわ。では、翻《ひるがえ》って……他の貴族にまとめられますかしら？」

「……！」

「王国貴族で最大規模のルニングス公爵《こうしゃく》家は、【グローリア】事件で一族郎党壊滅《ろうとうかいめつ》済み。先の戦争でも多くの貴族家が被害を受けていますわね。無事な貴族で位が高いのはフィンドル侯爵《こうしゃく》？　けれど、あの方は諜報《ちょうほう》の取りまとめ。国のトップに立つ人物ではない。そうでなければギデオン伯爵？　けれど、若すぎますわね。彼をトップとすれば混乱に拍車《はくしゃ》が掛かる。代理の王すら立てられなければ、【誓約書《せいやくしょ》】も〈戦争結界〉も……国家元首に由来するあらゆる行動が出来ず、国は機能不全に陥《おちい》りますわ」

クラウディアは「それに……」と続ける。

「混乱を収めるために無理やり誰かが上に立とうとしても、必ずそうなってほしくない誰かが足を引っ張る。ボロゼル侯爵のように、王女の暗殺計画を立ててでも利権を拡大したい貴族がいることを考えれば当たり前ですわね。そして王族がいなくなれば、こちらに恭《きょう》順《じゅん》する貴族もいくらかは見当がついてますわ。それに皇国に加わらないだろう諸侯《しょこう》でも、皇国以外なら分からない。南西に領地を持つニッサ辺境伯《へんきょうはく》はレジェンダリアと仲が良いですから、この機会にあちらに併合《へいごう》されることを望むかしら。それで言えば、西の港湾《こうわん》地帯を治めるキオーラ伯爵もグランバロアの貿易船団ととても仲がいいですわ。グランバロアも陸の領地は欲《ほ》しいでしょうし、好条件で迎《むか》えられそうですわね。……とまぁ、柱がなくなればそんなことが多々起こって、かつての戦国時代のようにバラバラになりますわ」

王族がいなくなれば、王国は幾つもの小国へと四散するとクラウディアは告げる。

元々、幾つもの小国を建国王が一つに纏めた国。再び戻《もど》ることは考えられる。

だが、それよりも問題なのは……クラウディアが王国の内情を把握《はあく》しすぎていることだ。

アルティミアどころか、〈DIN〉ですら把握しているかも怪《あや》しい情報。それを幾つも抱《かか》え込んでいる。

その情報源は、【盗賊王】に由来する。

【盗賊王】の所属するクランである〈IF〉。オーナーであるゼクスが、王国内でどれだけの情報を抱え込んでいたのかは、誰にも想像がつかない。

そして彼はそれらの情報を〈IF〉のメンバーにも渡《わた》しており、情報共有している。それに加えて、ゼタ自身も多くの情報を収集しているため、〈IF〉のデータベースは膨大《ぼうだい》。

今回のテロと、王国に関する裏情報の売却《ばいきゃく》。

皇国が【盗賊王】に求めたのはその二点であった。

王族を排《はい》して国そのものを機能不全に追い込み、他国からの干渉《かんしょう》でバラバラにする。

この戦略の肝《きも》は、他国が本当に親交ある貴族の抱え込みに動くかだが……。

（……そういう線もあるか）

グランバロアやレジェンダリアとは話がついているのかもしれない、とシュウは考えた。

あの二ヶ国《こく》は、王国と皇国の戦争には参戦しない。

だが、王国が崩《くず》れた後には、領地を吸収しにくる。

そういった約定……あの二国からすれば得しかない契約《けいやく》を結んでいる可能性はあった。

皇国にも利点はある。

王国が崩れれば、最大の仮想敵国であるカルディナの対抗勢力が崩れることになる。

しかし下手人である皇国に靡《なび》く王国勢は少ないため、同じくカルディナと敵対する他の国を加わらせて王国を穏やかに吸収させる。そういう狙いだ。

（……王国と黄河《こうが》の婚姻《こんいん》同盟も、第二王女がいなくなれば立ち消えか。黄河がそのことで皇国に文句をつけようにも、間にはカルディナがある。軍の侵攻《しんこう》など不可能。むしろそうなってくれればカルディナを削《けず》れて万々歳《ばんばんざい》といったところか）

もう一つのルートである〈厳冬山脈〉横断も、カルディナ以上に不可能だとシュウは知っている。かつてそれをやろうとした〈超級〉が、〈厳冬山脈〉の空の王者である【彗星《すいせい》神鳥　ツングースカ】によって自慢《じまん》の浮遊要塞《ふゆうようさい》を墜落《ついらく》させられた事件に巻き込まれたのだから。

皇国の思惑は、王国や他国のどちらであっても、ティアンへの対処は十二分に施しているように思えるが……。

「……ティアンに限ればそうなるかもしれない。だが、俺達《おれたち》……〈マスター〉はどうなる？

王国がなくなっても、皇国に噛《か》みつく奴は多いぞ？」

シュウはちらりと己の弟を見ながらそう言った。

国としてバラバラになろうとも、皇国へ反抗《はんこう》する元王国の〈マスター〉は必ず出る。

特に、【絶影《マリー》】や【暗殺王《月影》】による要人暗殺を防ぐのは難しい。

「せやねー。指名手配で縛《しば》るにしても仕返しの一つ二つはできそうやしねー」

「報酬《ほうしゅう》は奮発しますから皇国に来ませんこと？」

「うちらがそう簡単に寝返《ねがえ》ると思ったら大間違《おおまちが》いやー」

「〈月世《げっせい》の会〉を皇国の国教にしても構いませんわよ？」

「……う、うちらがそう簡単に……。ちょっとタンマ、考えさせて……」

かつて王国に断られた最大級の要求をあっさりと提示されたことで、月夜《つくよ》は半ば本気で揺《ゆ》れ動《うご》いていた。

「……全員が全員、女化生先輩《おんなけしょうせんぱい》みたいに報酬で転ぶ〈マスター〉ばかりだと思うな」

月夜への好感度を少し下げながら、レイはクラウディアを牽制《けんせい》するようにそう言った。

「ですわね。あなたのような〈マスター〉もいることは知ってますわ。むしろ、あの敗戦の後に王国に残り続けている〈マスター〉なら、そういう方が多いことも承知の上」

利益優先の〈マスター〉ならとっくに他国に移るか、先のギデオンの事件でフランクリンが雇《やと》った寝返り組のようになっている。今残っている〈マスター〉は王国に縁《えん》深いティアンがいるか、王国そのものが好きで守りたいと思っている者が多い。

クラウディアは「ですから……」と言葉を繋《つな》げ、

「そんな〈マスター〉の動きを封《ふう》じる策を用意もせずに、強硬《きょうこう》手段に出るとでも？」

「………その策ってのは？」

「言えませんわ。だって、まだそれの前段ですもの」

クラウディアはアルティミアへと視線を戻しながら、言葉を述べる。

「王都で二人の王女を、ここでアルティミアを押《お》さえる。〈マスター〉への対策を行うのはその後ですわ」

一連の発言に、《真偽判定《しんぎ》》はやはり反応しない。

本当に、王国を崩した後の〈マスター〉への対処は考えてあるのだろう。

（暗殺への警戒姿勢を見せていないところからしても、色々とろくでもないことを考えていそうだ。そうなるとここでの肝はやはり……）

皇国の手から王女達《たち》を守ることが、最重要のポイントだった。

王国が王国として存続できなければ、皇国の思惑通りに事が転がる。

（そもそもテレジアにちょっかいを出される事がまずい。最悪……詰《つ》むぞ）

テレジアの真の特異性を知る数少ない人物の一人であるシュウは、眼前の【獣王】に相対して流す汗《あせ》とは違う汗を背中に流した。

最善は早急《さっきゅう》に王都の防衛へ向かうことだと考える。

今の王都は先の【兎神《クロノ》】の襲撃《しゅうげき》と講和会議の護衛で、突出《とっしゅつ》した戦力はほぼ蛻《もぬけ》の殻《から》だ。相手の規模次第《しだい》では何もかもが終わってしまう。

しかし王都に戻る前の最大の問題は……相手が容易には逃《に》がしてはくれないということだ。〝物理最強〟の【獣王】を相手に、撤退《てったい》戦は悪手である。

（恐《おそ》らくは〈超級殺し〉や月影《つきかげ》みたいなＡＧＩ型を先に潰すだろうな。消えようが影に沈《しず》もうが、お構い無しでマップごと潰しに来る。よしんばあの二人だけは逃《のが》れられたとしても、俺達鈍足《おれたちどんそく》じゃあの二人より速いだろう【獣王】相手に撤退は不可能。必ず回り込まれる『にげる』なんざやるだけ無駄《むだ》だ。それくらいならば向こうの護衛対象《クラウディア》がいて無差別破壊は出来ないここで戦った方がまだマシか）

それにもしも【獣王】がいなくとも、超音速《ちょうおんそく》機動が使えなければ王都に戻るまでにどれだけ時間が掛かるかも分からない。

（だが、どちらにしても戦った分だけ王都への到着《とうちゃく》が遅《おく》れることは変わらない。現状の最善手はここでアルティミアを守りきることか、それでも脱出《だっしゅつ》を強行することか……）

シュウが考えを回していると、

「……一つ尋ねるわ、クラウディア」

クラウディアの策略を聞いてから黙《もく》していたアルティミアが声を発した。

「ええ、聞きますわ」

「王都での凶行。アナタからの指示で止められるのかしら？」

「ええ。このスイッチの下のボタンを押し込めばそれで止まる手筈《てはず》に……」

彼女《かのじょ》がテロを止める手段を暴露《ばくろ》しながら、スイッチを持った右手を見せた瞬間。

アルティミアは手にした【アルター】をクラウディアの手元に振るい、

スイッチを持った右手を――――手首から切り落とした。

アルティミアは剣とは逆の手で落ちる手首を掴《つか》もうとするが、剣の間合いギリギリだったがゆえにまだ届かない。

それよりも早く、クラウディアが左手で自らの右手首を弾《はじ》き、後方へと飛ばす。

目の前に手首が落ちてきた皇国の〈マスター〉達が、悲鳴を上げて思わず後ずさった。

「……もう」

床《ゆか》に落ちた右手首を見ながら、クラウディアは頬《ほお》を膨らませて不機嫌《ふきげん》をアピールした。

「手首を切り落としてまでスイッチを奪《うば》おうなんて、私と手を切りたい……友達をやめたいという意思表示ですの⁉」

手首を切断されたにしてはひどく薄《うす》い怒《いか》りの色で、クラウディアはそう言った。

「いいえ。アナタは親友よ、クラウディア」

対して、アルティミアは彼女の言葉を否定する。

「けれど、アナタとアナタの兄の企《たくら》みで命を狙われているあの子達の姉として、そしてこの国を背負う者として……アナタに剣を向ける。親友《アナタ》に一生涯《いっしょうがい》恨《うら》まれることも覚悟《かくご》してやってているわ」

否定した上で、己《おのれ》の意思を告げる。

そんなアルティミアを見るクラウディアの目に怒りはない。

むしろ……喜びが見えた。

「フフフ。そういうところ、やっぱり私達は似たもの同士ですのね」

「……そうかしら？」

「ええ、私もあなたに一生恨《うら》まれてでも、あなたを奪うつもりですもの」

そう言って、クラウディアは嬉《うれ》しそうに微笑《ほほえ》む。

「けれど、私は手を切られたくらいであなたを恨んだりはしませんわ。きっと、首を切られても同じ。千の痛みを受けようとも変わりませんわ」

クラウディアの視線にあるのは深い友情と……それに混ざった違う感情。

「ただ今回は……さほど痛くもありませんわね」

クラウディアがそう呟くと……グシャリという音が議場に響いた。

その音の発生源を見れば、切り落とされたクラウディアの右手首が……ひとりでに動いてスイッチを握《にぎ》り潰していた。

その手首の断面からはパチパチと火花が散って……金属のフレームや電気配線が赤い液体に塗れている。

「クラウディア。アナタ……」

「私も修羅場《しゅらば》を潜っておりますもの。元の体を幾《いく》らか失くすくらいはしていますわ。〈マスター〉の言葉ではサイボーグ、というらしいですわね？」

クラウディアは何でもないように言って……右手の肘《ひじ》から先を外した。

そしてアイテムボックスから新たな腕を取り出し、断面を見せる肘に接合する。

人肌《ひとはだ》を模したカバーが張られておらず、無骨で戦闘用にしか見えないものだ。

「さて、最も手っ取り早い停止手段であるスイッチはなくなりましたわ。けれど……私が通信魔法で停止を呼びかけた場合も、ゼタは王都から退くことになっていますの。【契約《けいやく》書《しょ》】で約していているから確実ですわ」

「……クラウディア？」

わざわざ王都のテロを止める手段を、自ら提示しながら……クラウディアは微笑む。

その発言にも、先刻同様に嘘《うそ》がないと《真偽判定》が告げていた。

丁度そのとき、最初のレヴィアタンとの攻防による衝撃音《しょうげきおん》を聞きつけたためか、外部警備の〈マスター〉達が議場にあつまってきた。

それはお互《たが》いの護衛の残るほぼ全《すべ》てであったが、王国側には【猫神《ザ・リンクス》】トム・キャットがおらず、皇国側には【兎神《ザ・ラビット》】クロノ・クラウンがいなかった。

「……〈マスター〉も集まってきた。丁度いいですわね」

クラウディアは周囲を見回してそう呟《つぶや》いた。

それから機械の右手で自らを指差し、次いでアルティミアを指差す。

「私達はあなたの身柄《みがら》が欲しい。あなた達は王都のテロを止めるために私の身柄が欲しい。刃を向け合い、もはや講和の場でもなくなった。なら、どうすればいいかしら？」

そう言いながら、クラウディアは《瞬間装着》で全身に鎧《よろい》を纏う。

否、それは鎧ではなく……機械甲冑《パワードスーツ》。

特典素材を用いて作られた、彼女専用の……鮮血《せんけつ》のように紅《あか》い機械甲冑。

「私達はお互いを奪い合《あ》う。そして護衛は自分達の守るべき対象を守る」

次いで取り出したのは、機械式の螺旋馬上槍《ドリル・ランス》。

かつて彼女自身が古代伝説級の〈UBM〉を討伐《とうばつ》して手に入れた槍。

クラウディアは、巨大《きょだい》な槍を重さなど感じないかのようにクルクルと回す。

「お兄様のプランとは少し違いますけれど、分かりやすい構図にしてさしあげましたわ」

（……そういうことかよ）

シュウは納得《なっとく》して……歯軋《はぎし》りする。

クラウディアが王都への襲撃を教えたのも、自分というテロのブレーキを餌《えさ》にアルティミア達が逃げる理由を削り、引き止める理由を増やすため。

加えて、これで王国側はクラウディアを殺せなくなった。

生かしたまま、停止命令を出させなければならないのだから。

それ自体は【魅了《みりょう》】でどうにかできるが、死んでいればそれも不可能になる。

どの道、王都への急行を選んでも【獣王】や移動速度を考えれば王都防衛は困難。

最短でテロを止める手立ては……目の前のクラウディアの確保しかない。

つまりはクラウディアの思惑に乗り、その上で勝利する以外に道はない。

「それでは——始めますわよ？」

クラウディアは螺旋馬上槍の先端《せんたん》をアルティミアへと向けて、闘争《とうそう》の開始を宣言した。


クラウディアに開始を宣言されても、殆《ほとん》どの〈マスター〉は瞬時《しゅんじ》に動けない。

話についていけていない、というよりは狂気《きょうき》的な切り替《か》わりについていけない者。

あるいは、守るべきものに意識を集中させて自らは動けない者。

停滞《ていたい》はほんの一瞬《いっしゅん》で、歴戦の〈マスター〉であれば一瞬後には迅速《じんそく》に動き出せる。


しかし、他者が動けなかった最初の一瞬で——動いた〈マスター〉が四人いた。


【魔将軍】ローガン・ゴッドハルトが「なるほど。つまりレイ・スターリングとこの場で戦って倒《たお》してもいいということだな！」と得心して、己の新戦術を行使しようとし。

【獣王】ベヘモットの意を受けたレヴィアタンが、今のメイデン体から己の全ステータスを解放できるガーディアン体への変貌を始め。

【女教皇】扶桑《ふそう》月夜が、《月面除算結界・薄明《はくめい》》を「皇国の〈マスター〉」の「合計レベル」

を対象に実行し。

【破壊王】シュウ・スターリングが、変貌途中《へんぼうとちゅう》のレヴィアタンに肉薄した。

「フハハハッ！　行くぞ！　《コール・デヴィル……》」

ローガンが悪魔召喚《あくましょうかん》を発動しようとした直前。

彼《かれ》を始めとした皇国側の護衛が月夜の《薄明》で合計レベルを六分の一にされ、

「――《絶死結界》」

月夜が発動したスキルにより――【獣王】以外の全員が即死《そくし》した。

【ブローチ】の発動で一瞬だけ耐《た》えはしたものの、絶え間ない即死判定によってあっという間に砕《くだ》け散《ち》り、声もなく即死する。

それこそは『半径五〇〇メテル以内の合計レベル一〇〇以下の人間範疇生物を即死させる』装備スキル――超級武具【グローリアβ】の《絶死結界》。

外部の警備をしていた者も含《ふく》めた皇国側の護衛のほぼ全ては、かつての【グローリア】事件でその脅威《きょうい》に相対した〈マスター〉のように、何が起きたかもわからないままにデスペナルティとなる。

合計レベルそのものを六分の一にする《薄明》と、合計レベル一〇〇以下を抹殺《まっさつ》する《絶死結界》のコンボ。対象を人間に限定されてはいるが、かつての【グローリア】よりも恐ろしい結果を引き起こす、【女教皇】扶桑月夜の切り札の一つ。

免《まぬが》れたのは……元の合計レベル六〇〇以上であったために即死を免れた【獣王】のみ。

同じ超級職であっても、レベルの上げ直し中だった【魔将軍】はあえなく即死していた。

『……何と役に立たない』

徐々《じょじょ》に膨張《ぼうちょう》し、人間の形を捨てながらレヴィアタンはそう吐《は》き捨《す》てた。

『それで、あなたは何をするつもりですか？』

巨大化していく己にしがみついているシュウを見下ろして、レヴィアタンは尋《たず》ねる。

だが、シュウはそれには答えず、己の弟……レイを振り返《かえ》る。

「…………」

自分のこれからの行動が最善手であると判断し、現状で最も【獣王】への勝算が高い戦術はこれだと確信しながらも……僅《わず》かに躊躇《ためら》いはあった。

なぜなら、確実に弟とその仲間を死地へと送り込むことになるからだ。

クラウディアがこの企《くわだ》てに踏み切った最大の要因であり、勝利を確信するほどの存在が……【獣王】。

そんな相手と、王国側の最大戦力であるシュウを欠いて戦うことは、死刑《しけい》宣告に等しい。

だが、振り返ったシュウが見たレイの目は……欠片《かけら》も怯《おび》えてはいなかった。

怯えなど、既に覚悟の中に消えているのだ。

ゆえに、シュウも覚悟を決めて……最大最強の敵をここに残していくと決意した。

そして彼は弟に向けて……一言だけ言い残した。

「――ここは任せた」

「――任された」

そう言葉を交《か》わして、シュウは己の全力で両足を踏み込む。シュウの破格のＳＴＲは議場の床を大きく破壊しながら、反動を自身と抱えたレヴィアタンに伝える。

脚力《STR》による踏み込みでの高速移動。シュウはその勢いのまま砲弾の如く飛翔《ひしょう》し、先刻レヴィアタンが激突して壁が崩れた一角から議場の外へと消えた。

この場での戦いを、弟に託《たく》して……。

◇

皇国側の護衛の殆どが即死して。

シュウ・スターリングとレヴィアタンが共にこの場を離《はな》れて。

後に残ったのは剣と槍を向け合う二人の姫君《ひめぎみ》。

〈デス・ピリオド〉と〈月世の会〉の混成……八六人の王国の〈マスター〉。

そして、皇国でただ一匹《ぴき》……否、一人だけ残った〈マスター〉。

皇国最強にして〝物理最強〟――【獣王】ベヘモットがそこには残っていた。

ベヘモットは壁に開いた穴と、そこに消えた二人を見送りながら……沈黙《ちんもく》している。

『……相手がいなくなった。レヴィ、ずるい』

余程《よほど》ショックを受けたのか、スラングではなく普通《ふつう》の言葉で呟いて、溜《た》め息《いき》をつく。

王国の〈マスター〉に半包囲されているというのに、まるでシュウ以外の誰《だれ》も相手にならないのだと嘆《なげ》くように、その身に纏《まと》う雰囲気《ふんいき》を暗くする。

『仕方ない……。すぐに王国の王女を確保して……、シュウのところにわたしも……』

ベヘモットはそう言ってアルティミアに向き直るが……。

「――違《ちが》う」

そんな彼女を止めるように、一人の〈マスター〉が声をあげた。

「お前の相手は兄貴じゃない」

『？』

一人の〈マスター〉――レイ・スターリングは、

「お前の相手は、俺達だ。――俺達が【獣王《お前》】を止める」

〝物理最強《ベヘモット》〟を真《ま》っ直《す》ぐに見据《みす》え……かつての兄のように、そう宣言した。

ベヘモットは、レイと彼の周りで意思を同じくしている仲間達を見つめる。

『珍《めずら》しいもの』でも見るような目で瞼《まぶた》をパチクリと開き、閉じて、また開き……。

『ｉｍｂａ《アンバランスだとは思うけれど》……』

獣の顎《あご》の口角を上げ、笑《え》みを浮《う》かべながら、

『――I like it《よく言った》』

全身から獰猛《どうもう》な気配を立ちのぼらせて――戦闘態勢に移行した。

そして、幕は上がる。

レイ・スターリングにとって、〝最強〟との最初の戦いが……始まった。

第八話 主なき者達の戦場

□■XXXX years ago

豊かな自然に溢《あふ》れた風景が広がっていた。
風に揺れた葉の擦《こす》れる音、小川のせせらぎ、小鳥の歌。
木々は緑に、大地は落ち葉と豊かな土の色で染まり、空は果てしなく、そして蒼《あお》い。
人の手が入らないありのままの自然としか思えない風景。
その中に、一人の若い……少年にも見える男性が立っていた。
彼は不可解なことに、両手に一つずつ懐中時計《かいちゅう》を握り締《し》めている。
「この風景に、本物は一つもない」
懐中時計の男性は、不意にそう呟いた。
少年のような見た目の彼は、その身に老いて疲《つか》れたような雰囲気を纏っている。
実際に彼の心が経た年月は、肉体の経た年月を大きく上回っている。

肉体自体はとある〈エンブリオ〉……〈無限エンブリオ〉の能力でレストアしているために、老いて見えないだけだった。

「空気と樹木は【無限流転《るてん》】が再現したもの。空は【無限幻想《げんそう》】が見せているだけのもの。それらを五感で受ける私の肉体ですら、【無限生誕】が作った体の一つに過ぎない」

彼は肉体ではなく精神の老いを滲《にじ》ませながら、独り言を続ける。

しかしそれは……彼が握った懐中時計に話しかけているようでもあった。

「しかし、本物が存在しないわけではない。肉体は作り物でも、私の命は本物だ。それに、お前が司《つかさど》る力もまた……本物ではあるだろう」

ジッと、懐中時計を見ながら老いた少年は話しかける。

「アレを除けば、十二番目の〈無限エンブリオ〉……【無限時間】。如何《いか》なるものにも必ず在る時の流れこそは、偽物《にせもの》ではありえない本物だ」

そう言ってから、彼はフッと息を吐き……苦笑《くしょう》した。

「それゆえに……私は寿命《じゅみょう》を迎える。本物であるからこそ、私の命も限界らしい」

『…………』

「私が死んでもお前は残る。〈無限〉に到達《とうたつ》するとはそういうことだ。第七以下は〈マスター〉の完全死とリンクしてリソースが結晶化《けっしょうか》し、次代の糧を第〇形態《》数多《あまた》残す。だが……〈無限〉

はその名の通り、核《かく》が砕かれない限りは無限に稼動《かどう》できる。……もっとも〈マスター〉の存命時と違い、核が砕かれた後の再構成はできなくなるが、な」

彼は「しかし……」と言葉を繋げる。

「それでも、お前の無限にも終わりは来るだろう。いずれ、我々のプロジェクトが完了《かんりょう》を迎える時には……な」

『…………』

「……最後に少し、私の話をしよう」

彼は、少年の見た目でありながらひどく辛《つら》そうに、木に背を預けながら座《すわ》り込んだ。

「私はここしか知らない。ここで生まれ、ここでお前と共に育ち、ここで……死ぬ」

『…………』

「そのことに不満はない。我々は……皆《みな》そうだ。終着を求め、〈無限エンブリオ〉を増やしながら、果て無き道を往《ゆ》く。それが我々の在り方だ。むしろ〈無限〉に至れた私は、限りなく幸運な一人と言える。生の意味があり、こうして限界まで生きられたのだから」

座り込んだ彼は、懐中時計に向かってそう話していたが……不意にその両腕《りょううで》が力をなくして落ちる。まるで、もう自分の身体さえも支えられないとでも言うかのように。

「だがそんな私にも……一つだけ、心残りもある」

彼は空を見上げて……彼が言う偽物の空を見上げて、ポツリと呟いた。

「一度くらいは、本物の世界を生きてみたかった。ここではない空を……見たかった」

まるで一度もその機会に恵《めぐ》まれなかったかのように、どこか悲しげな……そして諦《あきら》めたような目で蒼い空を見つめた。

空には小鳥が飛んでいて、彼は羨《うらや》むようにそれを目で追った。

「だが、無限に稼動できるお前なら……、本物の世界で生きる機会もあるかもしれない」

『…………』

「……フフ、私も……臨終は少し心細いのかもな。これまで一度だってお前と話したことなどなかったのに……」

彼の〈エンブリオ〉は完全な非生物型であり、自我《じが》も宿さない類の〈エンブリオ〉だ。

ゆえに、話しかけても応《こた》えることなどあるはずはない。

「もしも……お前が、本物の世界を生きることが、できたなら……、プロジェクトの後……私に教えてくれ。本物の世界が……どんなものだったのかを。私の……代わりに……」

『…………』

「ふふふ……まぁ、死後の世界など、あるかも……わからな――――」

彼は言葉を途中《とちゅう》で止めて……そのまま口を閉じなかった。

『…………m……a』

懐中時計は、微《かす》かにその身を軋《きし》らせながら何かの音を発しようとした。

けれど、彼の〈マスター〉であった男性は、既《すで》にそれを聞いていない。

もう、聞こえない。

『……ma……s……ter……』

言葉など話せないはずの〈エンブリオ〉が彼を呼んでも……答える声はない。

やがて、小鳥の歌が止み……空の色が変わる。

蒼く澄《す》み渡るような空は消えて、金属で覆《おお》われた天井《てんじょう》が晒される。

唯一《ゆいいつ》の利用者がいなくなり、蒼い偽物の空は消えて……無機質な本物に戻っていた。

冷たくなっていく彼の両手には、まだ懐中時計が握られている。

『…………』

『十二号の〈マスター〉、クロノ・クラウン氏の死亡を確認《かくにん》。遺体は安置室に移動。十二号は回収し、独立稼動の訓練へと移行』

無機質な声が聞こえ、誰かが彼の遺体を丁重《ていちょう》に抱え上《あ》げた。

その拍子《ひょうし》に彼の胸ポケットから、もう一つ……懐中時計が零《こぼ》れ落《お》ちる。

両手と胸ポケットで、合わせて三つの懐中時計。

それぞれにギリシャ語で『χρόνος《クロノス》』、『καιρός《カイロス》』、『αἰών《アイオーン》』と銘《めい》が刻まれた懐中時計は、いずれもチクタクと音を鳴らしている。

その針の音は……どこか悲しげだった。

◇◆◇

□■現在　国境地帯・森林部

講和会議の議場でクラウディアが戦いの始まりを告げ、王都でゼタと数多の改人が動き出し、王国と皇国の両陣営が対峙《たいじ》していた頃《ころ》。

議場に程近《ほどちか》い場所で、もう一つの対峙が起きていた。

「やれやれ。まさか護衛中に秘匿《ひとく》通信で呼び出されるとは思わなかったよ」

「……心当たりはないのかなー？」

国境地帯で議場から少し離れた緑深き森の中で、二人の男が相対している。

丸々としたネコを頭に乗せ、前髪《まえがみ》で両目を隠《かく》した青年……【猫神】トム・キャット。

金属ブーツを履《は》き、兎《うさぎ》の耳をした少年……【兎神】クロノ・クラウン。

共に管理ＡＩが人のアバターを得た存在である。

「ないよ。それにしてもトム・キャット。雑用も闘技場《とうぎじょう》の蓋《ふた》もせず、何をノコノコとこんなところまで来ているんだい？　職務怠慢《たいまん》というものだよね？」

人里離れていても、どこに人の目があるか分からない。そのため、クロノはアバターとしての名でトムを呼ぶ。そしてそれはトムも同様だった。

「……クロノこそ、随分《ずいぶん》と恣意的《しいてき》に事を起こしたものだねー」

今も本体で王国内の情報を受け取りながら、トムはそう言った。

クロノの襲撃で戦力が減じた分、王都も講和会議も王国が不利な状態だ。

「恣意的？　僕《ぼく》をわざわざ呼び出したのはそのため？」

「ああ。……それにしても分からないねー。結果として君の活動が皇国を利することになっているけれど、……こうなっていなければ無意味だ。むしろ、国家間の感情を悪化させるだけに終わっていたはずだよ」

トムの言葉にクロノは首を傾《かし》げた。

その様子に、トムは「やはり」と納得してこう言った。

「君もバンダースナッチも……人間の心理というものを理解していない」

それはトム……チェシャのような生物型との差異。

非生物型管理ＡＩの宿業《しゅくごう》と言うべきものだ。

トゥイードルの二人も彼らと同じく非生物型だったが、あちらは管理ＡＩ最大の演算能力である程度は心理の読みができている。

だが、クロノは……時間担当管理ＡＩラビットは違う。非生物型であり、同時に演算能力の大半を今も〈Infinite Dendrogram〉の基本法則である三倍時間の維持《いじ》に費やしている。

人間的思考に回せる演算能力は多くはなく、ゆえにその思考も人間と大差ない。

だからこそ、アバターであるクロノの行動は短絡的《たんらくてき》だ。普段《ふだん》の彼がＰＫしかアバターとしての仕事を任されていないのも、短絡的な行動で問題がない仕事がそれだからだ。

他の管理ＡＩからすれば、ラビットには時間管理のみを担《にな》って欲《ほ》しいと考えている。

しかし、アバターでの活動は……ラビット自身の望みだった。

「人間の心理……かぁ」

ラビットのアバターであるクロノは、トムから言われた言葉を呟きながら空を見上げる。

一瞬だけ、その目に何か苦い感情を混ぜてから、視線をトムに戻《もど》し……睨《にら》んだ。

「それはもちろん理解していないさ。……理解しているわけがないだろう！」

急激に……爆発《ばくはつ》するようにクロノは言葉を荒《あら》げた。

「君達と違って、この体で人を理解するような時間は僕にはなかった！　只管《ひたすら》にこの世界を加速させ続け、君達に準備を整える時間を与《あた》えていたのは僕だ！」

王国のランカーをＰＫしていたときのような余裕《よゆう》ぶった言葉遣《ことばづか》いではなく、心の奥底《おくそこ》を吐《だ》き出すような声音《こわね》だった。

「ああ！　無論理解しているとも！　修正したプロジェクトには時間が必要だった！　それが可能なのは僕しかいないということも！　時間加速に特化した、僕しかいない！」

「…………」

「だが、新たな〈マスター〉達を受け入れるまでの間……僕はそれしか出来なかった！」

それは、血を吐き出すような叫《さけ》びだった。

「彼らが訪《おとず》れ、時間加速が三倍にまで落とせるようになって、僕はようやくこの体で動けるようになった！　世界を歩けるようになった！　そのときの僕の気持ちが分かるか⁉　分かる訳がない‼」

クロノから溢れる感情は、怒りとも悔《く》いともつかないもの。溜め込んだ不満を吐露《とろ》しているようにも、溢れた感情にクロノ自身が振《ふ》り回《まわ》されているようにも見える。

「クロノ……」

トムは知っている。アリスから聞かされている。非生物型の〈エンブリオ〉がアリスの力でアバターを得たとき、二種類のパターンがあると。

表面上はともかく根幹はあくまでも元のように冷徹《れいてつ》であるか。

あるいは……肉体から生まれる感情を制御《せいぎょ》できないか。

クロノは、言うまでもなく後者だった。

クロノがアバターを得たのは、ほんの数年前。

他の管理ＡＩと比べれば数百分の一の期間。

それゆえに……今になってその問題が発露《はつろ》しているのだ。

「本物の世界で生きる！　それが僕の〈マスター〉……クロノ・クラウンが生涯《しょうがい》抱いた唯一の願いだった！　閉じた環境《かんきょう》の中だけの生ではない！　本物の世界で自由に生きたかった！　それにはあまりにも目的地が遠すぎて、あまりにも時間が足りなかった！　だからきっと……時間を操《あやつ》る僕が生まれた!!」

「…………」

トムには彼の言っていることが理解できる。トムもまた……彼の〈マスター〉が友を欲《ほっ》したがゆえに、今の自分として生まれたのだから。

「僕は、彼の死《し》に際《ぎわ》に頼《たの》まれたんだ！　僕が終わった後に、本物の世界の思い出を教えてくれと！　今になって、僕はようやくそれが出来ているんだ！　かつての〈マスター〉《クロノ・クラウン》を模したこの顔で！　懐中時計《僕》を持って！　自由にこの世界を……本物を歩けるようになった……そのときの気持ちが分かるのか‼　文化流布《るふ》担当として、自由に生きてきた君に、分かるのか……！」

　クロノは歯を噛《か》み締め、軋らせながら、尚《なお》も吼《ほ》える。

「それが、戦争？　〈戦争結界〉だと⁉　前回の戦争、あれはまたあの日々と同じだった！　あれが動けば、何も出来ない時間ばかりになる！　僕の自由はまたなくなってしまう！　僕が終わった後に、〈マスター〉に教えられるものが減ってしまう！　本物の世界の思い出が！　僕にはもっと必要なんだ！」

　それが、彼が恣意的なＰＫを行った理由。

　彼にとって、彼自身が何も出来なくなる戦争という時間は、最も疎《うと》むべき事象。

　なぜなら、限られた時間……彼が過ごす最後の時間が削《けず》られるのだから。

　〈マスター〉の願いを叶《かな》えるための時間が、削られるのだから。

　ゆえに彼は、こう言うのだ。

「時間がもったいない！　僕は……忙しいんだよ‼」

クロノの両目から、涙《なみだ》が流れる。

赤い色の、血の涙。

本来は自我なき〈エンブリオ〉であったはずの彼が、自我を得て。

その全ての思いが、涙として両目から溢れ出《で》る。

「だから戦争なんかに……あんな無意味なものに僕の時間を奪われるくらいなら、それよりも先に、戦争を起こしようがないくらい一方を完膚《かんぷ》なきまでに潰《つぶ》す！　それの……何が悪いと言うんだ!!　グリマルキンッ!!」

「……クロノス・カイロス・アイオーン」

二人の管理ＡＩは向かい合い、お互いに相手を真の名で呼ぶ。

クロノは、邪魔者《じゃまもの》であり、自らが欲してやまないものを得続けた妬《ねた》むべき仲間として。

トムは、道を誤ろうとしている同僚《どうりょう》であり、亡《な》き同調者への想《おも》いは近しい仲間として。

二体の管理ＡＩは、人の姿で真っ向から対峙している。

「……状況《じょうきょう》が、変わった」

不意に、クロノはポケットに入れていた両手を出した。

そこには懐中時計が一つずつ握られていた。

彼自身である三つの懐中時計のうち、核である一つを除いた二つ。

「僕はもう行く」

そして彼は服の袖《そで》で血の涙を拭《ぬぐ》い、強い視線で議場のある方角を睨む。

「議場と王都の様子は僕もモニターしている。王女を確保すれば皇国の勝利とも理解した。もうお前と問答している時間はないよ。今から僕があそこに行って、王女を攫《さら》う。誰も追いつけない。王都でも同じだ。皇国の目的は完遂《かんすい》される。戦争も起きなくなる」

「……させないよ」

阻《はば》むように、トムが声を発する。

「彼らの行く末は僕達《ぼくたち》管理ＡＩが主導すべきじゃない。〈マスター〉の自由によって導かれるものだ。僕達が、恣意的に歪《ゆが》めるべきじゃないのさ」

「だったらお前もこんなところにいるんじゃない!!」

「君を止める必要がなければ……僕もここには来なかったよ」

暴走しはじめたクロノのアバターを止めなければならないから。

それでもトムは、『アリスがギデオンでトムにしたようにアバターを制止させれば』とは最初から考えていなかった。

クロノの感情の暴走は、止めなければならない。

しかし、亡き主を想うがゆえの暴走を強権で止めてはならないとも考えた。

正面からぶつかって、止めてやらなければと……考える。

だから、一つのことだけをアリスに頼んでいた。

「クロノ。もしも君が僕を倒さないうちに王国のティアンに手を出すようなら、君のアバターを停止するようにアリスに話を取りつけてある」

「……何？」

「つまりこういうことさ」

頭上のネコが飛び降りてトムへと変じ、それが増殖《ぞうしょく》して……八人になった。

八人は、クロノを取り囲んでいる。

「ここを通りたければ……僕を倒してからにしなよ。【兎神】クロノ・クラウン」

あえて仮初《かりそめ》のジョブを含めた名で呼んで、八人のトムがクロノに武器を向ける。

クロノはトム達《たち》を睨みつけて、「ハッ」と短く息を吐いて笑った。

「僕に勝てたことが……一度でもあったかい？【猫神】トム・キャット!!」

そして一瞬の後に、戦いは始まった。

管理AI同士の……主を亡くした悲しみを知る〈エンブリオ〉同士の戦いが。

◇◆

ＴＹＰＥ：インフィニット・レギオン、【無限増殖　グリマルキン】。

第八形態……〈無限エンブリオ〉に到達した〈エンブリオ〉の一体であり、その特性は増殖分身。トム・キャットとして第六形態相当に出力を落とした現状であっても、八体の分身を独立して動かし、欠ける度に増殖して補うことが出来る。

トムを倒しきるには、広範囲《こうはんい》の大規模攻撃《こうげき》で全ての分身を一度に撃滅《げきめつ》するか、増殖よりも速いスピードで削りきるしかない。

だが、それは至難。彼が壁《かべ》となっていた王国の決闘《けっとう》ランキングにおいて、成しえたのがただの二人だけであった事実が物語っている。

しかし――クロノ・クラウンには増殖を上回る撃破《げきは》が可能だった。

「ッ！」

クロノの姿が消えた次の瞬間《しゅんかん》、八人のトム全員の頭部の傍《そば》に――爆弾《ばくだん》が浮いていた。

トム達は咄嗟《とっさ》に飛び退《の》く。だが、ほんの僅かな時間差で爆発した爆弾のうち、前の四発に該当《がいとう》する四人のトムが頭蓋《ずがい》を吹《ふ》き飛ばされた。

死んだ分身は、ネコに姿を変えて消えていく。

(危ない、な……！)

八人の意識がリンクし、一人目の前に爆弾が置かれた時点で他の七人が反応できていなければ、全員爆死《ばくし》していただろう。

(……やっぱり、相性《あいしょう》は悪いか！)

〈エンブリオ〉には、どこまでいっても相性差がつきまとう。

それは〈無限エンブリオ〉でも同じ。

出力が同じならば、能力の方向性が有利と不利を明確にする。

己《おのれ》の増殖速度よりも相手の撃破速度の方が速いことは、かつてグリマルキンが無限になった後の訓練の結果でトムにも分かりきっていた。

トムは即座《そくざ》に《猫八色《グリマルキン》》による分身を行って数を補充《ほじゅう》するが……、更《さら》なる爆弾の追撃《ついげき》でまたも四人のトムが消し飛ぶ。

ほんの一手でも対応が遅《おく》れれば、そのまま人数を減らされて押《お》し切《き》られるだろう。

(……爆弾か。思ったよりも彼の能力と食い合わせがいいね)

まるで時間でも止められたかのように、一斉《いっせい》に配された爆弾。

それを成しえたのは、言うまでもなくクロノの〈エンブリオ〉としての能力。

彼の本体の名は【無限時間　クロノス・カイロス・アイオーン】。

対象の時間……が経過する速度をコントロールする〈エンブリオ〉である。

クロノが手にした『χρόνος《クロノス》』と『καιρός《カイロス》』は本体の子機であり、〈無限エンブリオ〉としてTYPE：インフィニット・ワールドに至る前はTYPE：ワールド・ルール・カリキュレーターという三重複合型だったことの名残《なごり》。

右手の『χρόνος』は通常の時計の二倍速で、左手の『καιρός』は一〇倍速で針が文字盤《もじばん》を回っている。

両手の懐中時計の有り様は、そのまま能力を物語っている。

『χρόνος』は《世界時間加速《全体AGIバフ》》で周囲一帯の選択《せんたく》した対象を……自身と起爆《きばく》する爆弾、そして触《ふ》れる空気の時間経過を二倍速に。

『καιρός』は《主観時間加速《単体AGIバフ》》で自身を一〇倍速にしている。

つまり、二つのスキルを併用《へいよう》したクロノのAGIは通常の二〇倍。

速度に特化したアバターの元のAGIが一三〇〇〇前後であることを踏《ふ》まえれば、二六万という破格の速度で自在に動き続けられる。

トムも超音速《ちょうおんそく》機動を可能とするＡＧＩ型ではあるが、速度が違いすぎて視界に捉《とら》えることすら容易ではない。

（向こうはまだ通常稼動。必殺スキルによる最高速度を出していない……）

加えて、トムの知るとおりならば、必殺スキルを使用すれば左右の時計それぞれがさらに倍速を叩《たた》き出す。そのＡＧＩは……一〇〇万オーバーに届く。

（……それでも欠点はある）

トムにとっては同じ〈無限エンブリオ〉として何千年と付き合いがある相手。

アバターとしての戦いは初めてでも、特徴《とくちょう》と弱点はすぐに理解できていた。

ましてやトムは、管理ＡＩの中で最も長くアバターでの活動を行っていたのだから。己の経験と、自分が知る相手の能力を摺《す》り合《あ》わせて予測することは難しくない。

（小さい欠点は、懐中時計で両手が塞《ふさ》がっていること）

スキルを行使するための懐中時計《子機》を持っているがために、両手が使えない。

だからこそ、クロノは足を……金属製のブレードブーツを武器にしている。

しかし、手の方も指の間に爆弾や【ジェム】を挟《はさ》む程度には使えているため、これはさほど欠点とは言えない。

だが、より大きな欠点は別にある。

（……そして、アバターの体ではその速度を活《い》かしきれないみたいだね）

速度だけで言えばトムとクロノの差は二〇倍以上。八体の分身を悉《ことごと》く倒《たお》されていても不思議ではないはずのトムが、未《いま》だ分身を削りきられていないことには理由がある。

（さっきから爆弾しか使ってこない。やっぱり、直接攻撃は減速の必要があるみたいだ）

最高速度を発揮するクロノに欠点があるとすれば、その一点。どれほど速かろうと、その速度を攻撃に活かすのは今やっているような爆弾の設置が関の山だ。

なぜならば……。

（AGIに特化したそのアバターの耐久力《たいきゅうりょく》では、音速の数十倍なんてスピードで相手にぶつかったら無事ではいられない）

速くぶつかればそれだけ衝撃《しょうげき》は大きいという、至極《しごく》当然の物理法則によるもの。

これがSTRによって攻撃力《こうげきりょく》を発揮するならば、自分の攻撃の反動にも肉体は耐《た》えられるだろう。高速でぶつかるにしても、ある程度見合った耐久力……AGIの十分の一程度でもENDがあれば耐えられるだろう。

だが、クロノの戦闘《せんとう》速度は、彼《かれ》の耐久力に比して速すぎる。二六万オーバーという破格のAGIを叩き出しながら、AGIに特化したアバターのENDはギリギリで四桁《けた》程度。

だからこそ、直接攻撃の際は加速状態で相手の死角にまで接近した後、相手と話せるほど、に、減、速、し、て、か、ら、ブレードで斬《き》りつける。

そうでなければ、相手を蹴《け》りつけるクロノの足にも重大なダメージが生じてしまうから。

加速状態のクロノは爆弾を放《ほう》り投《な》げる間接的な攻撃に終始しているのもそれが理由だ。

同様にＡＧＩのみが跳《は》ね上がる戦闘スタイルをとる〝王国最速〟のカシミヤの場合は、自身のＡＧＩと同値だけ相手のＥＮＤを差し引く《剣速徹《けんそく》し》を使用し、『ぶつかる反動や抵抗《ていこう》が存在しない』状態にしてから相手の首を切断している。

そんなジョブスキルは持ち合わせていない、管理ＡＩのアバターであるがゆえに持、ち、合、わ、せ、る、こ、と、が、出、来、な、い、クロノにその戦術は使えず、攻撃は減速後か間接的かに絞《しぼ》られてしまう。

それが、【無限時間　クロノス・カイロス・アイオーン】にとって最大の欠点だった。

（もっとも、その欠点は今だけのものだけど）

これは第六形態までに出力制限されている現状だからこそ存在する欠点。

仮に【無限時間】が第七形態以上の出力を発揮するならば、この弱点は雲散霧消《うんさんむしょう》する。

（彼のメインウェポンである《時壊剣》は、今の出力では使えない。……ベースの火力が低い今ならば押し切れるか……あるいは耐え切れると思ったけれど）

しかし、メインウェポンが使えない現状でも、クロノはトムを圧倒《あっとう》している。今のトムは爆破《ばくは》されながらも回避《かいひ》し、逃走《とうそう》し、何とか分身の数を維持している状態……防戦一方だ。

アバターとしての経験の差はトムが圧倒的に上だが、クロノには自身の能力をアイテムで補強する戦法がある。

爆弾と【ジェム】の使用がそうであるし、空中で跳ねているのもアイテムの効果だ。

(……恐《おそ》らくは、《空中跳躍《ちょうやく》》の類のアクセサリー。加えて、着地の反動を軽減する何らかの装備スキルも身につけているね)

クロノは本来、己の肉体すら持っていなかったからこそ、この〈Infinite Dendrogram〉を旅した短期間で新たな力を身につけている。

(戦い方は僕より上手《うま》いかも。……ていうか、僕は基本的に増殖分身のゴリ押ししかできないからなー。『いくらでも湧《わ》いて出るな。無尽蔵《むじんぞう》か。しかし恐ろしくはない。むしろ詰《つ》まらん。飽《あ》きる。もっと変化を出せ』とか、【覇王《ロクフェル》】にも散々言われたっけ)

三強時代……【猫神】シュレディンガー・キャットとして活動していた当時は〈超級エンブリオ《スペリオル》〉に相当する出力であったので、分身の最大数は八〇〇だった。

……それでも【覇王】によって一度全滅《ぜんめつ》させられた上、駄目出《だめだ》しまでされている。

もっとも相手の方がティアンとして規格外に過ぎたのだが。

(……演算能力の方向性の問題でもあるかな)

先刻から戦況分析《せんきょうぶんせき》だけでなく過去の回想等をしながらも、防戦に回るトムの動きには一切《いっさい》の乱れがない。並列思考と並列作業を得手とするがゆえに、思考しながら八人分の体を動かすことなど造作もないのである。

（結局、僕は量に特化したタイプだから、戦闘技術《せんとう》の質を高められない）

仮に分身の一人一人が、彼がこの〈Infinite Dendrogram〉で見てきた人智《じんち》の外にある達人達の域に達していれば、クロノが音速の数十倍で動こうと対応はできただろう。

だが、現状でそれができていないのなら、別の手段をとるしかない。

「トム・キャット！　僕を止めるというのは、その防戦一方の時間稼《かせ》ぎのことかッ！」

「さーてね。案外、こうしている今も罠《わな》を仕掛《しか》けている真っ最中かもしれな……」

一瞬《いっしゅん》だけ減速したクロノの声に応えると、トムの背後で《クリムゾン・スフィア》の【ジェム】が起爆して分身を灰へと変える。

連鎖《れんさ》するように、さらにトムが爆散していく。

（……使い捨てのアイテムをよくもこれだけ。買い集めて回ったのか、生産者に伝手《つて》でも作ったのか。この数年でそこまでできているのは、流石《さすが》だよ）

勝負はトムの分身が尽《つ》きるのが先か、クロノのアイテムが尽きるのが先かという様相を呈し始める。

だが、トム自身にはそんな根競《こんくら》べをするつもりはない。

(だけどクロノ。君が使ってるのは、今のティアンが作った生産アイテムだ)

トムは知っている。

戦争の道具に関してはかつて大陸全土で戦乱が巻き起こった時代、……チェシャがシュレディンガー・キャットとして活動していたあの時代の方が遥《はる》かに恐ろしい、と。

しかし、それはクロノが決して知らない時代の産物。加速のためにその全能力を使い、意識すらなかったクロノでは……知ることすらできない兵器の数々。

今はもう残っていない、悪夢の数々。

「…………なんて、ね」

トムは微《かす》かに自嘲《じちょう》する。そうした道具を……後のバランスを崩《くず》しかねないものを潰して回ったのは自分達だったな、と。

(それを今から使おうというのだから……僕も面の皮が厚いね)

だが、そうでなければ暴走するクロノを止めることなどできはしない。

「久しぶりだよ、これを着るのは」

トムの一人が絹の如き質感の透明《とうめい》な外套《がいとう》をアイテムボックスから取り出し、身に纏《まと》う。

瞬間――そのトムの姿が掻《か》き消《き》えて、気配さえも消滅《しょうめつ》する。

それはトムが有する装備の中でも彼の戦術にとって最も重要なものであり、【ノーバディ・ウィスパー】という名の魔法《まほう》装備である。

彼がかつて三強時代にシュレディンガー・キャットとして活動していた頃。【覇王】達に対抗《たいこう》するため、とある超級職の元に素材を持ち込んで作製を依頼《いらい》したもの。

高レベル相当の《気配遮断《しゃだん》》によって装備したものの気配を消し、《光学迷彩《めいさい》》で姿をも隠す装備である。

隠れるだけの装備とも言えるが、トムが使えば分身を常に一体は隠したまま増殖分身を繰《く》り返《かえ》すことが出来る。三強時代のシュレディンガー・キャットを支えた装備である。

しかし普段ならば、彼がこれを使うことはない。

決闘で使うにはあまりにも強力であるし、そもそもシュレディンガー・キャットの名と共にその逸話《いつわ》が語られており、使うことそのものに問題があるからだ（付け加えれば、視覚でも気配でもない探知能力を有していたであろうカルチェラタンの煌玉兵《こうぎょくへい》に対しては、無意味なので使用しなかった）。

だが、相手が事情を知る同僚ならば話は別だ。

（そして……こちらは死蔵しておくつもりだったけれど、君を止めるためなら仕方ない）

隠れた一人を除く七人の分身が懐《ふところ》のアイテムボックスに手を入れる。

トムのアイテムボックスは、全《すべ》ての分身が持っているものの中身は共通。

ゆえに、【ノーバディ・ウィスパー】のように他の分身が取り出したものを取り出すことは出来ないが……彼らが取り出そうとしたものは人数分ある。

七人のトムが取り出したのは——首輪。

露骨《ろこつ》なまでの瘴気を放ち、呪《のろ》われていることを隠しもしない呪具。

七人のトムは躊躇《ためら》わず——装着前に三人が爆死しながら——それを首に嵌《は》める。

直後、首輪を嵌めた四人のトムも、クロノの爆弾によって死に至り——。

【《無理心中《マーダー・スーサイド》》——起動】

首輪が、歪んだ音を立てた。

◇
◆

かつて、王国の位置する西方中央部は乱世の中にあった。

小国群による度重《たびかさ》なる戦争。

その渦中《かちゅう》で生まれた【覇王】という規格外の強者による巨大《きょだい》国家の誕生。

そこから始まった【覇王】、【龍帝】、【猫神】による三強時代。

三強時代が【覇王】封印《ふういん》と【龍帝】の死、【猫神】の失踪《しっそう》で幕を閉じた後の、戦乱。

後に【聖剣王《キング・オブ・セイクリッド》】……初代アズライトがアルター王国を建国するまで、この地から戦乱が消えることはなかった。

そして戦乱の中では多くの兵器が生まれ、多くの戦術が編み出された。

【死兵】を用いた特攻《とっこう》戦術もその一つ。爆弾を抱《かか》えた【死兵《デス・ソルジャー》】奴隷《どれい》を敵陣《てきじん》に突っ込ませ、守りを強行突破《とっぱ》する戦術。

しかしこの戦術には幾《いく》つもの欠点があった。

HPがゼロになった後も動ける《ラスト・コマンド》であるが、それも手足が残っていればの話だ。戦場で死ぬほどのダメージを受ければ、動けなくなるほどの欠損を受けることはいくらでもある。

抱えていた爆弾に引火してバラバラになった……などという笑えない笑い話もある。

特攻戦術を使用する国も、流石に「これはまずい」と考えた。

奴隷を死なせることに倫理《りんり》的《てき》な呵責《かしゃく》はなくとも、資源的な損失は感じていたのだから。

より効率的に、【死兵】の死を無駄《むだ》なく利用して敵を殺さなければならないと考えた。

『人の死を無駄にしてはいけない』などと、いっそ性質《たち》の悪いジョークのような話だったが、当時の士官達は大真面目《おおまじめ》だった。

そんな彼らに解決方法を提示したのは、一人の錬金術師《れんきんじゅつし》だった。

彼は超級職ではなく、ただの【高位錬金術師《ハイ・アルケミスト》】だった。

超越的《ちょうえつてき》なスキルを持っていた訳ではなく、先々期文明の名工フラグマンのように人智を超《こ》えた大天才だった訳でもない。

サブジョブとして【大死霊《リッチ》】を持っていたことだけが彼の特徴だろう。

しかしそのビルドゆえか、……あるいはそんなビルドにするような人格ゆえか、彼は怨《おん》念《ねん》の取《と》り扱《あつか》いが上手かった。

怨念……呪いを含《ふく》んだアイテムを作ることにかけては、当時の錬金術師の中でも最上位であったが……評価はされない。

彼が作るものが、装備したものに【出血】と【呪縛《じゅばく》】と【衰弱《すいじゃく》】を強《し》いる【CBRアーマー】など、通常用途《ようと》の使用に耐えないものが多かったからだ。

使用者を苦しませることにのみ特化したアイテム作成者。拷問《ごうもん》器具の受注を主な仕事としていた彼だが、あるとき己の運命を劇的に変える発明をした。

それは【石と金は等価《ストーン・イコール・ゴールド》】という、首輪の形をしたアイテムだった。

錬金術師らしいと言うべきか、らしからぬと言うべきか。それは個々人の判断に委《ゆだ》ねる名称《めいしょう》のアイテムであったが、機能としては単純だ。

装着者の絶命と同時に、最も身近にいる生物に呪いを飛ばす。それだけのもの。

しかし死と引《ひ》き換《か》えの呪い――《無理心中》は凄《すさ》まじく、格上の相手であろうと絶命か……さもなければ重篤《じゅうとく》な後遺症《こういしょう》を齎《もたら》す。

石ころの如き奴隷の命で、金塊《きんかい》の如き敵の猛者《もさ》の命を取ることも可能。【死兵】の無駄死《むだじ》にもなくなる。

最も身近な相手を呪うのならば、【死兵】の間で呪殺が連鎖するのではないかという危惧《きぐ》もあったが、それは錬金術師が《無理心中》の対象外となるアクセサリーも開発したことで問題ではなくなった。

特攻戦術を用いる士官達は、これで完璧《かんぺき》だと錬金術師を褒《ほ》め称《たた》え、早速《さっそく》実戦に投入しようと量産を決定した。

しかし、【石と金は等価】が実戦に使われることはなかった。量産を決定した日の夜に、開発者である錬金術師と士官達が全員、何者かに殺されたからだ。

加えて、幾つかは完成していた試作品と、開発のための資料も消え失《う》せていた。詳細《しょうさい》を知る者がいなくなって資料もなくなったため、この発明は歴史の闇《やみ》に消えていった。

一体誰《だれ》が関係者を殺し、完成品を持ち去ったのかも含めて……。


なお、これは関係のない余談であるが、件《くだん》の錬金術師……人馬種の錬金術師は怨念の取り扱いに関しても資料を残していた。そちらは首輪の開発とは無関係な場所に保管されており、後年に彼の子孫が見つけることになる。

その子孫は資料を元に死霊術師の道を進み、オリジナルの死霊魔法《しりょうまほう》を開発していくのだが……それはまた別の話である。

◇◆◇

クロノの爆弾によって四人のトムが絶命した直後、彼らが装備していた首輪――【石と金は等価】が起動。放たれた四つの呪いが、最も身近な生者であるクロノへと向かう。

「……！」

クロノは爆弾を呪いの塊《かたまり》へと投じるが、呪いが爆発で影響《えいきょう》を受ける様子はない。

クロノは即座に、それが自身を追尾《ついび》し続ける呪いの類《たぐい》であると理解した。

同時に、爆発等のエネルギーや物理攻撃には反応を示さないものである、とも。

クロノの速度と比すれば、浮遊《ふゆう》してくる呪いはあまりに遅《おそ》く、逃《に》げ切ることは容易《たやす》い。

(だったら……！)

ぶつかる寸前にどこかの誰かを盾《たて》にして、擦《なす》り付《つ》けてしまえばそれで無力化できる。

「……ッ!?」

だが、それはできない。

——もしも君が僕を倒さないうちに王国のティアンに手を出すようなら
——君のアバターを停止するようにアリスに話を取りつけてある

「……あいつ!!」

クロノは理解する。トムのあの発言が自分を倒せと言うだけのものではなく、この呪いからの逃走を封《ふう》じるためのものだった、と。

もしも仮にティアンに出くわして呪いを擦りつけようとすれば、その時点でクロノの動きは停止して呪いの餌食《えじき》になる。

〈マスター〉ならば……とも思ったがこの付近にいるのは護衛の〈マスター〉ばかり。

自然、近くには護衛対象のティアンがいる。

ならばモンスターでも……と考えたが、気配がない。

（逃げた……いや、違《ちが》う！）

元より然程《さほど》強いモンスターが多い地域ではなく、弱いモンスターは先刻からの爆音《ばくおん》で逃げているのだろうと考えて、否定した。

空気には、僅《わず》かに樹木のそれとは違う匂《にお》いが混ざっている。恐らくは何らかのアイテムが撒布《さんぷ》され、モンスターを除《よ》けていたのだろうとクロノは察した。

この場所に呼び出したのはトム自身であり……即《すなわ》ちこの仕掛けが彼の手によるものであることの証左でもある。

昼前に議場についたときではなく、昨晩……レイ達がアルティミアと相談をしているうちに単身で国境地帯まで訪れ、この森林に仕掛けを施《ほどこ》していたのだ。

分身を使えるトムならば王国の護衛から気づかれずに抜《ぬ》け出ることも、手分けして準備をすることも容易だ。

全ては今日、ここにクロノを呼び出し、この状況に追い込むために。

（最初から、狙《ねら》っていたのか……！）

まるでそれが経験の差とでも言うように、トムはクロノを罠に嵌めていた。

そして、罠はそれだけではない。

逃走するクロノの周囲。設置された爆薬《ばくやく》で地面や樹木が弾《はじ》け、空中に撒《ま》き散《ち》らされる。

それを回避するためにクロノは軌道《きどう》の変更《へんこう》と、減速を余儀《よぎ》なくされる。

「ッ!!」

小さな石や木片《もくへん》。普通《ふつう》ならば何ということのないもの。

しかし、音速の二六倍で動くクロノにとっては……体を貫通《かんつう》する脅威《きょうい》になりえる。

ゆえにクロノはぶつからぬように軌道を変えるか、ぶつかっても耐えられる程度に速度を落とさねばならなかった。

だが、速度を落とす度に呪いの塊は距離《きょり》を詰める。

その距離は次第《しだい》に近づき、

「…………！」

——彼我《ひが》の距離はゼロとなった。

呪いの炸裂《さくれつ》を示す黒い輝《かがや》きが迸《ほとばし》る。

呪いは四度輝《かがや》き、その効力を発揮した後に雲散霧消。

直後に……クロノは地面へと倒れた。


「…………」


倒れるクロノを見て、隠《かく》れていた最後のトムが姿を隠したままクロノへと近づいていく。

そのトムは【ノーバディ・ウィスパー】と共に、かつて【石は金と等価】と共に回収していた呪い避《よ》けのアクセサリーを身につけていた。

呪いの対象をクロノから逸《そ》らさないために分身も使えなかったが、結果は成功。

（呪いは、確実にクロノに着弾《ちゃくだん》した）

クロノが制止し、地面に倒れこんでいるのがその証左。

四発もの呪いは致命《ちめい》だったのか、その体からは光の塵《ちり》が立ち上りはじめる。

（強引《ごういん》な手段ではあったけれど、これでクロノの暴走を止められたのなら……？）

だが、トムは不意に違和感《いわかん》に気がつく。

光の塵が立ち上っているが、クロノ自身の死体が中々消えない。

管理ＡＩのアバターといえど、消滅とリソース回収は〈マスター〉のそれと変わらないはずであるのに。

「――そこか、トム・キャット」

直後、倒れていたはずのクロノの姿が掻き消えて――姿を消していたトムの周囲に無数の爆弾と【ジェム】が浮遊する。

「クッ⁉」

咄嗟に退避《たいひ》しながら、トムは自身の失敗を悟《さと》った。

クロノの退路を塞ぐために設置しておいた爆弾で作った小石や木っ端《こっぱ》の壁。

地面に落ちたそれらが、姿の見えないトムの接近を報《しら》せるものとなっていたことに気がついたのである。

無数の爆弾は姿を隠したままのトムの位置を正確に捉えていたわけではない。

大まかな位置だけを頼《たよ》りに、アイテムを連続で投じてその周辺を爆破せんとしたもの。

（けど、呪いは直撃《ちょくげき》したはず……！　どうして無事に……？）

回避行動をとり、分身を生じさせながらトムはその疑問について考えた。

だが、答えが出る前に爆弾が一斉に起爆し……分身の全てが爆散する。

「……ッ‼」

トムの内の一体だけはその連続爆発《ばくはつ》の中でも生存する。

だが、そのトムも無事ではない。絶命を避けるために両手足を犠牲《ぎせい》にして防御《ぼうぎょ》したため、もはや自力で動くのも難しい状態にまで追い込まれている。

そんな状態のトムの眼前に、減速したクロノが立っていた。

「お前が僕《ぼく》を知っているように、僕もお前を知っているよ。お前の増殖分身は、存命中の分身の中で最も健常な状態の分身をベースに行われるから。……一体しかいないお前が両手足に傷を負っていれば、これから出てくる分身も同じだ」

分身はまだ出せるが、その分身も今のトム同様に両手足が使用不能なほどのダメージを負っているため、戦闘行為《せんとうこうい》は不可能に近い。

改めて残りの【石と金は等価】を身につけることすら難しいだろう。

「……一体どうやって、あの呪いを回避してみせたんだい？」

確実に呪いはクロノに当たっていたはずだ。あれを無力化するような……それも四発も耐える装備は、それに特化した特典武具でもなければ難しい。

その上、ジュリエットの遺《のこ》した呪いによってクロノは装備を変更できない。

決して防げないはずであり、それゆえの問いだったが……クロノの答えは先刻まで自分が倒れていたところに視線を移すだけだった。

しかし、それが全ての答えでもあった。

クロノの倒れていた場所には……光の塵を立ち上らせながら消えていくものがあった。

それは……。

「鳥の……死骸《しがい》？」

四羽《わ》の小鳥に似たモンスターの死骸が、地面に落ちていた。

恐らく先刻は倒れたクロノ自身の体の下に置かれていたためにトムが気づけず、クロノ自身のアバターの消滅と誤認《ごにん》させられる要因となったもの。

《無理心中》は最も近距離《きんきより》の生物に呪いを飛ばす装備スキル。

それゆえに、人間範疇《はんちゅう》生物でなくとも自身より手前に配すれば盾に使える。

だが、そもそもそれを防ぐために、野生のモンスターは予《あらかじ》めトムが除いていたはずだ。

ならばあの小鳥のモンスターは……どこから現れたのか。

「マスターは本物の空に憧《あこが》れていた。……空を飛ぶ鳥の歌も、好きだった」

トムの疑問に答えたのは、クロノ自身の言葉だった。

それは、過去を思い出す声音《こわね》。

末期の瞬間。【無限幻想《げんそう》】の見せた偽物《にせもの》の自然の中で、空を見つめ、小鳥の歌を聴《き》いていた己の〈マスター〉をクロノは思い出す。

「それに倣《なら》って、僕も小鳥を何羽《なんわ》か……【ジュエル】に入れて飼っていただけだ」

「……！」

元より、クロノ自身がモンスターを飼っていた。

それを着弾の寸前に【ジュエル】から解き放ち、呪いの対象を自分から逸らした。

皮肉なことだ。もしも【ジュエル】から出したのが戦闘用のモンスターであれば、トムもすぐに異常に気づけただろう。

小さく無力な小鳥だからこそ、呪いが外れたことにも、クロノがその死骸の消滅を自身のものと誤認させていることにも気づけなかった。

「……悪いことをしたと言うべきかな」

「いいさ、仕舞《しま》っているだけだったからね。……正直に言えば、僕には小鳥の鳴き声の良《よ》し悪《あ》しなんて、分からなかったから」

「………………」

クロノの声は、『〈マスター〉の好むものを理解できなかった』という悔《くや》しさのようなものが隠しきれていなかった。

だが、クロノはその感情を切り替《か》え、冷たい視線でトムを見下ろす。

「……これで終わりだ。トム・キャット。何も出来ない分身を出して時間を稼ぐならそうすればいい。またばら撒いて、出てくる全てを燃やしてやる。君に随分《ずいぶん》と削《けず》られたけれど、まだそのくらいには残ってる」

そう言って、クロノは両手をポケットから出す。

懐中《かいちゅう》時計を握《にぎ》った両手の指の間に、幾つもの【ジェム】を挟みながら、トムを見下ろす。

「…………」

「さよなら、【猫神】トム・キャット」

そう言って、クロノは【ジェム】を倒れたトムの上に撒いた。

第九話

バトル・オブ・ヴォーパルバニー

□■王都アルテア・市街地

アルター王国の王都は混乱の只中《ただなか》にあった。

突如《とつじょ》として、街の中に現れて人々を襲《おそ》い始めた異形の軍団。

蜂《はち》に似た人型の怪物《かいぶつ》。〈超級エンブリオ〉である【真像改竄《かいざん》　イデア】によって改造された上級職素体イデア――【アピス《蜂》・イデア】。その総数は、五〇〇体を優に超《こ》える。

『BUBUBU……』

「きゃあああ……!?」

黄色と黒の危険信号に彩《いろど》られた改人達《たち》は街中に散りながら、目についたティアンに襲い掛《か》かり、槍《やり》と見紛《みまが》う体器官で貫《つらぬ》き、殺傷していく。

「クソッ！　これ以上やらせるか！」

王都の衛兵が剣を抜き、【アピス・イデア】に斬りつけるも……体を覆《おお》う頑強《がんきょう》な殻《から》には僅かな傷しかつかない。

そうした衛兵の抵抗を容易く薙《な》ぎ払《はら》い、【アピス・イデア】は殺傷を繰り返していく。

放たれた【アピス・イデア】は量産型の改人であるが、そのステータスは亜竜《ありゅう》クラスを上回り、Cランク補正――ティアンの二倍程度のステータス補正――を得た五〇〇レベルの〈マスター〉に匹敵《ひってき》する。王都の衛兵に太刀《たち》打《う》ちできるものではなく、王都に滞在《たいざい》していた〈マスター〉でも苦戦を強いられるほどだった。

しかしその中で、僅かながら抗戦《こうせん》できている者達もいた。

『BUBUBU……BU？』

犠《ぎ》牲者《せいしゃ》を求めて王都の大路を進む三体の【アピス・イデア】の中心に、鳥の鳴き声のような音を上げながら一本の矢……鏑矢《かぶらや》が落下する。

「合わせ……斉射《せいしゃ》ァ！」

直後、鏑矢の軌道に沿うように数千の矢が【アピス・イデア】達に降り注ぐ。

それは《五月雨矢羽《さみだれ》》と呼ばれる、天地の上級職【強弓武者《ヘヴィ・ボウ・サムライ》】のスキル。

一射で一〇〇の矢を放つそのスキルを三〇人で放ち、三〇〇〇の矢として重ね合わせる。

自分達の一〇〇〇倍の数の矢に穿《うが》たれ、身を覆う殻も貫かれ、三体の【アピス・イデア】は絶命する。

直後、【アピス・イデア】は内部から膨張《ぼうちょう》し、大爆発《だいばくはつ》を起こした。

「やはり、こいつらは死ぬと爆発するようだな」

「……見た目だけでなくそんなところまで昔の特撮《とくさつ》っぽいですね」

爆発する【アピス・イデア】を見ながら、二人の女性がそんな言葉を交《か》わした。

彼女達《かのじょたち》は王国の第三位クランにしてPKクランである〈K&R〉に所属する者。

その中でも多数による射撃《しゃげき》を担当する集団戦術グループのリーダーとその補佐《ほさ》だった。

〈K&R〉の集団戦術グループはレベル上げ途中《とちゅう》の未熟な者が多いが、指揮する彼女達はベテランだ。それこそ、未だ〈K&R〉が〈K&R〉でなく、狼桜《ローザ》の率いるPKクランとして天地で暴れまわっていた頃《ころ》からの猛者である。

「部隊戦術グループも苦労してるっぽいです。何人か道連れでやられたっぽいです」

「ならば私達はこれからも距離をとりつつ、確実に仕留めていく。それで、うち以外に対抗できてるところは？」

ゼタの放った改人による王都テロに際し、王都に本拠地《ほんきょち》を置くクランである〈K&R〉はログイン中だったメンバーで即座《そくざ》に対応を行っていた。

メンバーのほぼ全てが戦闘ビルドである〈K&R〉は、この状況《じょうきょう》において一大戦力として【アピス・イデア】に抗《あらが》っていた。

「ティアンは戦力差がひどいっぽいです。おまけに王城でも騒《さわ》ぎがあったみたいで、騎士《きし》団《だん》はそっちに集中してるっぽいです」

リーダーが城へと視線を向けると、城からは黒々とした煙《けむり》が立ち上っている。

明らかに攻《せ》められていた。

「部隊戦術グループが一隊だけ王城にも向かったそうですけど、何か『炎《ほのお》の怪物にでくわした』って報告の後に連《れん》絡《らく》が途《と》絶《だ》えました。フレンドのリスト見てもログアウト中なんでやられたっぽいです。どうします?」

「……どの道、私達の戦術は屋内じゃ使えない。そっちは他の〈マスター〉に任せよう。それで、他のクランは?」

「〈月世《げっせい》の会〉は熟練の戦闘メンバーのほとんどが例の護衛に回ってるっぽいです。残りの人員じゃあの蜂人間の相手は無理っぽいです」

「あの事件でうちを壊滅《かいめつ》させた〈月世の会〉が……か」

「あそこの集団戦闘は教祖のデバフが前提っぽいですからね。うちだってあれがなければ、きっと五分に近い戦いは出来たんじゃないかなーって思いたいです」

「……次、〈月世の会〉以外の……例の〈デス・ピリオド〉は護衛だろうから、〈AETL連合〉などは?」

「集団で対抗できてるクランは少ないっぽいです。〈ＡＥＴＬ連合〉も人数が減ってる上に、他の都市に散ってたみたいで……。〈編纂部《へんさん》〉と〈アライアンス〉も同じく」

「肝心《かんじん》な時に……他には？」

他の巨大クランの現状を思い、リーダーは顔をしかめた。

「〈バビロニア戦闘団〉も動いてるっぽいです。決闘《けっとう》六位の仮面さんと、舎弟《しゃてい》のヒポクリフ乗りが蜂人間相手に戦ってるのを集合前に見ました」

「彼らは数こそ少ないが、個々人の戦力は天地のカンストと同格だ。頼りに出来る」

「…………あー、それは強いですね」

「思い出したか」

「……はい。天地の戦場っておっかなかったですね」

「王国に来て少し鈍《にぶ》っていたからな。戦争前だ、蜂人間を相手に勘《かん》を取り戻《もど》すとしよう」

「はい。……それにしても、タイミング悪かったっぽいですね」

「オーナーのことか？」

「はい」

補佐の言葉に、リーダーは肩《かた》をすくめて苦笑《くしょう》する。

「オーナーに頑張《がんば》りを見て欲《ほ》しかった、というところか？」

「それもあるんですけど、やっぱりオーナーと姐《あね》さんがいるかどうかで、グループのテンションの上がり具合が全然違うっぽいです」

「まぁ、これまでの狩《か》りは二人のどちらかが私達を率いていたからな。二人共いない状態で集団戦をやるケースはなかった。しかし、タイミング次第でこういうこともあるさ。二人がいなくても……私達だけでもやれるか試《ため》されているのが、今だ」

リーダーは「それに……」と言葉を続け、

「あちらもきっと……死合の真っ最中だろう」

その視線を遥か西方……国境地帯の方角へと向けた。

◇◆◇

□■国境地帯・森林部

クロノがトムへと【ジェム】をばら撒き、その点火によってアバターを焼却《しょうきゃく》する寸前。

一、一台の車が、二人へと突撃《とつげき》してきた。

「何ッ!?」

クロノはその車の接近に気づけなかった。

その車には地を駆《か》ける音も、木々にぶつかる音も、空気との擦過《さっか》音すらもなかったのだ。

まるで幽霊《ゆうれい》の如くおぼろげに、その車は全てをすり抜けて一直線に突っ走《つっぱし》ってきた。

その車に、クロノは見覚えがあった。

(この〈エンブリオ〉は、あの時の……)

それは一昨晩、〈K&R〉のサブオーナーである狼桜を襲撃《しゅうげき》した際に現場から取り逃《のが》した車型の〈エンブリオ〉……トミカのオボログルマだった。

あの時のように必殺スキルを発動させた状態で、オボログルマはクロノと倒《たお》れたトム目《め》掛《が》けて一直線に進んでいる。

クロノは咄嗟《とっさ》に飛《と》び退《の》き、トムはオボログルマが通り過ぎる際に助手席のドアから何者かに車内へと引きずり込まれた。

直後、オボログルマのすぐ後方で【ジェム】が点火し、《クリムゾン・スフィア》がオボログルマのリアを炙《あぶ》った。

「ひぃ⁉　ちょっと熱い⁉　もしかしてオボログルマって熱とかすり抜けられないの⁉」

「トミカさん、自分の〈エンブリオ〉の性能は把握《はあく》しておいた方がいいですよ？」

涙目《なみだめ》で悲鳴を上げるトミカに、助手席に座《すわ》った人物は穏《おだ》やかにそう言った。

後部座席に引きずり込まれたトムは、その人物を見て驚《おどろ》いたように声を上げる。

「君は……」

「トムさん。端的《たんてき》に二点だけ教えてほしいのです」

その人物は、指を二本立ててそう言った。

「彼《かれ》とあなたの関係。彼が一連のランカー襲撃犯で合っているかどうか。その二点です」

トムはその質問に少し考えて、答えを口にした。

「……僕がデスペナになると、彼が王女を誘拐《ゆうかい》する関係。それと、襲撃犯で合ってるよ」

「分かりやすい説明、感謝します」

理由を省いたトムの答えにも納得《なっとく》して頷《うなず》きながら、彼は助手席のドアに手をかける。

「それではトミカさん。このままトムさんを乗せて逃げてください。僕は降ります」

「え、あ、あの……⁉」

「トムさん。お相手、貰《もら》ってもいいですか？」

「……ああ。どの道、僕にはもう打つ手がない」

相性差《あいしょう》があるクロノに勝つため、十全な準備を重ねたはずだった。

それでも討《う》ち取れず両手足まで損《そこ》なった今、トムにはもう勝算がない。

それゆえ、彼に希望を託《たく》した。

自分の力で止めてやりたかった同僚《どうりょう》の暴走を、他者に委ねることに抵抗《ていこう》もある。

だが、同時に確信もしていた。

加速の極《きわ》みに達し、他者とは異なる時間世界を生きるクロノ。

その領域に足を踏《ふ》み入《い》れ、打倒《だとう》しえる存在は……王国には彼以外にいないのだと。

「僕はここまで。……あとは君にバトンタッチさせてもらうよ」

「はい、最初から死合うつもりで来たので良かったです。ではトミカさん、ここまで連れてきてくれてありがとうございました」

笑顔《えがお》でそう言って、その人物は走るオボログルマの助手席のドアを開けた。


直後、ドアが開くのを待っていたかのように、車内に向けて爆弾《ばくだん》が投げ込まれた。


それは、既《すで》に加速状態でオボログルマに併走《へいそう》していたクロノの投じたもの。

外部からの攻撃《こうげき》を無為《むい》とするオボログルマに匿《かくま》われたトムを抹殺《まっさつ》するため、クロノは扉《とびら》が開く瞬間《しゅんかん》を待っていたのだ。

投じられたのは、クロノの手持ちの中でも威力《いりょく》重視のダイナマイトに似た爆弾。

それは誰にも認識《にんしき》できぬ超《ちょう》々音速で車内へと放《ほう》り込まれ、間もなく炸裂——

――しなかった。

何事もないかのように、オボログルマの車内で起爆《きばく》しないまま転がった。

「……何？」

加速状態のまま、クロノはその様子に目を見張る。

併走しながら車内を見れば、爆弾の傍《そば》に……断たれた導線が落ちている。

それが意味することは……爆弾が起爆するまでの一瞬《いっしゅん》に、何者かが爆弾から導線を切り、離し、たということ。

だが、それよりも大きな問題は……。

(見えなかっ、た……？)

加速状態のクロノをして、切断の瞬間が認識できなかったのだ。

そんなことがありえるのかと、クロノは疑問を抱き……。

「……ッ!?」

その直後、クロノの人の肉体《アバター》が己《おのれ》に迫《せま》る危険を伝えた。

それは瞼《まぶた》を閉じた目に突起物《とっきぶつ》を近づけるような、肌《はだ》の粟立《あわだ》つ感覚。

首の裏に伝わる、危機感。

「ッ‼」

クロノは、咄嗟に自らの必殺スキルを起動する。《世界時間加速》と《主観時間加速》のＡＧＩバフがそれぞれに倍化し、クロノのＡＧＩは一時的に一〇〇万を突破する。

そして、最大加速のまま、振《ふ》り返《かえ》りもせずに全力で前進。

直後、微《かす》かな痛みが首の裏の皮膚《ひふ》に走った。

「ッ⁉」

そのまま移動し続けて距離を取りながら、クロノは首の裏に右手の甲《こう》を当てる。

首は濡《ぬ》れており、……手の甲に付着した液体は赤かった。

それが自分の血であり、何者かに背後に回られて斬《き》りつけられたのだと、クロノが理解するには少しの時を要した。

（……バカな）

どこの誰が……加速状態にあるクロノに気づかれずに背後を取れるというのか。

恐《おそ》らくは【獣王《ベヘモット》】でさえ、ＡＧＩだけはクロノに一歩譲《ゆず》るというのに。

そんなことができる相手を、記憶《きおく》から探して……。

「……そうか。一人、いたっけ」

一人の人物に……思い至る。

その人物の情報は、クロノも持っていた。

なぜなら、本来はその人物も一昨晩に襲撃するはずだったからだ。

しかし当時はログアウト中であり、結局相対することはなかった。

護衛のメンバーにも含まれていなかったため、今の今まで思考の外に置いていたが……。

「……ッ」

クロノは足を止めて、振り返る。

オボログルマを追うことも、相手から距離を取ることも、クロノは選ばない。

オボログルマの〈マスター〉は、追ってくる相手の仲間。

コースを指示してクロノと彼を鉢合《はちあ》わせさせることも容易だ。

そして、オボログルマへの襲撃に意識を割《さ》けば、今度こそ首を落とされかねない。

クロノはそう判断し、迫る相手を迎《むか》え撃《う》つことに決めた。

「…………」

加速状態は維持《いじ》。その上で、いつでも必殺スキルを発動できるように準備する。

既にクロノは理解している。

自らの通常の加速状態よりも相手の方が速いが、必殺スキルを使用すれば自分が上回る。

だからこそ、そのタイミングを逃すまいと……追って来る相手を立ったまま待つ。

しかし、相手のやってくる速度は……クロノの予想よりもずっと遅かった。

森の土を踏む音をゆっくりと鳴らしながら、一歩ずつ、ゆっくりと歩いてくる。

「お待たせしました」

森の木々の間からその人物――クロノよりも幼い見た目の少年が現れる。

背は低く、羊毛に似た質感のコートを着込んでいる。腰《こし》の両側には大太刀《たち》を佩《は》き、両方の鞘《さや》に兎《うさぎ》の頭《ず》蓋骨《がいこつ》と鮫《さめ》の頭部を連ねた鎖《くさり》が噛《か》み付いている。

一目見れば忘れがたい特徴《とくちょう》を持つその少年の名は……。

「やっぱり――カシミヤ、か」


少年の名は――【抜刀神《ジ・アンシース》】カシミヤ。

決闘でトムを破った第二位のランカーにして、〈K&R〉のオーナー。

そして、〝王国最速〟と〝断頭台〟の二つ名を持つPKである。

「はい。貴方《あなた》は……クロノ・クラウンさんですか？」

「……ああ」

カシミヤに名を呼ばれたことを、クロノは別段驚きはしなかった。

一昨晩の襲撃の手口からクロノに辿《たど》りつくことは考えられる。

実際、カシミヤが知っていたのは、シュウ・スターリングがクロノだと言い当てた場に〈K&R〉のトミカもおり、彼女《かのじょ》の口からカシミヤに伝えられたためである。

（……この分だと、最初から僕が目当てだったと見える）

カシミヤが自分をターゲットに定めていることをクロノは理解した。

問題はクロノを狙う動機だが、それもすぐに思い当たる。

「なるほど。そういえば決闘五位の狼桜は君のクランのメンバーだったね。差《さ》し詰《ず》め、仲間の仇討《あだう》ちに来たってところかい？」

「え？」

「……え？」

クロノがそれしかないだろうと思っていた動機に対し、カシミヤは首を傾《かし》げ、その反応にクロノも首を傾げる。

「いいえ、狼桜さんの仇討ちはしませんよ？　扶桑月夜《ふそうつくよ》さんにもしていないですし」

三月に起きた王都包囲テロで、狼桜含《ふく》む〈K&R〉を殲滅《せんめつ》した〈月世の会〉のオーナーの名を出し、カシミヤはクロノの予想を否定した。

「狼桜さんもPKなので、誰かにPKされても仕方ないことです。もちろん僕もそうなので、クランの皆《みな》さんには『報復PKの必要は全然ないですよ』っていつも言ってて……」

「……なら、王国の〈マスター〉として、王女の護衛に馳《は》せ参《さん》じたとでも言うのかい？」

「それも……違うと思います」

「じゃあ、どうしてここに来たって言うんだ！」

トムを倒す直前に邪魔《じゃま》をした相手に対し、声を荒《あら》らげてクロノは問う。

対してカシミヤは少し困ったような表情で……、しかしハッキリとした声音で述べる。

「貴方を斬るためです」

「…………は？」

仇討ちでなく、護衛のためでなく、クロノを斬るためだけにここに来たのだと、カシミヤは言った。

「どういう、意味だい？」

「ええと、貴方はランカーを襲撃した人で、皇国で一番速いPKなんですよね？」

「だったら……？」

「僕よりも速い人を斬る機会なんてほとんどないので、今しかないと思ったのです。さっきも僕より速く動かれて、首を斬り損ねましたし」

クロノが自分よりも速いから、それを斬りたいという欲求のためだけにここにいるのだと、何の後ろめたさもない口調でカシミヤは言った。

その返答にクロノは額に青筋を浮《う》かべながら、怒《いか》りと共に問う。

「お前……ふざけているのか⁉　僕がどれほどの思いでここにいて！　トムを倒そうとして！　戦争を起こさせまいとしているのか……分かっているのか⁉」

「いいえ。さっぱり分かりませんし、知りません」

あっさりと、カシミヤはそう言った。

「お前……！」

「それに、さっきも言ったじゃないですか」

クロノが怒りを向けても、平然とした顔で……カシミヤは自らの論理を述べる。

「僕も貴方も、己のやりたいことのために他のプレイヤーを殺すPKです。だからこそ、PK同士が死合う時は……相手の事情とか理由の重さを斟酌《しんしゃく》する必要はないですよね？」

「何……？」

「だって、いつも相手を殺して自分の都合を優先しているのがPKじゃないですか。それなのに、自分が殺されるときは斟酌してくれというのは、変です」

だから、ＰＫである狼桜の仇討ちに来たわけでもない。自分の都合で相手を殺すＰＫは、いつ何時、誰《だれ》に殺《ＰＫ》されたとしても……それが当然なのだから。

だからカシミヤも——今ここでクロノをＰＫする心算なのである。

事ここに至り、カシミヤにとってクロノの事情や心情は考慮《こうりょ》をする必要すらない。

クロノが述べた「戦争を起こさせまいとしている」という言葉にすら、一切《いっさい》の疑問を向ける素振《そぶ》りすらない。

もしも管理ＡＩとしての話せぬ事情まで含めた全《すべ》てを話したとしても、カシミヤの答えは変わらないのだろう。

カシミヤにとって重要なことは二つだけ。

己より速い者を斬ること、そしてＰＫ同士で死合うことの唯《ただ》二つ。

そんなカシミヤに……クロノは一つのことを納得せざるを得なかった。

（カシミヤのリアルは子供だったはずだけど、……ああ、そうか。そもそも……）

そもそも、前提として……。

（まともな子供なら、国内最大のＰＫクランのオーナーなんてやっているわけがない）

カシミヤが今の地位にいるのは、成り行きだけでそうなったのではない。

なるべくしてそうなっている、と納得した。

「……〈K&R〉には『PK前に相手に許諾《きょだく》させる』ルールがあると聞いていたけど？」

カシミヤ自身が提言した、予告と許諾によるPKである。

カシミヤはその言葉に頷いた後……指を一本立てた。

「はい。だけどそれには一つ例外があるのです」

「例外？」

「『相手がPKだけならば、必要なし』。これはクランを作る前からの信条なのです」

既に述べたように、PKを相手にするときは一切の事情を斟酌せずに戦いを挑《いど》む。

だからこそ、カシミヤは王国最強のPKと呼ばれているのである。

そう、エルドリッジやバルバロイ・バッド・バーンといった王国で名の知れたPK——

全員と戦って倒したがゆえの、最強。

「なるほど。分かった。理解した。……もういい」

クロノは溜《た》め息《いき》を一つ吐《つ》いて、——カシミヤを睨《にら》んだ。

「お前を殺《PK》してから、トムを捜して殺す。手順が一つ増えただけだ」

「はい。そうしてください。僕も貴方を殺《PK》します」

クロノは両手の懐中時計を握りしめ、殺意を最大に高める。

カシミヤもまた、両腰の大太刀を提《さ》げる鎖――自身の〈エンブリオ〉である【自在抜刀イナバ】を動かし、二刀二腕二鎖という彼だけの抜刀の構えを取る。

あたかも西部劇の決闘の如く、二人は向かい合い、

二人は――――同時に消失した。

それが、死合の始まり。

管理AIのアバターにして、皇国最速を誇《ほこ》る【兎神】クロノ・クラウン。

王国の決闘二位にして、王国最速を誇る【抜刀神】カシミヤ。

最速の首狩り兎《ヴォーパル・バニー》同士の――殺し合い。

あえて言うならば――決着は一瞬だった。

◇

◆

王国の決闘ランカー、そしてPK達は知っている。

カシミヤの斬撃は終わってから気づく、と。

首が落ちて、それで自分が斬られたのだと知る。

カシミヤに倒された者は誰しもそれを経験していた。

それは純粋《じゅんすい》な速度によるもの。【抜刀神】の《神域抜刀》によって、抜刀時のみカシミヤはＡＧＩに一〇〇倍の補正を得る。

数値にして五〇万超。音速をも凌駕《りょうが》した一閃《いっせん》を、捉《とら》えられるものなど誰もいなかった。

まして、【自在抜刀　イナバ】のスキル、《鮫兎無歩《コートムーブ》》によってカシミヤは抜刀の一瞬で距離《きょり》を詰《つ》められる。音速の五〇倍で肉薄《にくはく》して放たれる一閃は正に必殺必中であり、トムのように分身でもしていなければ対応できない。

だが、ここに例外が現れる。

カシミヤと相対した【兎神】クロノ・クラウン。

彼は加速状態――カシミヤの半分程度の速度は発揮した二六万のＡＧＩであったがゆえに、誰も目視すら出来なかったカシミヤの抜刀の始まりを知覚することが出来た。

「――《世界は右に《クロノスカイロス》、主観は左に《》、掌握するは永久なる理《アイオーン》》」

カシミヤが距離を詰めるまでの間に、自身の必殺スキルを発動する。

右手のクロノスと左手のカイロス、二つの懐中時計の針の回りが倍速化し、クロノのAGIを更《さら》に四倍化する。

ここに両者の速度は逆転し、カシミヤに倍する速度を獲得《かくとく》したクロノが後方へと跳躍《ちょうやく》。

着地の衝撃《しょうげき》を緩和《かんわ》するアクセサリーを以《もっ》てしても体が軋《きし》むが、それを代償《だいしょう》として必殺の刃《やいば》はクロノに届かない。

音速の五〇倍で放たれた必殺の一閃を、頭二つ程度の距離を空けて回避《かいひ》してみせたのだ。

同時に、クロノは手にしていた【ジェム】をカシミヤの周囲に投じる。

カシミヤの加速と高速移動は抜刀時のみ。

ゆえに、抜刀の終点に合わせて攻撃すれば、カシミヤに回避は不能。

抜刀を終えて右手を振り切ったカシミヤは、このまま散る。


クロノがそう考えた直後、カシミヤは左手での抜刀に移行した。

ノータイム。まるで最初から回避されると予想していたかのように、カシミヤの左手はもう一本の大太刀の柄《つか》に手を掛けていた。

そして《神域抜刀》の加速は途切《とぎ》れることなく、第二の抜刀に移行する。

発動が継続《けいぞく》した《鮫兎無歩》による移動で【ジェム】の隙間《すきま》をすり抜《ぬ》けながら、二の太刀をクロノの首へと放つ。

（……コイツッ！）

その二つの抜刀の間隙《かんげき》のなさこそが、クロノには脅威《きょうい》だった。

両手による連続抜刀という離《はな》れ業《わざ》が、一つの動作として連なっている。

抜刀と抜刀の間に隙《すき》がないと、《神域抜刀》によって加速したままの刃が証明している。

それは抜刀補助に特化したイナバという〈エンブリオ〉、増えた鎖の補助腕ゆえになせることであると同時に、カシミヤ自身の桁外《けたはず》れの技量によっても為《な》されている。

この若さをして【神】に到達《とうたつ》した才覚は、この連続抜刀術にこそ顕《あらわ》れていた。

（それでも……速いのは僕《ぼく》だ！）

いかなる神速神技であろうと、今のクロノはそれをも超えた超神速《ちょうしんそく》。クロノにとっては自身の半分程度の速度による抜刀であり、速くはあるが見えるし、回避も可能。

再び、頭二つ分の距離を空けて回避。

両方の大太刀を使い切ったカシミヤに、再度【ジェム】を投擲《とうてき》しようとして。

(……何？)

気づく。

大太刀を振り切ったはずのカシミヤの右手が……納刀された大太刀の柄に手を掛けていることに。

それは第一の大太刀を鞘に納めたのではない。

鞘に納まった三本目の大太刀を、新たに手にしていたのである。

(《瞬間装備》か……！)

瞬間的《しゅんかんてき》に武器を変更《へんこう》するスキルの存在を思い出し、クロノは息を呑《の》む。

今のカシミヤの構えは歪《いびつ》である。

上段から袈裟懸《けさが》けに斬り下ろすような、抜刀術としてはありえない軌道《きどう》。

しかし、鎖型の補助腕であるイナバは如何《いか》なる角度であっても鞘を保持する。

そして彼の加速が今も途切れぬことが、それもまた神域の抜刀であることの証明。

第三の抜刀が、クロノの首を斜《なな》めに両断せんとする。

しかし、想定外の一撃《いちげき》によって僅《わず》かに距離を詰められたものの、クロノはその一閃も回避せしめた。

両手の抜刀と、《瞬間装備》を用いた第三の抜刀。カシミヤの放てる全ての連続抜刀を

回避したとクロノが考え、またもアイテムを投じた直後、

――左手が四本目の大太刀を抜刀していた。


（ありえない……！）

既に《瞬間装備》による大太刀の変更は行っている。

スキルには使用後のクールタイムがある以上、連続しての変更は不可能。

それができるとすれば……。

（……まさか、《瞬間装備》のクールタイムをなくすスキルか⁉）

〈エンブリオ〉は〈マスター〉に合わせて進化する。

カシミヤのイナバは、その全てがカシミヤの補助に特化している。

ゆえに、鞘に納めた状態の大太刀がカシミヤには必須《ひっす》であったのならば、進化の過程で《瞬間装備》の欠点をなくす何らかのスキルを獲得していても不思議はない。

その予想は事実であり、しかし予想を上回る。


カシミヤが用いているスキルの名は、《意無刃《イナバ》》。

イナバの必殺スキルであり――カシミヤの用いるアクティブスキルのクールタイムを無とする、常時発動型必殺スキルである。

ゆえに、カシミヤは己の意と体の動くままに、待機時間無しで刃を振るうことが出来る。

それこそが、カシミヤの抜刀を補助するために生まれた【自在抜刀　イナバ】の真骨頂。

白兎《しろうさぎ》が波間の鮫を跳《は》ねるが如く、息も吐かせぬスキルの連続行使。

(……あの〈エンブリオ〉は、その全てをカシミヤの抜刀術に捧《ささ》げている)

想定外の四閃目を辛くも回避したクロノの目には、後方に退避《たいひ》する彼に追《お》い縋《すが》りながら、既に右手で五本目を抜き始めているカシミヤが見えている。

〈エンブリオ《イナバ》〉は、主が抜刀を行うためにその全力を尽《つ》くしている。

だが、それはあくまで補助への全力。

この抜刀術は、〈エンブリオ〉のみに頼《たよ》るものではない。

(〈エンブリオ〉は……一切抜刀《いっさいばっとう》術の威力は高めていないし、自動でもない。あくまで動きを補助するだけ。抜刀術はカシミヤ自身のもの……)

《瞬間装備》のクールタイムがないからといって、それだけで抜刀術が成立するわけではない。

刀を持《も》ち替《か》えた上で一糸乱れぬ抜刀でなければ、《神域抜刀》の加速は途切れる。

そして、それほどの抜刀を為しているのは、カシミヤ自身の技量である。

鞘を持つ鎖を動かしているのも、抜刀を途切れさせないタイミングで《瞬間装備》を行っているのも、《鮫兎無歩》の移動と位置取りをしているのも、カシミヤ自身。

(〈エンブリオ〉という補助腕はあれど、まだ幼い子供がこの領域に到達している……)

四閃から五閃へも、一片《いっぺん》の隙もない。

間断なく続く、流れるような連続抜刀術。

ジョブ、〈エンブリオ〉、そして使用者自身の技量《スキル》が織り成す三重絶技。

それこそが神速の八連斬撃――《我流魔剣《がりゅうまけん》・八色雷公《やくさのいかづち》》。

八人のトムを一瞬で斬断せしめた……カシミヤにしか放てぬ魔剣《まけん》である。


(……なんとも、世界は広いよ。マスター)

迫る刃に背筋を震《ふる》わせながら、しかし同時に感嘆《かんたん》をクロノは抱き始めていた。

それは己の望みを邪魔する者に向ける怒りよりも僅かに大きい。

だが、それでもクロノの戦意とカシミヤの刃は止まらず、止める気もない。

カシミヤの斬撃を回避しながら、クロノは勝機を探《さぐ》る。

（これが……五本目。鞘の色が違《ちが》うのは、取り出す刀を誤らないための方策か？）

既に使用した……抜刀した大太刀を取り出さないために鞘を色分けし、瞬間的なイメージで次の大太刀を《瞬間装備》できるようにしている。

余人からすれば、一瞬の間に八度放たれる剣閃《けんせん》。トムを相手にしたように八人を瞬時《しゅんじ》に抹殺することも、一人に致命傷《ちめいしょう》を八度与《あた》えて【ブローチ】を砕《くだ》いて抹殺することも出来る。

一撃必殺の連続剣という矛盾《むじゅん》なれども、魔剣の名に相応《ふさわ》しい威力。

しかしその魔剣をして――クロノの首には未《いま》だ届かず。

（これで……六度目！）

神速の抜刀が幾度《いくど》放たれようとも、クロノがカシミヤよりも速いことに変わりはない。

僅かずつ距離を詰められているものの、それでもまだ《八色雷公》はクロノに触《ふ》れず。

（……絶技と言うほかない抜刀術。けれど、それも永遠に続けられるわけではないはずだ。

必ず、どこかに間隙が生じる）

クロノの読みは正しく、カシミヤの《八色雷公》はその名の通りの八連斬撃。

カシミヤをして、それ以上の連続抜刀は未だ完成していない。

ゆえに、クロノは抜刀の絶える間を待って、攻勢《こうせい》に出ることを決意する。

（……けれど、爆弾と【ジェム】はもう心許《こころもと》ない）

ランカー狩りやトムとの戦いで使いすぎた。
既に手持ちの消費アイテムは底を突きかけている。
しかし同時に、こうも考える。
（……どちらにしても、この相手にアイテムでは勝てない）
間隙を狙《ねら》ったところで、アイテム程度では仕留められないのではないかという予感。
この短くも長い時間の中で、クロノはそれほどまでに認めている。
カシミヤこそは、自身がアバターで相対した人類の中で最も恐ろしい相手である、と。
ゆえに、クロノも決断する。
この敵手を認めよう、と。
（……左足一本でも追いつける。トムを仕留め、それから王女を攫《さら》うこともできる）
その思考が意味することは唯《ただ》一つ。
クロノが本気で、カシミヤを倒すと決めたということ。
己の足一本……犠牲《ぎせい》にしてでも倒す価値あり、と認めたということ。
これよりクロノが放つは、このアバターにおける最大の切り札。
必殺スキルによる極限加速状態での――ブレードキック。
激突《げきとつ》の反動で足が砕け散《ち》ることは必至。

だが、一〇〇万を超《こ》えるＡＧＩで放たれる一撃は、神話級金属であろうと粉砕《ふんさい》せしめる。

クロノが唯一、自ら名づけた必殺の一撃。

その名は、《ゼロタイム・デッド》。

時の経過を認識する暇《ひま》すらなく、相手は死ぬ。

（無論、【ブローチ】を装備している可能性は高い……それでもやれる）

【ブローチ】で致命傷を無効化した場合、クロノの足への反動も抑《おさ》えられる。

そうであればすかさずもう一撃を放ち、今度こそ致命傷とすればいい。

カシミヤの倍速以上で動けるクロノには、その時間もある。

まして、被弾《ひだん》すればさしものカシミヤの抜刀術も崩《くず》れ、速度が一時的に常人のそれに戻るのだから。

（見極《みきわ》めるんだ……その瞬間を！）

自らの切り札を放つ瞬間を見定めんとクロノがカシミヤの七閃目を回避したとき。

ほんの僅か……八本目を抜こうとするカシミヤの動きが遅《おそ》かった。

あるいはそれは己に勝《まさ》る速さを持つ相手に初めて相対したがゆえの、……必殺の八連斬撃の七連目までが掠《かす》りもしなかったことによる僅かな仕損じか。

生じたのは極小の差異だったが……その隙をクロノは見逃《みのが》さない。

カシミヤの懐《ふところ》に飛び込み、その首目掛けてブレードブーツの蹴撃を放ち、

——瞬間、クロノの右足が膝《ひざ》の裏から切断された。

「————」


瞬時に、クロノは理解する。

カシミヤの八本目の抜刀が遅《おく》れたのは……仕損じではない。

八本目で、連続抜刀を自ら変速していたのだ。

鞘内での抜き始めのみ速度を僅かに抑《おさ》え、同時に別のスキルを使用していた。

そのスキルの名は、《居合い》。

相手が己の間合いに侵入《しんにゅう》した際、ＡＧＩを倍化するスキル。

後の先《カウンター》の斬撃を放つための、抜刀術の基礎《きそ》スキルの一つ。

しかし、《神域抜刀》と合わせたその速度は……クロノにも届く。

カシミヤは読んでいたのだ。己の連続抜刀がいつまでも続けられるはずがないと気づいたクロノが、己の攻撃の間隙に仕掛《しか》けてくるであろうことを。

それが既に幾度もしくじった爆弾等の間接的なものではなく、速度を武器としたクロノ

自身による攻撃であろうことを、同じ神速で戦う者として察していたのである。

それゆえに懐に入ることを誘《さそ》い、その上でカウンターの一撃を見舞《みま》ったのである。

賭《か》けに近い読みであったが、結果としてカシミヤはクロノの右足を獲《と》った。

「まだだ……!!」

だが、右足を失ってもクロノは勝利を諦《あきら》めてはいない。

地に落下する寸前に、自分自身である懐中時計《かいちゅう》を地に押し当《あ》てながら、倒立《とうりつ》のように体を支え──手を突き放《はな》して再度、跳《と》ぶ。

必殺加速は未だ続行。

残る左足での《ゼロタイム・デッド》で、今度こそカシミヤの首を獲る。

カシミヤもまた、新たな大太刀に持ち替えて右手での抜刀を実行。

己に迫るクロノを迎え撃つ軌道で、最後の一閃を放つ。

しかしその一閃は──クロノが間合いに入るよりも早く振られてしまう。

「────」

目測の誤り、ではない。

カシミヤは確かに、自らよりも速いクロノの攻撃に合わせて剣を振った。

だが、クロノによってずらされたのだ。

クロノス・カイロス・アイオーンのスキルが一つ、周囲一帯から対象を任意選択《せんたく》して倍速化する〈世界時間加速〉。

このスキルの対象には、相手を選択することも出来る。

クロノは抜刀を開始した瞬間にカシミヤも加速させることで、己と刃の接触《せっしょく》タイミングをずらし、空振《からぶ》りさせたのだ。

(殺《と》った!!)

刃が通り過ぎた直後。左手での抜刀が放たれる前の間隙に、クロノのブレードブーツがカシミヤの頭部目掛《めが》けて突《つ》き進《すす》む。


しかし、その左足は――叩《たた》き砕かれた。


それを為したのは、右手での抜刀に用いた大太刀の鞘。

補助腕の一つが保持していたそれを、抜刀が終わる前の加速状態の最中に振るい、クロノの左足に叩きつけたのである。

無論、鞘は刃ではない。剣術《けんじゅつ》のスキルである《剣速徹し》の適用外であり、生じた反動は鞘を粉砕した。反動はそれに留《とど》まらず、補助腕の一本を千切れさせ、鎖と繋《つな》がったカシミヤ自身にさえ傷を与《あた》えただろう。

だが、その威力は凄《すさ》まじい。クロノが使おうとした《ゼロタイム・デッド》と同様に、加速を極めたその一撃はクロノの足を文字通り粉砕した。

(また読んでいたのか……いや、違う！　こいつは抜刀が始まった時点で、自分の速度が違うことを感覚で察して……そして、一瞬で切り替えた！)

自らの一閃が当たらないことを察して、即座《そくざ》に鞘による連撃に切り替えたのである。刹那《せつな》の判断。しかしてそれは功を奏し、【兎神】の両足をもぎ取った。

(何て……奴《やつ》だ……。世界には……こんな奴も……いたのか……)

地に落ちるクロノに、左手での抜刀姿勢をとったカシミヤがトドメを刺《さ》さんと迫る。

しかし自らを倒《たお》そうとするカシミヤに対してクロノが抱いたのは、戦う前の苛立《いらだ》ちではなく、驚愕《きょうがく》と……純粋な感嘆だった。

(想像を超えるもの。僕が及《およ》ばないもの。自然ではなく、人もまた、同じ。マスターが見たかった世界は、きっとこんな……。ああ…………)

仰向《あおむ》けに落下していくクロノの両目には、真っ青な空が視界いっぱいに広がっている。

その空の美しさと、今しがた自分が体験した絶技。

（きっとどちらも……マスターに伝えるに相応しい、思い出で……はは、本当に……）

「世界は、広い……、なぁ……」

直後にカシミヤの最後の一閃が、断頭台の如くクロノの首を断ち切った。

そうして【兎神】クロノ・クラウンは、今度こそ光の塵《ちり》になる。

己の目的は果たせなかったとしても、それを途中《とちゅう》で遮《さえぎ》られたとしても。

どこか、思いがけない満足感を得て。

想像を超えられた瞬間《しゅんかん》の思い出を抱いて……消滅《しょうめつ》した。

接続話 見物人

■国境地帯・某所《ぼうしょ》

現在、国境地帯では複数の戦闘《せんとう》が同時に発生している。クロノとトムの……そしてカシミヤの戦闘が終わっても、講和会議を巡《めぐ》る戦いは終わらない。

他の戦場に立つ者達《たち》は、死合があったことさえ気づいてはいないだろう。

だが、全ての戦場を観ている者もいた。

（カシミヤ《【抜刀神】》とクロノ《【兎神】》の戦闘終了《せんとうしゅうりょう》。視界切《き》り替え）

木々の陰《かげ》に隠《かく》れるように立ち、両眼を閉じたまま手元の手帳にメモを書く男。

王国討伐《とうばつ》ランキング三〇位、【光王《キング・オブ・シャイン》】エフ。

愛闘祭においてレイと矛《ほこ》を交えた男は、あの日と同じように独りで俯瞰《ふかん》していた。

（案の定、〝不屈《彼》〟の戦場は見応《みごた》えがあるが、今回は他にも見るべき場所が多い）

彼は〈エンブリオ〉であるゾディアックが観測した光景を、左右の眼球にそれぞれ映し出している。左目は常に一つの戦場……レイ達の戦いを観ているが、右目は幾《いく》つかの戦いを切り替えて観ている。

それは今しがた決着したカシミヤとクロノの死合であり、二人の姫《ひめ》の武《ぶ》闘《とう》であり、機械巨神と巨大怪獣《きょだいかいじゅう》の激突である。

エフはこの地に立つことで、そうそう見ることのできないものを数多《あまた》同時に観察できている。むしろ、重なりすぎて困るとさえ考えていた。

しかし同時に、見逃しているものもある。

とある縁《えん》で、彼は王都で起きている襲撃《しゅうげき》事件についても知りえていた。

だが、この国境地帯と王都は遠く離《はな》れ、彼のゾディアックの遠隔《えんかく》操作の限界を超えていたため、どちらかしか観察に来られなかったのである。

結局は自身を破り、自身に理解できぬ心証を与えたレイを優先して国境地帯に追ってきた形だが……惜《お》しいと思う気持ちもあった。

(此処《ここ》よりも王都は人数が多い。動画である程度確認《かくにん》できることを祈《いの》る)

ゾディアックで俯瞰するのが最高で最適の取材方法だとは思っているが、目が届かない場合は仕方がないと考えた。

「……?」

ふと、右目……【破壊王《シュウ》】とベヘモットの激突を遠巻きに観ていたゾディアックに奇妙《きみょう》なものが映り込んだ。

それは、眼球に蝙蝠《こうもり》の羽を生やしたようなモンスターだった。

似たようなものの情報を、エフは既《すで》に持っている。それと同じものであれば、きっと『自分と同じことをしている』のだろうと、エフは察した。

（……Mr.フランクリン《大教授》）

皇国において〝最弱最悪〟と呼ばれるマッドサイエンティスト。

その手駒《てごま》が、自分と同じようにこの国境地帯での戦闘を俯瞰している。

遠方からの監視《かんし》か……あるいは。

「…………」

エフはあちらに気づいたが、あちらはエフに気づいているのかどうか。

だが、どちらでも構わないとエフは考えた。

いずれにしろ、自分はこの戦場で巻き起こる事象の見物人に過ぎない、と。

そうして、再び観察に集中した彼の視界で……また一つ大きな動きがあった。

To be continued

あとがき

猫「あとがきの時間ー。二巻連続で負けた猫ことチェシャでーす」
熊『二巻連続で脳筋怪獣女と殴り合ってる熊ことシュウだクマ』
羽『羽こと迅羽ダ。クマ、それは今回の流れだと三巻連続になる奴だゾ?』
猫「十三巻は久しぶりに一冊で終わらない長編エピソードだからねー」
熊『カルチェラタンの事件以来クマ』
猫「波乱の講和会議編を大ボリュームでお楽しみください」
羽『さて、近況報告だが、アニメが終わったナ』
猫「はい。最終回が放送されました。ご視聴くださった皆様ありがとうございます」
熊『色々あったけど、ちゃんと完結してよかったクマ』
羽『スタッフやキャストのみなさんもお疲れさまだナ』
?「せやけどまだまだ終わってへんよ!」

？「熊やん主役の五〇〇頁超え特典小説がついたBD一巻も発売中！」

？「名曲揃いのサントラ付きBD二巻も出とる！」

？「資料集付きのBD三巻も発売予定！」

？「全巻に原作者書き下ろし脚本のなぜなにデンドログラム特別編付きや！」

猫「……なんだかいきなりダイレクトマーケティングの嵐が来たね」

熊『雌狐……』

狐「そう！　何を隠そう、うちこそ狐こと扶桑月夜！」

狐『——アニメ二期がないと声がつかへん女や！』

羽『前回のあとがきをまだ引っ張ってたのかヨ……』

狐「アニメは各種配信サイト様でも楽しめるで！」

狐「近頃は配信の再生回数も重要らしいからよろしゅうな！」

猫「僕達にはない執念を感じる……」

熊『引くくらいアピールする雌狐は置いといて、作者の真面目コメントタイムクマ』

読者の皆様、ご購入ありがとうございます。作者の海道左近です。

コロナウィルスで世間は色々と大変なことになっております。

しかしこんなときだからこそ、屋内でも楽しめる小説というコンテンツに関わる人間の一人として、少しでも皆様の退屈を吹き飛ばせればと日々執筆に勤しんでおります。

さて、この十三巻のカバーはジュリエットとカシミヤです。

ジュリエットはスピンオフの漫画作品クロウ・レコード、通称クロレコで主人公を務めております。脚本は私の書き下ろしですが、普段あちらではあとがきを書く機会がないので、ジュリエットがカバーに抜擢された機会にクロレコの零れ話をしようと思います。

月刊コミックアライブ様にて連載中のクロレコは、ジュリエットやチェルシー、マックスといったガールズが中心のストーリーです。

しかしこの作者、身内から『女性キャラの内面の覚悟が武士のソレ』とか『心に萌えキャラを囲っていない』と散々言われています。

ネメシスさえ『ヒロインに見えない』とよく言われます。ネメシスはヒロインですよ。

クロレコもうっかりするとそっちサイドに寄り過ぎたり、あるいは名無しの男キャラのバトルを増やしそうになったりします。

しかし、ちゃんと女の子の可愛さと出番を忘れないように指摘を貰っているお陰で、各々の魅力をお伝えできる内容になっていると思います。

何より、La-na先生が仕草や表情の一つ一つを魅力的に書いてくれているお陰でもあります。個人的にギャグシーンでのシオンの表情がすごい好きです。

興味を持っていただけましたら、クロレコもお読みいただけると幸いです。

また、今井神先生が手掛けられる大迫力のアクションが魅力の、漫画版インフィニット・デンドログラムもよろしくお願いいたします。そちらは丁度七巻が発売したばかりです。

ちなみに漫画版二巻から特典SSで登場しているロボータですが、クロレコの方でちょくちょくカメオ出演しているのでポメラニアン好きな人はチェックしてみてください。

話は変わりますが、先にチェシャ達のパートでもお伝えしたとおり、アニメ版インフィニット・デンドログラムの放送が最終回を迎えました。

自作品のアニメ化という人生で初めての体験の中で、「あんなことがあったなぁ」と楽しい思い出もあれば、「ああすれば良かったかもしれない」という反省もありました。

ですが、それら全てのプラスマイナスは、作品にとって意味あることです。

それはアニメという媒体に限らず、私自身の執筆する原作小説にも言えます。

私自身の力で創作できる部分に関しては、今後も読者の皆様に娯楽と感動をお伝えできるよう努力いたします。

これからも、インフィニット・デンドログラムをよろしくお願いいたします。

海道左近

猫「さて、十三巻もそろそろ締めです！　次巻も怒涛の展開だよー！」

猫『十四巻は二〇二〇年一〇月発売予定です！』

猫「…………………あれ？」

羽『今回、邪魔が入らなかったナ。ていうか、初予告じゃねーカ、猫』

熊『ま、管理AＩ十三号なのに十三巻で予告できなかったらもうタイミングないクマ』

羽（……お誕生日か何かカ？）

狐「十三巻。思えば遠くに来たもんやねぇ」

猫「……やったあああああっ！　初めての次巻予告だああああああ！」

羽『積年の思いが溢れてるナ……』

熊『それじゃあ次回もよろしくクマー』

発売予定!!

HJ
HJ文庫
講和会議も決裂し、戦闘状態へと移行する両陣営。
レイVS.〈物理最強〉【獣王】べヘモット。
アズライトvs.【衝神】クラウディア
シュウvs.【怪獣女王】レヴィアタン
最も過酷な戦いの幕が今上がる!
Infinite
インフィニット・デンドログラム
14.〈物理最強〉
Dendrogram
2020年10月

HJ文庫
883
http://www.hobbyjapan.co.jp/hjbunko/

〈Infinite Dendrogram〉-インフィニット・デンドログラム-
13.バトル・オブ・ヴォーパルバニー

2020年6月1日　初版発行

著者――海道左近

発行者―松下大介
発行所―株式会社ホビージャパン

〒151-0053
東京都渋谷区代々木2-15-8
電話　03(5304)7604（編集）
　　　03(5304)9112（営業）

印刷所――大日本印刷株式会社／カバー印刷　株式会社廣済堂

装丁――BEE-PEE／株式会社エストール

Printed in Japan

ISBN978-4-7986-2229-3　C0193

ファンレター、作品のご感想お待ちしております

〒151-0053　東京都渋谷区代々木2-15-8
(株)ホビージャパン HJ文庫編集部 気付
海道左近 先生／タイキ 先生